肥梦

阿郎 著

作家出版社

目录
CONTENTS

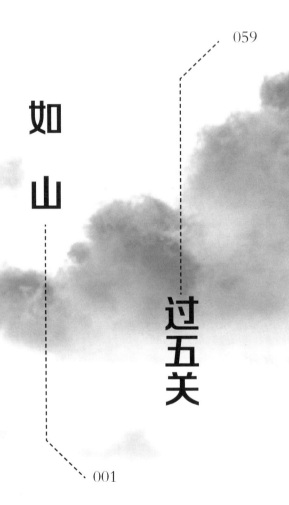

如
山

1

在我们那儿，大人管最小的孩子叫老小，所以，我管小姨叫老姨，管他就叫老姨夫。

在结婚之前，老姨对我这个叫法很不满，说给叫老了。她让我叫她小姨，我一叫老姨，她就偷偷地掐我脖颈子，揪得咯噔咯噔响，两三下，就一片的青紫，说是给我去去火。

我姥爷和我姥姥是后到一起的，俩人一共四个孩子，都是女孩。我大姨和我妈是姥爷带过来的。1940 年，热河老家闹饥荒，姥爷一家往草绿的地方走，捡着啥是啥，吃老天爷的。我第一个姥姥是饿死在道上的，姥爷背着一个背篓，背篓里装着四岁的我妈，一只手牵着七岁的我大姨，一只手拄着一根柏树做的棍子，从河北走到了黑龙江。

我第二个姥姥，是姥爷在黑龙江认识的。她是一家三口从山东菏泽出来，走到黑龙江的时候，就剩下她和我三

姨了。

老姨就是四姨，是我姥爷和第二个姥姥生的，比我三姨小十二岁，差了一轮。

在东北，老小受宠，加上和三个姐姐年岁差得太多，姐姐们都把她当女儿。在我们那儿，我老姨是一个名人，都知道纺织厂印染车间有一个大姑娘，能处对象，处过的对象十个手指头都数不过来，可处一个黄一个，二十好几了还没结婚。人长得俊，高鼻梁，大眼睛，腰是腰，条是条。附近的钢厂、化工厂一帮坏小子，有时候会在道上截她，吹口哨，塞纸条啥的。严重的时候，三个姐姐轮流护送着上下班。

关于我老姨结婚之前的事儿，属于说出开头就知道结尾那种，特没意思。处的十几个对象里，有厂长的儿子，车间主任的儿子，电厂的技术员，厂办学校的老师，都是别人主动追的她，也都是别人主动甩的她。只有她们厂的技术员是她主动的，可刚好没几天，技术员就收到哈工大的录取通知书，离开了富拉尔基。走之前，让我老姨等他，说一毕业就回来结婚。头一年，俩人一星期一封信。第二年，就两个多星期一封信了，说是学习太忙。我老姨去学校找过他，发现确实是忙，除了课程，还忙学生会的事。

我老姨晕车，坐火车都晕，从富拉尔基坐到哈尔滨，苦胆都快吐出来了。那次见面之后，两人还靠书信来往，保持一个月一封的样子。最近老姨再写信、寄钱都被退回来了，信封上盖了查无此人的蓝戳。算起来，那人也该毕业了。

我老姨夫姓房，家在富拉尔基的东郊，是菜农户口。老姨说他长得像豆杵子，不仅仅是个儿矮，脱了鞋跟我老姨一边高，应该也就是一米六五，还长了一双我老姨讨厌的小眼睛。但没办法，在和我老姨夫结婚之前，我老姨这岁数，加上处了十几个对象的纪录，给了上门提亲的人无限的勇气和信心，都敢把劳改释放的、死了媳妇的拿出来给她看了。摊开在桌上，扒拉又扒拉，拣了又拣，我老姨夫是这里边条件最好的。

结婚之前，我姥爷就不大喜欢这个老姑爷，除了听说他前几年总和人打仗以外，也烦他没事就哼哼唧唧地唱歌，男愁唱，女愁哭，压运势。我妈也不喜欢，说一个男的太能说，命薄。家里就我三姨喜欢他，说我老姨夫脑袋好使，转得快，没准将来就能出息。

虽说是我得叫他老姨夫，可我俩只差了十岁，他结婚那年，我十三，他二十三，我老姨比他大三岁，二十六了。他们俩是秋天结的婚，结在了我姥姥家。

结婚那天，学校的试验田收向日葵，规定不许请假。我放学，直接回到姥姥家，亲友都已经散了。我看见老姨穿了一身的红，眼睛也红红的，和我妈挤在当作新房的里屋，在偷偷地说话。

我老姨夫穿了一套蓝色的中山装，头发梳得老高，用发胶定了型，上面还粘了亮片。拎着笤帚，站在外屋一地的瓜子皮和糖纸中间，好像正要清扫。看见我进来，龇牙笑了下，领我到厨房，掀开锅盖，原来偷偷地给我留了四喜丸子。

我和我妈说过这事，我妈说他"还挺有眼力见儿"。

结婚后，头半年还没看出什么。早上，俩人一起出门，老姨夫往左走，就侍弄郊区那片菜地。老姨往右走，去纺织厂上班。晚上，老姨下班，老姨夫已经做好了饭。吃完饭，看会儿电视，就睡觉了。半年后，蔬菜熟了一季，等新菜长出来的间隙，菜地没啥活儿了，老姨夫待在家里的时候就多了，我在姥姥家遇到老姨的时候也随着多了。

老姨夫左脸上有一道疤，平时看不大出来，喝了酒或者一冷一热，那块疤就会浮上来，像一个毛毛虫，腿脚昂扬，气势汹汹。老姨说，有一次下班回家，一推门，看见他坐在那儿喝茶，捧着一个玻璃杯，一半是茶叶，一半是水。抬头看她，怔怔的不说话，觉得一股寒气，兜头浇了下来。

我老姨夫不笑的时候，像一个土匪，笑的时候，像一个弥勒佛，所以，好像他一个人长了两副面孔。老姨有点怕他，尤其晚上睡觉的时候，有时候一睁眼，阴森森的，心里就一激灵。她说我老姨夫太怪了，不抽烟，但兜里总是揣着两盒烟，一盒好的，是良友，一盒次的，是羚羊。晚上睡觉的时候，都是先掏出烟，放在桌上，再脱衣服，好像烟也是他的一件衣服。

我姥爷说过我老姨，结婚还不到半年，就总往家跑，也不怕人家笑话。

　　和原来比，那几年，富拉尔基不算太平。说是齐齐哈尔的一个区，可距离齐齐哈尔市中心将近四十公里，更像是一个独立的城镇。最开始的时候，富拉尔基只有一家军工企业，生产军用物资，有点保密单位的意思。黑化、电厂、钢厂，是后来才有的事儿，属于军工企业的配套企业。富拉尔基纺织厂是周总理提议建立的，纺织厂多是女工，解决了重工企业男工的婚配问题。随着大烟囱越来越多，人口也跟着稠密了起来。每家厂子都有自己的食堂、商店、医院、幼儿园，一个人的生老病死，在一个院子里就都能完成了。

　　前几年，大伙工资上下也差不到哪去，人也都是低头不见抬头见。富拉尔基治安好，厂子的保卫科，一天天除了抽烟、喝茶，就是打盹、扯老婆舌，闲出屁来。最近两三年，保卫科成了厂里最忙的了。富拉尔基有些厂子效益不好，已经开不出工资了。有的厂子还开工资，可也只能开一半。有的厂子开始陆续下岗，家属区里也开始丢东西。刚开始丢的也就是门口的秋白菜、窗户下边的大葱什么的，后来就有丢自行车的，入室盗窃这种事也出现了。

就连我家的气氛也跟着变得凝重，晚上吃饭的时候，爸妈聊天。我爸说："早晚的事儿，她那样的，指定跑不了。"

我问："咋了，谁跑不了了？"

我妈瞪了我一眼，"吃你的饭，不好好学习，你也得下岗，到时候连饭都吃不上。"

我爸说："你得好好和你那老妹子唠唠，结婚了，就收收心吧，可不能再像以前那样了。工人有啥不好的？工人阶级可是我国的领导阶级。再整天琢磨那些歪门邪道，连工人她都当不成了。"

我妈说："这下有了，也不能打啊，扑奔来的，毕竟一条命。多大的心啊还不收心！"

我爸接着说："以前处了那么多的对象，人家不都跟她黄了嘛，谁看不出她那点小主意啊。他老姨夫虽说是个菜农，咋也比那些不务正业的强点，结婚了，还总往娘家跑，也不怪你老妹夫半宿半夜地出去瞎转悠，让人家说三道四的。有了孩子，也算好事，就都消停点，好好过日子吧。"

　　和我爸预料的差不多，在我老姨显怀的时候，接到了纺织厂的下岗通知。我不知道老姨和老姨夫什么反应，反正我妈在家是哭了好几场。我妈是我们厂办小学的语文老师，平时说话也挺讲究，就是称呼我老姨夫的时候不讲究，"你老姨没工作了，你老姨夫那个穷命鬼，就种那点菜，怎么养活他们娘俩啊。""孩子还没生，当妈的饭碗子就没了。"

　　我爸坐在一旁一根接一根地抽烟，也不说话。

　　最近这一年，富拉尔基出现了刨锛的。说是从沈阳那边过来的一伙人，专门挑背静地方下手。富拉尔基真的有几个人在下班路上，让人在后脑勺上来一刨锛，抢了钱包。有的被刨得满脑袋是血，住了好长时间的医院。这还算好的，有更倒霉的，让人刨成了植物人。躺在床上，生不知，死不知，就那么昏迷着。还有人说在沈阳，有当场给锛死的。

　　富拉尔基人心惶惶，我们每天放学，老师都叮嘱："放学就回家，别瞎跑。"

　　派出所、保卫科彻底忙起来了，重点排查外来人员、下岗职工和没有正式工作的社会闲散人员。排查来排查去，还排查到我老姨夫头上。有人看见他，连着好几天，半夜不睡觉，在外边转悠，形迹非常可疑。两个警察问了老半天，在本子上一一记下，还叫他按了手印。据说，我老姨夫那天说话挺冲，说："怀疑我，就抓我得了呗，你们费这事儿干啥。"

我姥爷心疼老丫头，一方面是下岗，没了工作；一方面是惦记着我老姨大着肚子，还住在人家的冷山房里。原来就在家里总叨咕："老小这命啊。"这次老姨夫被派出所找上门，更刺激了他，拿出当年闯关东的那股狠劲儿，命令我老姨夫，把租的偏厦子退了，搬回来住。"能省点是点，一年房钱，能给孩子买多少槽子糕。"

话虽是这么说，老姨夫在我姥姥家也没有得到什么好脸色，别的不说，我姥爷整天阴沉着脸，一天也说不上一句话，就够他受的了。再加上，我妈一回去也耷拉着个脸，一色儿用下巴和他说话。见面了，抬抬下巴；走了，再抬抬下巴。

要我说，我妈对我老姨夫他媳妇是真好，我都怀疑她才是我老姨的妈。自从老姨搬回来，住进结婚前的那个里间之后，我妈就更频繁地回娘家。每次都带点麦乳精、桃罐头什

么的，不许我吃，说是给我老姨补身体的。有时候，也带我去，我知道，她是为了回家时，好有个人壮胆。

　　每次我去，老姨夫就和我没话找话地说话，在这个家里，他也就能在我这儿找到点存在感。他把我当大人，说话都是有商有量的，不像我爸我妈，跟我都是清一色地用祈使句。

　　回去的路上，我妈总问我："他和你说啥了？"我简单说还不行，必须一字一句地复述，搞得我再去姥姥家，紧张得跟考试似的，生怕漏掉什么。

　　就有一次，我说看见老姨夫右手破了，好像是练武练的。我妈问："为什么？"我说："我们学校有人打沙袋子，手就那样。"那天，我妈没逼我细说，像有什么急事似的，紧着走，害得我走几步，就得小跑几步。

　　老姨夫眼睛里有活儿，每次去我姥姥家，他都在干活，修理关不严的门，粘自行车轮胎，给院子铺上红砖。我老姨夫有个毛病，一边干活儿，一边哼歌。他一哼歌，屋里就摔盆子摔碗。屋里一摔盆子摔碗，他就小点声。

自从我老姨夫开始收鸡，家里气氛才有所缓和。我老姨吃上烧鸡的时候多了，我也经常跟着能混到一个鸡腿、两个翅膀之类的。再去姥姥家，碰见老姨夫的时候就相应地少了，每次都说是"下屯收鸡去了"。

有几次碰巧，老姨夫在院子里收拾鸡，我就蹲在一旁看。他是帮富拉尔基的两个烧鸡店收鸡，骑一辆自行车，后座上绑了两个大筐，附近十里八乡地转悠，专收老母鸡。

每次回来，得杀鸡，煺毛，掏出内脏，用菜刀背把鸡腿敲折，塞进肚子，脖子弯回来，靠在背上。老姨夫干活手脚利索，不糊弄人，收拾得干净，两个烧鸡店都愿意收他的鸡，收完了，可以直接放进炉子里烤，不用再收拾了。我妈说他"赚中间的差价"。

收拾鸡的时候，臭味熏天，我得捏着鼻子和他说话。他倒不在乎，一边烧开水，给鸡煺毛，一边哼歌，"铁门啊铁窗啊铁锁链……"老姨夫的手好像天生没有知觉，水还开着，就能伸手进去煺毛。手也快，三下五除二就能煺好一只鸡。煺下的鸡毛，摘下的内脏，随手装在一个尼龙丝袋子

里。干完活儿，除了水渍，地上啥都没有，干干净净。

我最愿意看老姨夫检查电路，食指直接伸进插座里，听见他嘴里嘶了一声，我就知道有电。要是没动静，就知道是这个插座坏了，就得帮着找螺丝刀子，拧螺丝了。

我老姨说他，干活儿虎了吧唧的。

老姨夫手巧，我看见他腰里挂了一串钥匙，除了钥匙、指甲钳这些东西，最显眼的就是一个用点滴管子编的金鱼，两只鱼眼睛鼓鼓的，红色，尾巴弯曲，好像是一摆一摆地在游泳。

我和他说想要一把《水浒传》里提到的那种戒刀。没几天，再去我姥姥家，他悄悄地告诉我，就藏在了他放自行车的地方，用报纸包着。

戒刀也就半米长短，一整根松木做的，应该是用锛子一点一点抠出大致的形状，用细刨子挨个儿棱面刨，最后用砂纸打。

刀头宽，刀背厚，刀刃薄，刀柄处还系了红布。一挥动，有破风之声。

2

我爸也下岗了，和我老姨也就隔了不到三个月的时间。

我爸特生气，一个劲儿地叨咕："我一个市先进工作者和一帮二流子一样了。"其实还是有点不一样，我爸说，厂长答应他，效益好转一点，就请他回来坐镇，机修车间可少不了他这种大拿。可现在他也不得不和我老姨一样，端着一个搪瓷盆子，上面有红色的印字"建厂三十五年"，回家了。盆里装着几副劳保手套，一个喝茶的搪瓷缸子，两套工作服，几把钥匙，一个市先进工作者的奖状，"下岗了，自谋了"。那时候，他们管自谋生路，都叫自谋。

那天晚上，我爸喝了酒，以前每天晚上吃饭，他也喝酒，不多，二两半的口杯，也就一杯。那天晚上我爸喝了两杯，还想喝，被我妈抢了酒杯，说"吃饭"。

我妈替他想过，买个摩托拉脚，厂门口卖个盒饭或者是开小卖店等不下十来个事，可我爸觉得自己是一级工，市先进工作者，名字还上过报纸，"不能和那些盲流子一样"。

他和我老姨夫收鸡也是被我妈骂去的，赌气囊塞的，推着原来上下班骑的那辆二八大杠，叮咣咣当地往外走。以前，每次有我老姨夫在的场合，我爸都穿他那件洗得发白的工作服，工作服右胸口那儿印了蓝色的"富钢"字样，工作服好像是他的铠甲。自从下岗后，他再也不穿那件工作服了，也一次都没回我姥姥家，更没见过我老姨夫。

这次去收鸡，跟杀了他一样。

其实，他和我老姨夫下屯收鸡，也是站在院墙外边，不进去，也不帮忙，全耍我老姨夫一个人，我老姨夫就等于来回多个陪聊的。我爸和我妈说："你那老妹夫，挺狂。"我老姨夫和他在道上唠嗑，说想整一台摩托车，他都看好了，雅马哈的，红色。说到时候就弄一根绳儿，一头拴在摩托车上，一头拴在我爸的自行车上，上坡的时候，省劲儿。他说还想整一副皮护膝，棉手闷子，棉帽子，针织的大围脖，就露出一双眼睛。他说刚入秋，可小风挺硬，往骨头缝里钻。

也就去了三四回，我爸就死活不去了，和我妈说："你那老妹夫，歪心眼太多，早晚得出事。"

第一天，我老姨夫和卖鸡的人家打赌，说他上手一抄，就知道斤两。要是上下差出去二两，收购价格就翻一倍，要是在二两以内，就便宜一半。

我爸说他："收鸡收多了，手上有准头，每回都是他赢。""我也看出来了，他也不是谁家都这么干，净找老实人家，激人家和他噶东。"

第二天，俩人收完一个屯子的鸡往外走，到屯头的时候，我老姨夫一把就薅住了一只闲逛的鸡，塞进筐里，继续走，就像什么都没发生一样。我爸说他："杀鸡杀多了，身上有杀气。鸡看见他，都不敢动。"

第三天，也是快收完，要走了。他和我爸说："二姐夫等我会儿，我方便下。"原来，他跑到屯子里总耍钱的一家，和人押三张去了。我爸问清楚了，找到他的时候，老姨夫手里攥着三四十块钱，看见我爸说："再等会儿。"押三张，就是对面一个人，抽了扑克牌里，两张黑桃，一张红桃，翻扣在一个桌上。三张牌来回倒换，停下后，根据记忆挂钱，挂

中红桃的赢。

我老姨夫先前应该是输了，说要验牌，拿过三张牌挨个儿看了一遍，还回去。此后次次中，五六把之后，就说"太晚了"，"不玩了，得回家了"。对方几个人不让走，说："你以为我没看见啊，你验牌的时候，是不是在红桃的后面，刻了一指甲。"

我爸说收鸡"不是人干的活儿"，"起早贪黑，坑蒙拐骗的"。

入秋的时候，我老姨肚子就大得看不见自己的脚了，我妈找厂医院大夫给看了，说不是双胞胎，可仍然让人担心。我老姨怀孕反应大，没事就吐，吃不下啥，不能睁眼睛，一睁眼，就迷糊，天旋地转，得成天躺着，跟晕车似的。我姥姥说，这孩子磨人。

老姨夫走那天，谁都不知道，就和我老姨说了一嘴。可我老姨迷迷糊糊的，也没听太清楚，好像说是"出去挣点钱，生孩子的时候回来"。我妈帮着检查了一下，我老姨夫带了几件衣服，还有一件旧军大衣也拿走了。我妈说："这是打算在外边长干啊，还是咋地？"

我爸倒是开始理解了，"老婆下岗，他还是一个菜农，住在老丈人家，要工作没工作，要房子没房子，眼瞅着就又多了一张嘴吃饭，怎么活啊。该咋是咋，还挺有刚。"

那个时候，是 1989 年，第二年我就该考初中了。我妈是老师，在她看来，这场中考不仅仅是我的考试，也是她的考试。她说我要考不上重点，要么她就地打死我，要么她吃点药，不活了。

我那时候不争气，偏科严重，数学就是我命中注定的克星。什么分数除法，什么应用题，我们两两相望，互相绝望。别看我妈教语文，偏偏数学也好，看我那样就愈发气不打一处来，拎着那把老姨夫给我做的戒刀，寸步不离地看着我，以至于她去姥姥家的次数都少了。

我爸那时候比我更不省心，下岗之后，这个不愿意干，那个干不了，越待脾气越大。我妈成了家里最忙的人，和我爸打完仗，转身再打我。挂在嘴边的都是"老的老的不省心，小的小的不省心"这类话。

　　其实，1989 年的时候，不光是我妈，整个富拉尔基人的脾气都暴。在我们上学的路上，路边经常有靠在摩托车上，等着拉脚的人，因为抢生意，刚刚还一起聊天的两个人，转眼就能骨碌到一起，巴掌、脚丫子冒烟咕咚地招呼。搭车的人，安静地站在一边，等他们打完了，跟着打胜的一方走。

　　我家一左一右，住的都是我爸的工友，还有几个是一个车间的，经常聚在门口，主要内容就是骂人。骂厂长，"贪污受贿，好好的厂子，给整黄了"。骂政府，"忘本了，抛弃工人老大哥了"。骂这狗逼的世界，"人都变坏了"。

　　我早晨上学走的时候，他们在骂人。我放学回来的时候，他们还在骂人。下岗后，骂人，成了他们的工作。

　　我老姨生产的前几天，我爸终于又开始工作了。他和两个徒弟一起承包了一个录像厅，就在原来厂子的东侧门，两间平房，门和窗户都用棉门帘子挡着。屋里唯一的光源来自墙角一台二十九寸的电视，电视机旁边是三台录像机，二十四小时循环放映。我爸和他那两个徒弟在门口轮流卖票，也是三班倒。两块钱一张，五块钱不清场。放的片子也讲究，按照演员放，今天是周润发专场，明天是李连杰专场，后天是成龙专场，大后天是刘德华专场。

我听到小弟弟出生的消息就是在我爸的录像厅里，当时正放的是刘德华主演的《大冒险家》。关之琳在给一个黑社会头子按摩，那个人转头问："我很脏吗？"随后，关之琳面无表情地骑到他的背上按。

老姨家的弟弟出生时是五斤八两，浑身红紫，一声不吭。医生倒拎着两脚，啪啪地拍打后背，才哇的一声哭出声来。我老姨也哭，骂那个穷命鬼"死哪儿去了"。我姥爷在外边骂"瘪犊子玩意儿，让狼给掏了？媳妇生孩子都不回来"。我姥姥和我那几个姨跟着一起屋里屋外地哭。

我是在老姨出月子后，才看见我那个小弟弟的。小耗子一样，闭着眼睛，净知道哭。我老姨奶水不好，一对乳房干瘪着，被他含在嘴里，裹几口，就吐出来，发出猫一样的哭声。

我爸他们的录像厅，也是在这时候被查封的。警察接到

电话，说他们一到半夜就放黄色录像，都是《金瓶双艳》《七擒七纵七色狼》《洞房艳史》啥的。那天下了那年冬天的第二场雪，是小雪，薄薄的一层，小米粒一样撒在第一场雪后结的冰上，一走一打滑。天儿嘎嘎冷，可太阳很好，阳光细长，质地明媚，隔着蒙在窗户上的塑料布，泼洒了那么多让人害臊的温柔。

派出所的电话打到了姥姥家，正好是我妈接的。放下电话，就去穿大衣，围巾胡乱地缠在脖子上，准备去派出所。一拉开门，发出一声尖叫。

门口站着一个人，穿一件已经看不出颜色的军大衣，腰上系着一个围脖，长的一头，垂在胯骨了。手里拎着一个写有天津字样的绿色提包。头发长，胡子乱，遮挡了大半的脸。一身的怪味，能呛人一个跟头。

家里人，包括姥姥、姥爷、我妈都跟被孙悟空的定身法给定住了似的，看着我老姨夫驾着一股汗酸味进屋，趴在里屋门口，看一眼我老姨和他刚刚满月的儿子。转头跟我姥爷姥姥说："爸、妈，我回来了……"话没说完，牛一样地，发出呜呜的哭声。

我永远也忘不了那一幕，我老姨夫站在外屋地上，一边掉眼泪，一边脱掉军大衣，撕开衬里，连棉花带钱，一把一把地往外掏。掏完这边，再撕开另一边的里衬，再往外掏。掏完军大衣里的，还有棉袄里的，最后一把钱，是从衬裤里掏出来的，他在衬裤里缝了一个兜。

地上花花绿绿的钱，散落在白色的棉花中间，像是海浪中间起伏的船，像是他们结婚时一地的糖纸。

阳光斜斜地照进来，空气里，颗粒飞舞，我屏住了呼吸，怕被呛着。我姥姥在飞舞的灰尘中间，挓挲着双手，倒换着双脚，嘴里说"哎呀呀……"不知道该怎么办。

3

那时候，有人专门下屯去农村收粮食，再卖给粮库，赚差价。

我老姨夫是给收粮食的扛麻袋。两个人跟一台车，收

的时候，负责装，卖的时候，负责卸。一天下来，能给五十块钱的工钱。要是顺利的话，起个早，贪个黑，一天能干几趟。老板要是赚到钱了，心情好，一天下来，还能再给点。别看我老姨夫个子小，可有的是力气，又不惜力，找他干活的老板也多。

用我爸的话说，我老姨夫这个人鬼道，不到一个月，就发现了收粮食的门道。一天晚上，他就着蜡烛，清点了一下，手里有五百多块现钱。第二天，凭借收鸡的经验，他找到一个偏一点的、收粮食老板去得少的屯子，把五百块钱都塞给了屯长。要求就一个，"我来的时候，和村民说一声，交公粮了，就行了"。

当天，他就用一堆欠条，换了一大车粮食拉走。粮食卖到粮库，收到现钱，揣在兜里，又连夜赶到另一个屯子。找到屯长，再塞给他五百块钱，第二天，又拉走一大车粮食。一星期后，回到第一个屯子，还了钱，清了欠条。村民一看，都相信了，他顺手又拉走了一车粮食。

这么倒腾半个多月后，粮食收完了，他和人又进了山里，如法炮制，只不过这回倒腾的不是粮食，是榛子、木耳这些山货。

我老姨夫是我们那儿的第一个万元户。

在富拉尔基成立了一个粮食晾晒点，除了秋天照样下屯收粮食，平时也收红小豆、芸豆之类的。在晾晒点晒干后，按个头大小装袋，标注成一等品、二等品，价格也因此高低不同，再往外卖。

他还在重型机械厂门口，租了一个门市房，专门卖从小兴安岭收来的山货。其实门面就是一个摆设，富拉尔基才多少人，一年能买多少山货，这个山货店主要是往南方发货。山货除了榛子、松仁、木耳、黄蘑、猴头菇，还有人参、黑蚂蚁、穿山龙这些药材，偶尔也有野猪肉、狍子肉、鹿肉啥的。

富拉尔基没有人不知道我老姨夫，都知道老房家跟个地主老财似的雇了好几个人，男的女的都有。有站柜台这种不用太出力气的，也有晾晒这种卖力气的。还有人拐弯抹角地找到我妈，看能不能介绍到我老姨夫那儿去，好干点什么。

　　富拉尔基人都看我老姨家眼红，说是不知道挣了多少钱，只有我妈看着他俩闹心。说钱没挣多少，一天天整得跟个盲流子似的，天不亮就裹了一件军大衣出门。走之前，得往鞋里絮两双鞋垫，要不，一天下来，脚冻得跟不是自己的似的。晚上不知道几点能进家门，进屋倒床上就能睡着。

　　不过我妈也说，自从我老姨夫回来后，老姨就像变了一个人。好像突然意识到自己和这个男人是已经结婚了，不再像以前那样横挑鼻子竖挑眼了。不但能干了，也能吃苦了。活儿那么累，中午就和工人一起吃一碗煮挂面条对付。我老姨夫心疼媳妇，偶尔买一只烧鸡回来，算是改善改善伙食。

　　我那个小弟弟，只能跟着我妈。手里拎着我老姨夫给我做的那把戒刀，鼻涕拖得老长，走几步就摔倒，动不动鼻子就碰了个酸枣，成天哭哭咧咧的。我妈说他俩"这日子过的，人没人样，家没家样"。

　　有人敬我老姨夫三分，也有人看我老姨夫就烦。市场管理员找机会就收拾他，占地方了，卫生没做好了，跟训三孙子似的。每当这时候，我老姨夫就拿出右脸，堆出满脸的笑，掏烟，给点上，顺手再把烟装到人家兜里。他也经常和其他老板发生争执，因为货款、价格、质量，随便什么原因。这时候，他就亮出带疤的左脸，抢起铁锹，照脑袋就劈，追着打。对雇用的人，他是左右脸轮着用，有时候凶神恶煞，有时候掏心掏肺。

老姨夫和老姨都带头干活，别人一点懒都偷不到，找我妈介绍活儿的人，没干几天就后悔，说比以前累多了。累不说，老板娘还贼抠，一个月下来，也挣不到什么钱。

我爸也看我老姨夫家闹心。自从上次录像厅那事之后，他已经在家待了半年多了，没事就喝茶水，一罐子茉莉花茶，一个月就能喝光。我妈上班走时，他在喝茶水。我放学回家，他在喝茶水。端着茶杯，噘起嘴，左右晃动脑袋，吹去水杯上面的茶叶末子。喝一口，烫着了似的，咂吧几下。

我妈和他商量，不行就去我老姨夫那儿干，不能总这么待着。我爸跟踩着了尾巴似的，蹦起来多高。"砢碜谁呢？就他老姨夫？看着笑呵呵的，啥事都干得出来。给他一个刨锛，他都敢去劫道！我跟着他干？"

我妈上去两杵子，把我爸搡到墙角。

其实我爸也不是啥都不干，他每星期都去买一张彩票，装在中山装的左上兜里。开奖的第一时间，趿拉着鞋，跑到卖彩票的点儿，去看中奖没有。他和我说，他有预感，肯定能中五百万，就是不知道啥时候。在那个命中注定的大奖到来之前，我爸最大的积蓄就是那些废彩票，有两大沓，用夹子夹着，整整齐齐地码放在抽屉里。他还和我唠叨过几次，要不也开一个彩票点，"瞅那玩意儿，挺挣钱，买的人不少"。

彩票点没开成，他和两个徒弟倒是开了一个驴肉蒸饺馆，他那份钱是我妈跟学校借的。其实，我妈她们子弟小学开工资也不正常了，经常一压就两三个月。我妈脾气倔，说话直，领导也不得意，所以这钱是朝谁借的，傻子都明白。我妈跟我爸说是跟学校预支的工资，我爸说："事业单位就是好。"

我爸那两个徒弟特别显眼，一个高，一个矮。高个的脸白，矮个子脸黑。脸白的少言寡语，一脚踢不出一个闷屁，脸黑的话多，可有点磕巴。话少的，跟我爸三年多，话多的跟我爸七八年了。跟我爸年头少的，不大喝酒，年头多的，总喝大酒。

我爸让我叫他们叔，我从来没叫过，看他俩在我爸面前点头哈腰那劲儿就烦。两人比我爸早下岗几个月，和纺织厂我老姨那批下岗时间脚前脚后。

高个住我家左边，从我家往外数，第四个门就是他家。他媳妇挺胖，也是纺织厂的，说话大嗓门，笑起来，震得窗玻璃直颤。矮个住我家右边，从我家往里数，是第二个门。没媳妇，就他一个人。他是内蒙古人，也有人叫他小内蒙。小内蒙年轻的时候，和家里人拌嘴，被他爸打出来的。时间长了，早就不记得为啥和他爸打架了，可也一直不回家。

他们开的驴肉蒸饺馆，就在原来的录像厅旁边，两间半的平房，八张桌子，墙上贴了几张大美女的挂历，整天笑呵呵地看着他们。我去吃过两次，感觉不大好。他们开录像厅的时候，就不愿意扫地，地上一层的瓜子皮、花生壳，踩在上面，沙沙作响，跟踩在雪地上似的。开驴肉蒸饺馆，也

不怎么扫地，地上总有油污，一不注意就滑一个趔趄。出来时，经常沾了一脚的蒜皮子。

来吃饭的，都是附近厂子的，有的认识，有的不认识，可论起来，拐弯抹角地都听说过。三个人又都讲究，动不动就给抹个零。也有欠账的，胡乱记在一张纸上。时间一长，那张纸都找不着了。

小饭店做的都是熟人生意，要是对人总是这么友好还行，用我妈的话说，"他们几个经常摆不正自己的位置，还当是上班时候的同事呢，现在进来吃饭的，就是顾客，顾客永远都是对的。"小内蒙可不这样认为，那小子脾气暴，说话冲，一言不合，就瞪眼睛。

顾客嘛，一喝酒，就吹牛皮，小内蒙也觉得很正常，他自己喝酒吹牛皮那时候，也邪乎着呢。他的问题是好瞎掺和："哎，你俩说的那个大老赵，是三车间的吧，一脸络腮胡子，平时总愿意喝两口。""他咋地了，你们也是三车间的？""看你俩岁数不大，哪年进厂的？"

其中一人已经干了一口杯白酒，酒意翻涌，斜着眼睛，就回了一句："抠抠抠，都抠出大粪来了，瞎鸡巴抠啥？"小内蒙瞪了眼睛，梗着脖子，"你个小逼崽子，抠你咋地，信不信大粪给你打出来。"往往这时候，都是高个出来打圆场："一个厂子的，都少说两句，别伤着，以后还得处呢。"

我老姨夫买了一辆桑塔纳，黑色的，铮亮，能照见人影。在富拉尔基，除了几个厂的厂长、书记，没谁家能自己买辆小汽车。富拉尔基的人都说，老姨夫家老有钱了，是房百万。小内蒙说："楼上楼下，电灯电话，再加上一个小轿子，你老姨夫这是提前进入共产主义了。"

富拉尔基也有人说，别看他老房家红红火火的，其实欠了一屁股债。具体多少不知道，反正说出来能吓死人。为此，我妈还找我老姨问，回来就唉声叹气的，和我爸说："问了，是欠人家钱，有二十多万，可咋整啊，倾家荡产也还不上啊。"我爸说："他老姨夫咋说，他不是能人嘛。"我妈说："他倒是不着急，嬉皮笑脸的，说，我家欠人家二十多万，别人还欠我三十多万呢。心咋这么大。"我妈又说："这日子让他俩过得啊。"

我看老姨夫还那样，没什么变化，看不出多有钱，也看不出多没钱。吃香瓜的时候，还是不洗，在裤子上蹭蹭就吃。还是经常能听见他哼歌，"我从山中来，带着兰花草……"

不同的是，挂在腰间的钥匙串，多了一个黑色的汽车钥匙，和那个点滴管编的金鱼挨在一起，一走道，跟着晃荡。

4

1992年，我上高中的第一个寒假。那年冬天贼冷，在外面走一会儿，就得小跑进商店里暖和暖和，再走。谢一芸说我矫情了，刚从富拉尔基走几天啊。

我俩是初三时候在一起的，她又瘦又高，长得挺好看，细皮嫩肉的，就是不爱学习。学习不行，可脾气大，好急眼，和人抢过酒瓶子。在我们那儿，这样的女的挺多的，对男朋友好，跟对儿子似的，可急眼了，也伸手去撕、去拧。

我俩上学的时候，学习都不咋的，我还勉强考了一个高中，到齐齐哈尔上学去了。她没考上，她妈提前办退休，她接了班，在一副食站柜台。穿上白大褂，戴着口罩，看上去还像那么回事。可和我在一起，就整天破马张飞的。和我说，想趁着寒假，让我和她一起去趟绥芬河。那边老毛子多，可以倒腾点啥，老毛子整武器厉害，轻工业不行，一包大大泡泡糖，就能换他们一件呢子大衣。呢子质量好，大衣扔在那儿，能自己站着。

她还想让我和她去广州，进点货，卖服装。现在脑子活的，都自己干点啥，上个死班，挣那点死工资，将来可咋整。她说，她考察过了，富拉尔基人都去沈阳进货，其实，沈阳往外批的服装，也是从广州拿的货。她说咱不零售，也批发，走货快，薄利多销。她说她看衣服的眼光还挺准的，她看上的款式，没多长时间，齐齐哈尔、富拉尔基就都流行起来了。

我爸他们的驴肉蒸饺馆已经转让了，三个人都不是做买卖的料，成本控制不住，一算账就傻眼。再说，小内蒙成酒魔了，还和顾客打过两次仗，保卫科都来了，影响挺不好，

来吃蒸饺的越来越少。

我妈说:"没想到他们能干这么长时间,不错了,这些年,算下来,没赔没挣,就当玩了。"

我妈说:"做买卖这事儿,需要天赋,他们都没你老姨夫那本事,你老姨两口子都爱钱,哪怕看见一分钱,不挣到手里,就睡不着觉。"

也就在我上了半年学的时间里,富拉尔基就变得有点认不出了。原来几千人的大厂子,基本都下岗了,就留了几个人,轮流值班,保卫那些写有标语的大烟囱和厂房里正在生锈的机床。

街头巷尾,做小买卖的多了,卖服装的,开面馆的,倒腾调料的,散落在原来厂区的四周。就连家属区里,也有人骑着"倒骑驴"卖糖葫芦。我和谢一芸各拎着一根糖葫芦,满家属区乱窜。谢一芸说:"富拉尔基太冷了,你得考到南方去,到时候我也一起过去。那边热乎,冬天就穿一个背心。"我说她:"你可消停点吧,还待不下你了。"

那天是 1 月 26 号,还有十天过年。富钢家属区已经有了过年的意思。很多人家的窗户外边都摆出了盖帘，盖帘上是新蒸的豆包、馒头，在外边冻得梆硬。有的还冒着热气，正在冻得梆硬。男人从外面回来，大都在自行车后座上驮了五百响的大地红，一米来长的彩珠筒。再过几天，就应该有小孩子拆了放小鞭，一个个地四处扔，特烦人。

那天，我回家晚，和谢一芸看了两场录像。啥名忘了，她也应该没记住。就记得电视上穿了古代衣服的人飞来飞去的，一掌拍下去，威力跟原子弹爆炸似的，天崩地裂。我俩躲在录像厅最后面，她的头趴在我脖子上，蛇一样缠住我，我俩一直在那儿捅捅咕咕的。刚进来时，满屋的臭脚丫子味、烟味和一股说不清楚什么味道的味道，统统消失了。这个世界上，只剩下谢一芸沁人心脾的体香。

家里没人，站在门口想了下，我妈应该又去我老姨那儿了。这次看见我那个小弟弟，白白胖胖的，再也看不出小耗子的样了，像个大肥猫。老姨说，多亏了我妈的照顾。

我决定去找我爸要钥匙。自从驴肉蒸饺转手之后，他和两个徒弟盯上了厂子的澡堂子。承包给个人之后，澡堂子多

了一个休息的大敞间，我爸带了茶，有时候也带包点心，像上班那样，天天去泡澡。说是去泡澡，也下不了几回水。大部分时间躺在休息间的木床上，和人聊天、喝茶。累了，就眯一会儿，醒了，就出去泡一会儿。回来继续聊天、喝茶。

我是在半道上，碰见我爸的那个高个徒弟的，他看见我，明显一愣，问我："你没过去？"我一边走一边回："过哪儿去？"他又问了一句："你没去看看你老姨？"

我老姨是中午死的，死在富拉尔基和齐齐哈尔之间的一个斜坡上，她家那辆黑色的桑塔纳翻到了路边的壕沟里。

司机胳膊折了，是最先爬出来的，把老姨夫拽出来，发现他脚心不再朝下而是朝外了。司机说，他眼睁睁地看着我老姨夫，将朝到另一个方向的脚，一把给掰了回来，看着心直哆嗦。

等他俩拽出我老姨的时候，发现她脖子折了。司机说，我老姨夫一个劲儿地扶我老姨的脖子，扶正了，就歪到一边，扶正了，就歪到一边。

老姨夫用脑袋顶着老姨的头，脸贴脸支撑着，用另一手扶正，保持正常的样子。

他脚折了，走不了道，就用牙叼着我老姨的衣服，往路边爬，嘴里发出牛一样呜呜的哭声。

那天下的是小清雪，雪不大，风倒是挺硬，我老姨夫没爬几步，鞋就掉了，袜子上血和雪混在一起，看不出原色了。他像一只大猫叼着一只小猫那样，一拱一拱地爬。挪动几步，就得松开嘴，捯一口气儿，再叼，再爬，地上一道杂乱的血迹。

我老姨夫疯魔了一样，一边爬，一边口齿不清地叨咕，"救护车……救护车呢"，"我有钱，给我找救护车……救救我媳妇"。声音低哑，含混，如箭矢般，穿过风雪，撞得雪末子乱飞。

那年是东北三十多年都没遇到过的冷冬，那天是那个冷冬里最冷的一天。天地素白，北风呜咽，人在风里，彻骨地孤寒。

我到姥姥家的时候，人散得差不多了。姥姥和姥爷被我大姨接她家去了。我妈和我三姨哭昏过去几次，现在，平躺

在床上，眼神空洞地望着房顶。眼泪顺着脸，仍断续地淌。我爸坐在靠边站旁的凳子上，也是满脸的眼泪，小内蒙在后面扶着他。

我老姨夫被送进了医院，几个人看着他，说是也一会儿一会儿地昏死，醒了，就拿脑袋往墙上撞。我三姨夫根本拉不住。俩人脸上都有血，干了的，发黑，新鲜的，发红，发烫，顺着脸往下淌。

后来，我问过我爸："你哭啥？"他说："苏联解体了，能不哭嘛。"

其实，做生意后，我老姨家盖了自己的房子，为了方便，仍然住在我姥姥家的里屋。他们的两层小楼，我去过，装修得特别漂亮。地上都铺了木地板，可房子不能住，虽说是有自己的锅炉，一个冬天烧好几车煤，可还是冷，冬天根本住不了人。找人察看过几次，终于有明白人告诉说，铺地板的时候，没做处理，下面是空腔的，风都从下边走，形成了穿堂风，跟站在大道上没什么区别。

我弟弟还小，出殡那天，我老姨夫给摔的哭丧盆，意思是丈夫当成了儿子。摔的时候，跪在那儿，眼泪顺着脸不断线地淌，啪啦啪啦地往地上掉。他牙齿松动，说话有点漏风，反反复复唠叨一句话："是我没有用，到了到了，也没能给你一个家。"

富拉尔基的人差不多都去了，没一个人说话，都抹眼泪。

开学走之前，谢一芸和我掰了。她和一副食一个男的，跑绥芬河去了。身上一层又一层套了好多衬衣衬裤，说过了海关，脱了，装袋，可以换回一辆坦克。走之前，问我去不去。我说："我连车都不会开，开啥坦克啊。"她说："坦克好，下雪天不打滑、不翻车。"我说："滚鸡巴犊子。"分开的时候，她踹了我一脚，劲儿挺大，生疼生疼的。

我去了一趟老姨夫那儿，他躺在二楼的床上，瘦得跟个刀螂似的，脸都瘪了，说话有气无力。我妈和我大姨、三姨也一起去的，帮着收拾我老姨的东西，看看什么东西烧了，什么东西留下。

衣柜在二楼，是那时候最流行的三开门。打开之后，她

们三个都回头看了我老姨夫一眼。我看了看衣柜，也看了我老姨夫一眼。我老姨夫傻呆呆地躺着，眼望着天花板，一只手，怕晒着似的，搁在额头上。

大衣柜里满满登登，长的短的皮衣，黑的红的呢子大衣，还有触手生温的貂皮大衣。摸在手里又软又热乎的围脖，各种颜色，十几条，挂在一边。另一个衣柜里，有皮鞋、皮靴子，棕色的、黑色的，长筒的、短筒的，堆在一起，分不清谁和谁是一双。

一楼厨房的冰箱里，也塞得满满的，一开门，哗啦一下掉出一个塑料袋，打开一看，里面是两只烧鸡。除了鸡鸭鱼肉，还有半条大马哈鱼，哈尔滨的红肠、小肚，两盒富拉尔基不常见的三文鱼……

我妈她们三个怔怔地望着眼前的一切，又掉了眼泪。我老姨平时吃的啥、穿的啥，早晨喝一口粥，中午经常就对付一顿挂面，和工人一起风里雪里的。现在人没了，这些东西再好，又有啥用。

好东西太多了，我大姨说，就找两样，象征性地烧烧得了。最后找出一件半新不旧的短呢子大衣，一条黑裤子，一件浅绿色的毛衣，一双二棉鞋。我三姨去找塑料袋，我妈叠衣服，随手各个兜掏掏。

在呢子大衣的右手兜里，掏出一个存折，打开，上面写着存入三千元。在黑裤子的右手兜里，掏出一沓钱，数了数，八张一百的，三张十元的。那双二棉鞋里，在左脚鞋壳里掏出五张一百的，卷成一个卷儿。右脚里，没有。

屋里一共五个人，在短暂的震惊过后，纷纷行动起来，所有的衣物都抱出来，扔到床上，一件一件翻，一个兜一个兜掏。半天时间过去，找到现金共计四万三千四百七十元，存折七个，最少的存了五百块钱，多的一张是三万的。

但事情并没有就此停止，我三姨摸到一条线裤的裤腰有硬东西，拿剪子裁开，又发现了一个存折，里面有八百块钱。只有存款记录，没有取款记录。新一轮查找后，现金又多出七千多，存折多出了三个。

我妈三个人齐齐盯着我老姨夫，眼神复杂。老姨夫盯着眼前乱七八糟的家和床上纵横堆叠的钱，眼神复杂。我盯着

他们，眼神复杂。

老姨夫说，这些年他自己也不知道挣了多少钱，不知道家里存了多少钱。有钱就交给我老姨，说"给你和孩子"。也就是说，到最后，谁都不知道还有多少钱没有找到。我妈说大伙都成神经病了，在我老姨家，犄角旮旯，四处翻了三天。在惊喜和惊诧的起落之间，愤怒慢慢地浮出了水面。

我妈想起，我爸干驴肉蒸饺馆时，她找我老姨借钱，老姨说没钱，也得出去张罗。第二天拿过来两千块钱，跟我妈说是出去借的，还收了两分钱的利息。

我老姨夫也从开始时的哀痛里挣扎出来，流着眼泪，对我妈说："都说男人是山，女人是水，可再硬的山，也架不住水这么整。""二姐，我这么顾家，也没交下你老妹子，换不来一边大的。"

我妈说："你老姨谁都不相信，不信银行，不信亲戚，连你老姨夫都不信，她就相信钱。可她不是有钱的命，钱多了，她压不住。"

5

在我上大学第一年，我爸和我妈离的婚。

1994 年的时候，好像富拉尔基至少一半的人都在忙着离婚。刚下岗那几年，人心惶惶，都在忙着扎堆抱怨，没听说谁和谁离婚这类事儿。过了几年，基本都下岗了，又一次实现了人人平等，两口子都想法挣钱活着，根本就没有离婚的心思。最近几年，做买卖的做买卖，打工的打工，有人挣着钱了，有人没挣着，人与人之间出现了沟壑，心里也跟着越来越不平衡，离婚的一下子就多了。

人也奇怪，好像没有办法再做建设的时候，就先去破坏。

在这股席卷富拉尔基的离婚大潮里，有像我爸妈这样岁数大的，也有像谢一芸这种刚结婚没两年的。谢一芸和那人去了一趟海参崴，从绥芬河过的境，待了五六天，坦克没带回来，一人穿回来一件呢子大衣。回来不久，两人就结婚了。结婚不久，俩人就离婚了。结婚是男的提出来的，离婚是谢一芸提出来的。好在没要孩子，办得也快。办完手续，

谢一芸就离开了富拉尔基，连一副食的工作都不要了，据说是去深圳了。

我爸那位高个子徒弟也离婚了，离婚原因是搞破鞋。但男的说女的搞破鞋，和她们厂一个跑销售的。女的说男的搞破鞋，和一个开仓买的，"自己家都顾不上，成天给人家扛大活去。"小内蒙一听高个磨叽这些，就笑着说："乱糟的，一个人多清净，想喝点喝点，想睡会儿睡会儿。"

我爸妈离婚没那么大动静，两个人带了户口本、结婚证之类的证件，从一个屋出来。锁了门，骑上自行车，一前一后出发。不到半小时，就办完了手续，切断了二十几年的婚姻关系。回来时，除了兜里多了一张离婚证，看着和出发前没什么区别。仍旧是各自骑了自行车，仍旧是回到出发前的那个屋子里。我妈把离婚证锁在原来装结婚证的抽屉里，出门上班。我爸把离婚证塞到枕头底下，也出门，专门拣人多的地方转。

他得让人知道，他出来了。

在前一段时间，我爸和他那俩徒弟都被派出所抓了，副所长陈大脑袋亲自审问。刚开始跟唠嗑似的，问下岗后一天天都干啥，去哪儿喝酒，在哪儿抽烟。还扔过来一根希尔顿，对着抽。后来，就没耐心了，板起脸，直接问，上个月25 号晚上你干什么去了，大上个月 14 号呢？你和小内蒙都在一起干什么？

我爸刚被派出所带走，厂保卫科就领着两个警察来到家里，屋里屋外仔细地搜了一遍。末了，把我爸装着扳子、钳子、锤子的工具箱给拿走了。据说，警察还去了钢厂，找厂办了解我爸在厂子时的表现。

我爸在派出所的拘留室里待了两天，可看着好像待了两年，出来的时候瘦了一圈，眼睛都大了一号。高个和我爸是同一天出来的，小内蒙是第二天出来的。他和我爸说，警察说，那俩人都撂了，你也撂了得了，要是认罪态度好，还能少判你几年。高个骂他："就怨你，喝个尿骚酒，嘴里就没把门的，胡鸡巴咧咧。"

小内蒙一喝就大，一大就吹牛，这两年干啥啥不行，吹牛的本事倒是见长。有两次我都听见了，他和人说富拉尔基

出的那几个大事，都是他干的。给他一个刨锛，他就能解放全天下劳苦大众。还说，早晚把厂长也干了，那个犊子，指定没少贪污，厂子黄了，他倒是一个人吃香的喝辣的，一个大哥大，就好几万。

离婚后，我爸在他住了二十多年的家里，又住了一个多星期，就去深圳了，说是去干大买卖。此后的几年，他给我打过几个电话，就是简单地问问我咋样了，我有时候也问他干什么呢，每次回答都不一样，刚开始说是干土方，后来说是开龙门吊，还有一次说是干外贸，从美国往中国空运海鲜。我妈说他："听他吹牛吧，在一个小印刷厂当工人呢。"

在全富拉尔基人都离婚的时候，我老姨夫结婚了。

老姨夫的婚礼都没稀罕在富拉尔基办，地点选在齐齐哈尔的龙江饭店。摆了应该有一百多桌，客人也是来自四面八方，有从虎林过来的合作伙伴，也有从哈尔滨过来的大老板。我老姨夫给富拉尔基的人专门安排了大客车，一趟一趟来回接送。

婚礼办得隆重，每桌都有两瓶色酒，啤酒管够，白酒是西凤。都是硬菜，八凉八热，压桌菜有肘子，有一尺来长的大虾。那天，我老姨夫穿一套蓝西服，扎着红底白点的领带，头发做了型，撒了亮片。新娘穿了一套白色的婚纱，拖着地，露着肩膀。别说富拉尔基了，就连齐齐哈尔人也没见过这个。

在我们那儿，二婚都是下午开席，我老姨夫和那个女的都是二婚，但他们早上八点就开始了，一直喝到了晚上。最后一桌散席的时候，路灯都亮了。我妈听说了，咬牙切齿地说："谁都白费啊，这是不认你老姨的意思了。"

关于我老姨夫的这个新娘子，在当时的富拉尔基，说法很多。有人说她是小姐，和很多男的关系都不一般。有人说她是大学生，她爸好像是下边县城一个当官的。有人说她结过婚，离婚的，还有两个孩子。也有人说她爸是做买卖的，家里有的是钱，她爸和我老姨夫合伙做生意。

关于他俩是怎么认识的，也有很多说法。流传最多的是，她是我老姨夫从几个男的手里抢来的。那几个人还不服气，被我老姨夫带一伙人给收拾了。最后，几个人跪地上一

排，我老姨夫挨个儿脑袋上搕一酒瓶子，在纷飞的玻璃碴子中间，老姨夫用手点指："别让我在富拉尔基再见到你们。"

也有人说的是，那女的原来有一个对象，是我老姨夫硬撬过来。"用钱砸的"，"给了有好几十万"。

等到暑假我回来的时候，我妈和我说，她打听清楚了，那个女的姓邱，比我老姨夫小六岁。龙江县下边一个屯子的，人长得不寒碜，但比我老姨差多了。结过婚，有一个女孩，比我那个弟弟小四岁。

我老姨死后那段时间，我老姨夫不能自己在家待着，总得拽着人，陪他出去溜达，连我爸都被他拽出去过。时间长了，谁都有点自己的事儿，也真的都听够了他颠来倒去地说的那些事儿，就都躲着。

老姨夫找不着人说话，就去歌厅，要一个小包间，放出原唱，坐着听歌，一听就能听一天。我这个邱姨就是在黑化东门的七月雨歌厅上班的。

那时候她负责几个小包间，总看见我老姨夫一个人来，一待就是一天，不吃不喝不唱。有一回看他一天水米未进，就回到住处，煮了一碗挂面端过来，还卧了两个鸡蛋。

以后，我老姨夫就总去七月雨，总要那个包间。

具体怎么到一起的，我妈还是倾向七月雨老板徐虎子的说法。徐虎子他妈和我妈是一个学校的，我妈教语文，他妈教数学。据徐虎子说，小邱到他这里应聘的时候，还没离婚，但他一看她那个男的，就知道不怎么地，鬼头鬼脑，点头哈腰。来就是要钱，要点钱就出去喝酒。离着老远，就能闻到一股酒气。

终于离婚后，她把刚三岁的小女儿留在娘家，爹妈给照顾，瞅着利索多了。小邱干活卖力气，还有眼力见儿，不笑不说话，客人都喜欢她。徐虎子听说，她那个前夫一直骚扰她，找她借钱啥的，不给就打。小邱也不让份儿，还手，两人经常打在一起。小邱脸上、胳膊上也不时有伤。

徐虎子说，关于我老姨夫和小邱的事儿，他听那个男的和人白话过，可也就是说了一回，有好信儿的，还想再打听打听，可再也找不着人了，说是回老家了。徐虎子怀疑，是不是被我老姨夫给干了。

将各种线索拼凑起来，事情大概是这样。

有一天晚上，我老姨夫也不知道什么时候就进了小邱家，她租的是一室的房子，离上班的七月雨歌厅也就几步路远。谁也不知道我老姨夫是怎么进去的，也不知道是什么时候进去的。

那天晚上，小邱的前夫又去骚扰她，喝了酒，好像还打了她几巴掌。

快天亮的时候，那个男的起来上厕所，迷迷糊糊地，就觉得屋里有人。一拉灯，看见我老姨夫坐在一边，也不知道坐了多久。吓得一股湿热，哩哩啦啦地，尿液顺着腿淌到地上。小邱也醒了，一声划破黎明的尖叫，刚跳出喉咙，就硬生生地憋了回去。

我老姨夫阴沉着脸，脸上的疤痕鲜艳狰狞，在脸颊上虫蛇般抽搐。但语气平缓，说话和气，告诉那人："把钥匙放在桌上，以后别来了。"那小子手忙脚乱地找到裤子，蹬上，可不死心，手里攥着钥匙，小声嘀咕："配一把钥匙，挺贵的。"我老姨夫从随身的手包里，掏出一沓钞票，都是一百的，还带着银行的扎钞纸，应该有一万。像怕吓着谁似的，轻轻放在桌上，说："配钥匙的钱，我出。"

那小子一看见这么多钱，眼睛都圆了，吞咽了口吐沫，没说话。僵持了一分多钟，我老姨夫又掏出一沓，摞在第一沓的上面，仔细地码齐。那人眼睛转了转，嘟囔着说："钥匙和钥匙链是一体的，拆不下来，要留都得给你留下。"我老姨夫什么话都没说，又掏出一沓，又码放在一起。

那人眼睛转了几圈，还想要说什么，不等他张嘴，老姨夫从怀里掏出一个刨锛，放在那沓钱边上。刨锛把儿是榉木的，小臂长短，手柄处缠了布带，应该使用时间长了，被汗水拿得发黑。刨锛头也不再是生铁的全黑色，方的那头，发白了。

我妈说，我老姨夫再婚后，还住在原来的两层小楼里，地板拆了，重新铺的，走道再也没有空响了，终于有了脚踏实地的感觉。收拾地板的时候，顺手把屋里的家具也换了，窗帘、门帘都是新的。去过的人都说，家具一看就都是好木料打的，收拾得也干净，屋里暖暖乎乎，我老姨夫整天笑呵

呵的。女方带来的那个小姑娘和我老姨夫的孩子也和睦，不打架。

刚开始，我老姨家的弟弟，还经常到我家来，他愿意吃我妈擀的面条，炸的鸡蛋酱。我妈炸鸡蛋酱愿意往里放点糖，我那弟弟喜欢吃甜的。和小时候比，不爱说话了，眼睛里有活儿了，知道跟在我妈后面帮着打扫一下屋子，我看他们更像娘儿俩。

我妈总问他家里的事，知道邱姨挺好，不打不骂，对他和小妹妹一样。我老姨夫不像原来那么忙了，在家里的时间比以前多多了，总在家哼歌。

我妈也听说，他对第二个媳妇好，原来的买卖处理了一些，晒粮点也挑了，就留下山货店，可也不大去，总在家陪着媳妇。

6

我妈是和我大姨、三姨一起去的富拉尔基公安局。

我算了一下时间，去的时候应该是快立冬了。我能想象，三个气势汹汹的女人，跟门卫说"报案"时，富拉尔基狂风大作，落叶和塑料袋漫天飞舞的样子。

门卫问："啥案？"回答："谋杀案。"吓得门卫操起电话就汇报。

三人称：1992年1月26日，发生在富拉尔基和齐齐哈尔公路上的那场车祸，是谋杀，嫌疑人就是我老姨夫。理由就是：第一，为什么三人都在车里，偏偏就我老姨死了，另外两个都是轻伤；第二，我老姨夫再婚后的表现，暴露他根本就是蓄谋已久。三人要求公安局立即逮捕犯罪嫌疑人房如山，为我老姨报仇申冤。

报案之后，三个人就像值班一样，每天早晨八点，准时出现在公安局门口。带着一个小马扎，坐在离门卫室二三十米远的地方，不影响人家工作。每天下班时间一到，就去门卫室，要求给局长打电话，问办得怎么样了，什么时候抓人。三人一替一天，不吵不闹，风雨无阻。

一个多星期之后，公安局的人把她们一起叫进去，拿

着一堆检验报告，告诉她们，那次事件是一次交通意外。之所以只有我老姨死亡，是因为上车后不久，因为晕车，我老姨夫告诉她，那就趴一会儿。老姨把头抵在前面座椅的靠背上，闭着眼睛，抵抗眩晕。车辆发生翻转时，第一时间，颈部折断。

我妈说："这恰恰证明了房如山这小子蓄谋已久，利用了我老妹子晕车的特点，完成了谋杀。"我三姨说："我们问过了，谋杀得判死刑，现在证据确凿，他必须以命抵命。"我大姨说："现在就去抓，他肯定跟那个小妖精在家呢，俩人一起抓，没准就是同谋，肯定早就商量好的。"

我妈她们三姐妹向我老姨最后一次表达感情的方式，就是举报她的丈夫杀了她，"不管怎么样，先恶心他几年再说。"

三人的举报行动，以被各自单位领导领回去而告终。

和她们前后脚，我老姨夫也离开了公安局。看见的人说，他又瘦了一圈，背有点佝偻，头发被风揉搓得散乱，像狂风暴雨后的鸡窝。

7

再见到我老姨家的弟弟，是我在北京工作的第十年，也是我妈病退、到我这儿生活的第五年。那时候，我弟也毕业了。他学的是外贸，在深圳的一家贸易公司，把义乌生产的毛绒玩具、充气玩具，装船，运到美国去。

下班的时候，我领他回到东四环的家。事先没告诉我妈，最近一年，她有点老年痴呆，不大认得人了。可一进屋，我妈就认出来了，拉着弟弟的手哭，我弟也抱着我妈肩膀掉眼泪。

我弟告诉我妈，他爸现在一个人了。三年前，邱姨和我老姨夫离婚了。我弟说，是因为穷。他们结婚的时候，外边都叫我老姨夫房百万，其实钱都给我老姨收着，我老姨把钱藏在了她能藏到的任何地方，她死后，家就成了一个宝藏，我老姨夫就成了寻宝人。后来，我老姨夫在厨房的墙缝里，找到一块用布包的金子。在锅炉壁炉里，找到一个饭盒，里面装了三个金戒指和一条金项链。还在一个毛线团里发现了

一个存折。老姨夫还想起，上午把几挂毛线给了收破烂的，里面应该也有东西，就满富拉尔基找那个收破烂的，最后没有找到。

我弟说："我爸和邱姨在一起后，就像变了一个人，生意也不上心了，总在家待着，说一个男人，是家里的靠山，得多陪家人。"

"没几年，山货店就干不下去了，我爸也不往南方跑，净指着零售，房租和人员开支都不够，干赔钱，就陆续都兑出去了。"

"我爸还挺高兴，算算，那时候手里有将近四十万，我爸说，存银行，吃利息，一辈子也够了。"

"我和邱姨带来的妹妹上学需要钱，生活需要钱，加上钱越来越不值钱，家里坐吃山空。我上大学的时候，我爸就把房子卖了，他们租了个两室一厅。"

"后来我毕业了，前几年赚的也少，帮不上家里什么忙。妹妹上学的钱也不大够用，他俩就总打架，邱姨骂我爸没能耐，老婆孩子都养不起，死了得了。"

…………

"现在他一个人在富拉尔基，我接他到我那儿，他也不来。"

"我给他买了一辆三个轮的摩托，他自己挑的样子，可喜欢了，没事就骑出去转悠。车上插了红旗，富拉尔基的人不认识他，也都认识他那辆摩托车。"

弟弟坐在我对面，说话慢，可不停，一句接一句地说。我看着他，不得不再次感叹人类基因强大，从左半边脸看，更像我老姨，从右半边脸看，更像我老姨夫。

我妈坐在摇椅上，她老寒腿，腿上搭了一个毛毯。我弟坐在对面的单人沙发上，我坐在他们中间，我三岁的儿子和他的妈妈在另一个房间。

一时间，我所在的北京，像我出生的富拉尔基那样秋风萧瑟，落叶纷飞。在水天一色之间，我问："他还那么愿意唱歌吗？"一些形状不规则的提问，躲在时间里，就像无数的山川，沉默如答案。

过五关

1

陆辰是被早上的砸门声惊醒的，哐当哐当，像有人拎着把大锤子一下一下砸他的耳膜。几秒钟之后，砸门声锐化成一条蛇，冰凉地爬进眼窝，吐着芯子，晃着尾巴，往脑仁深处钻。

几分钟后，陆辰看到了砸门的人。一个是瘦高个，脸白，有些秃顶，索性剃了个光头，头上有细密的汗。穿了一件大红的 POLO 衫，右边的领子有些卷曲，翘在脖子边。下身穿了一件淡黄色的纯棉裤子，猛一看，还以为光着。穿了鞋，是阿迪达斯的休闲款，从陆辰的角度看过去，应该是那款白色的椰子。

另一个人稍矮，没汗，脸颊黑红，穿了一件蓝色的工作服，左胸口部位印着"24 小时开锁"的字样，右边对应部位印的是"公安局备案"的楷体字。右手攥着一把螺丝

刀，左手拎着电钻。刚才撕心裂肺的嘶鸣，应该就是仰仗于这位的武功。

瘦高个叫臧越，陆辰的大学同学，也在齐齐哈尔大学工作。臧越这样描绘那天的情景：挺好的房子，整得跟一百年没人住了似的，客厅凌乱，沙发上胡乱堆着东西，没有一丝人气，一走道，灰尘撵着人走。卧室更乱，但好歹床上躺着一个。根据肉眼可见的情况，初步判断床上这家伙应该还活着，起码知道用手捂住耳朵。可看着也跟个死人差不了多少，脸色蜡黄，唇边、腮边出了胡楂，头发蓬乱，显得人愈发地瘦小。上半身光着，下半身光没光着，暂不知道，盖着蓝色的羽绒被。抬着眼睛，愣愣地看着他们，像是草原上一只受惊的鼹鼠。

身后的客厅里，一个玩具，应该是刚才撞门时震到了地上。原来是一个戴着牛仔帽的玩偶在弹吉他，按下豆子形状的按钮，玩偶会扭动，能弹奏出一段吉他的乐曲。现在，玩偶碎裂，身体不知去向，只剩下两条腿，仍然随着音乐，倔强地踢踏，看着有莫名的诡异。

臧越嘘了一口气，抹了一把汗，跳上床，撅着屁股，四处翻找："你电话呢？我他妈的打了你几百个电话，藏哪儿去了？"陆辰的电话卷进了被子里，已经关机，按了几下，显出需要充电的图案。臧越跳下床，满屋子找充电线，一边吆喝："赶紧滚起来，你小子睡了得有四十几个小时。咋地，还想跟着去是咋地……"话没说完，后背先是中了一枕头，又中了陆辰有气无力的一声"滚"。

浏园位于嫩江边上，是齐齐哈尔人夏天野游的第一选择地。躲在树荫下，就着江风，烤肉、喝酒、吹牛。高兴了，就跳进江里，游两圈儿。北方天再热，水也是凉爽的，舒服。嫩江水恶，每年夏天，都有人淹死。齐齐哈尔人说，嫩江在浏园这一块，每年都有两个名额，就看落到谁头上。近两年，情况好转，政府做了规划，沿着江畔，建起了一些餐饮和游乐设施。原来经常下水游野泳的地方，建了白色的小楼，竖了白色的栏杆。蓝色的天，白色的建筑，绿色的树木，清亮的江水，臧越说："这地方有点欧洲的意思了。"

坐进浏园的烧烤小木屋时，陆辰的头发还没干，像是

有一只湿漉漉的鹅趴在头上。人虽然坐在这儿，身体好像仍然摊在床上，胳膊是胳膊，腿是腿，拼凑不到一起。臧越说他："精神点，看你那死出，都睡茶了。"

好长时间没有在中午出来吃烤串了，虽然小木屋外就是嫩江。六月，又是北方最好的季节，树绿得正谄媚，天蓝得近乎殷勤。可陆辰没什么胃口，也提不起什么兴致，一遍一遍地用手搓脸。老板应该是一个戏迷，小木屋里若有若无地荡漾着一个男人的悲叹："凉夜迢迢，凉夜迢迢，投宿休将他门户敲……"

手机又在裤袋里振动，陆辰知道是谁打过来的。刚刚出门的时候，看了一眼电话，一百多个未接来电，除了臧越的，就是这个人的。

小木屋信号不大好，臧越举着电话，扯着嗓子，满地乱转："在江边，你得下道，往浏园的里边走，一排小木屋，对对对，倒数第三个，正数……正数好像也是第三个……"

菜还没上，先让服务员搬来了一箱啤酒，一半冰的，一半常温的。臧越和服务员掰扯一个东北历史遗留问题，即什么手感温度才好意思算作冰啤酒时，两位客人到了。臧越笑嘻嘻地说她俩："点儿卡得挺准啊，踩着饭点儿来的。"

两个女人站在门口，背着光，只能看见依稀的轮廓，一个高挑，一个陡峭。再往里走几步，脸部浮出黑暗，年轻，闪着光。

"来，介绍下，陆辰，我哥们，齐齐哈尔大学中文系第一才子，仅次于我的，齐齐哈尔大学第二帅的帅哥。"转过脸，对着陆辰说，"这位是张欣，大欣子，还记得吧，一起喝过酒，车辆厂的。这位是……"大欣子抢着回答："小曦，我闺蜜，人寿保险的第一美女。事先说好了，我姐妹今天不能喝酒，你们不许灌她。"

大欣子身材高挑，穿了墨绿的短裙，裙子很短，腿很长，像拄着两条大白腿。在坐下的一刹那，臧越提醒："哎呀，小心撕开。"大欣子抬手欲打："嘴欠是不？信不信今天放你呲花。"臧越笑嘻嘻地："谁放谁还不一定呢，是不是胆肥了，想造反？"

那位叫小曦的女孩，比大欣子矮了半头，身形陡峭，又

穿了黑色的紧身裤和高跟鞋，显得愈发的危险，但人文静，眼神低垂，不大说话。大欣子一屁股坐到臧越身边，胳膊搭在他肩膀上："今天怎么喝？"小曦坐在大欣子旁边，双腿并拢，两个膝盖倾斜向一侧。

小木屋不小，但桌子不大，应该是臧越提前说了只有四个人，老板就给放了一张小桌。烧烤先上，羊肉串、板筋、蚕蛹、青椒、扇贝……满满地铺了一桌子。臧越还点了一锅炖老头鱼，热气腾腾地摆在中间，风扇晃着脑袋吹，白色的热气，四下飘散，四人坐在云雾间对饮。

臧越和大欣子玩得很疯，臧越先捏了大欣子的鼻子，看是不是原装的。大欣子叫嚷着得捏回来，臧越提醒她："捏可以，捏出鼻涕泡来，可不能赖我。"大欣子夸张地大叫："臧老越，你恶不恶心？"

陆辰喝的是凉啤酒，话不多，可一杯接一杯的，一次都没落下。几杯之后，回过了点魂儿，头脑清醒不少。小曦不喝酒，要了一瓶王老吉，常温的，别人举杯敬酒，她陪着喝王老吉。陆辰发现她不喝酒，可吃的不少，羊肉串能一口全撸，腮帮子鼓鼓的，有一点可爱。

臧越平时挺能喝的，今天上状态有点快，已经抓着大欣子的手，开始算命了："大欣子，你命里带财，财在你东边，以后多往东边走，是一个男的带给你的，财还挺大，够一辈子吃喝了。"隔着大欣子，探过身体，勾着脑袋和小曦说话："小曦，你今年会有一件大好事，是你一直想，可一直没有解决的，今年就成了，嗯，九月份差不离。以后啊，多和家里交流，别一说话就和你妈犟……"

大欣子没心没肺，冲着陆辰嚷嚷："大帅哥，这么长时间没见了，咱俩走一个。"搂着臧越的肩膀，站起来给陆辰满上。陆辰举起杯，在桌上碰了一下，一口喝光。大欣子刚喝一口，就差点喷了，骂道："臧越，你他妈老实点，差点呛着老娘。"

陆辰侧过头问小曦："忙吗？"小曦抬头看了他一眼，低垂了眼帘回答："还行。"

"保险好拉吗？现在。"

"我不是业务部门的，我是文员，坐办公室。"陆辰举

杯，碰了一下她放在桌上的王老吉，喝了。小曦也举杯，喝了。

陆辰喝了不少，趁他们说话，说："出去一下，透透气。"绕到小木屋背后撒了尿，站到江边，点着一根烟。天色渐晚，暮色四合，风暖昧昧地吹，江水哗啦啦地流。陆辰突然感到一种前所未有的放松，三年时间好快，他今年都三十五了。小的时候，看三十五岁的人，觉得已经是一个老头了。

臧越也跟出来，要了一根烟，低头点着，问："你觉得那个妞儿怎么样？"

"哪个？"

臧越往小木屋歪了歪头："小曦啊，还能是大欣子？"

"什么怎么样？"

看陆辰有些不高兴，臧越搂住陆辰的肩膀："哥们，说句不好听的，你的事儿，谁都不愿意摊上，不是啥好事，可也不一定就是坏事，看你怎么处理。你这三年，都那样了，真的，够意思了，搁到哪儿，谁都说不出啥话来。"狠抽了一口，吐出一串烟雾，"人这一辈子，长着呢，对得起别人，也得对得起自己，你说对不？"

陆辰用脚碾灭了烟头："我命里就该有这一关，扒层皮也得过……再喝两杯，就撤吧。天儿还是有点凉。"

回到小木屋的时候，大欣子和小曦在喝鱼汤。这个时候，嫩江的老头鱼正肥，鱼汤熬出了乳白色，撒了葱花，白绿相间。

看见两人进来，小曦和大欣子站起来，梁山好汉一样，举起碗里的鱼汤，绿色的葱花在乳白的汤上荡漾。"陆哥，今天不能喝酒，可必须得敬你。这年头好人不多，为我们今天能和一个好男人吃饭，干了。"

2

快到家的时候，陆辰打了一个电话："你在哪儿，出去住啊。"臧越那头，明显迟疑了一下，要是以往，陆辰马上会说"算了"。但今天，他实在不想回去，对家里还是有点

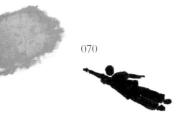

打怵，就举着电话，坚持着。臧越在那边说："行，你在那儿等我下。"

地中海洗浴在二马路那块，是齐齐哈尔的老牌洗浴中心，特色是海底泥。臧越特别喜欢他家，洗完了，又是盐，又是牛奶，一顿搓。再用海底泥敷了全身，蒸一下，跟做叫花鸡似的。每次蒸完，臧越都感慨一句："舒坦，多牛×的排毒养颜。"虽然时间长了，设施有点老化，但去年他家重新装修过一次，环境看着挺好，一点儿也不比刚开的威尼斯大浴场差。

今天，两人都没什么心思，只是胡乱地泡一下，出来要了一个包房。臧越打电话叫两个人进来给按脚，知道陆辰心情不大好，也不多打扰他，拿着遥控器按来按去。

电视在播放汶川地震七周年的专题片，画面上不时出现当年地震的场面。一个刚刚被挖出来的人，躺在担架上，对解放军说："我老婆还在里面，救救她。"

臧越转头看了陆辰一眼，怕刺激他，关了电视。"老冯调你们中文系了，应该是等今年老周退了，他就扶正。"看陆辰没说话，又说，"那事你再好好想想，我是在学校待够了，挣那两个一脚踢不倒的仨瓜俩枣，破事还这么多，真没啥意思，就是跟他们靠年头，可就算靠过他们，又能怎么样呢？这辈子也就是他们现在那样呗……你现在自由了，谁还能管得了你，别想那么多了。"

陆辰说："看看吧，教书挣钱少，可时间自由啊，要不是当老师，这三年，饿都得饿死。"调整了下姿势，又补充了一句，"三年没正经上课了，我还真想好好上几堂课。"

睡到半夜的时候，电话凄厉地响起，一个涂抹了香精的声音问："先生，需不需要服务？"臧越回："你都能提供啥服务？"电话那头说："哥，咱见面谈，一切包你满意，绝对的。"陆辰也被电话声惊醒，出了一身的汗，用手一摸，汗液冰冷、黏稠。臧越举着电话，盘腿坐在床上，已经和人家开始聊人生了。

陆辰翻了个身，再也睡不着，突然发现床板怎么这么硬。

第二天，两人从洗浴中心出来，直接去上班。臧越开车从来就不顾及乘车人的感受，急停急转，坐车的人晕，看见

的人也晕。本来昨晚就没有睡好，再加上臧越这种开法，让人头疼。陆辰坐在副驾驶座上，皱着眉，用大拇指顶住太阳穴，死命地揉。

三年前，陆辰就提醒臧越别太招摇，开一辆高尔夫而已，别跟开了个坦克似的。可一进校园，臧越就按捺不住那颗想要起飞的心。这辆小钢炮也真对得起他，发出跑车一样的爆破音，甩尾、急停，身后一道浓烟久久不散，男女学生纷纷驻足观看。陆辰看他一眼，欲言又止。

在达斡尔语里，齐齐哈尔是天然牧场的意思。1907年以后，齐齐哈尔一直作为黑龙江省会而为人所知。1954年以后，黑龙江省会迁往哈尔滨，齐齐哈尔经历了一个短暂的失落期。后来缠绕在这座城市上的金线，是作为共和国长子的几家军工企业，像和平厂、华安厂，其中中国一重、建龙北满特殊钢厂还是苏联援建的。1960年，苏联专家撤走后，大型国企有目的地进行了战略转移，东北的地位发生逆转。

现在，齐齐哈尔和大多数东北老工业基地一样，露出衰朽的气息。但齐齐哈尔的衰朽不是视觉上的残破，和全国其他城市一样，最近几年，齐齐哈尔的高楼大厦也盖了不少，看着也是兴旺发达的。

这个城市的问题是思想上的停滞，齐齐哈尔人的思维并没有随着楼层的升高而进入新世纪，大多数人的思维还停留在二十世纪七八十年代，以在机关或者国企上班为追求，就是所谓的有没有编制。这座有着八百多年历史的城市，好像成了中国巨变的旁观者。

也有人发现了问题，他们的选择是离开。

齐齐哈尔大学是黑龙江三所省属综合性大学之一，也就是有编制的，是齐齐哈尔出了名的好单位。最近几年也开始出现人才流失，尤其是中青年教师，有出国的，有创业的，还有叛逃去南方私立学校的。臧越和陆辰说了好几次，南京一个国际学校想让他俩过去，一起搞一个项目，除了工资翻了一倍多，关键是"趁年轻，别陷在这里"。

因为家里出现了些情况，这事一直当啷在陆辰这儿。

陆辰所在的文学与历史文化学院，对着劳动湖，是齐齐

哈尔大学里三个黄金位置之一。因为临湖，不论是早晨还是中午，都有人在湖边散步。陆辰就是在楼门口碰见了系里的张老师。

张老师是苏州人，快五十岁了，身材保养得很好，穿了一件素色的裙子。看样子应该是刚散完步，直接过来上班的。看见陆辰，没说话，眼眶先红了："小陆啊，想开点，要好好的，未来的时间还长着呢。"陆辰点点头，挤压出一款公共性质的微笑："谢谢你，张老师，我还好，你状态比以前更好了。有一点关于古文的问题，哪天去您办公室讨教。"

在二楼，陆辰遇到了孟洁，她是本校中文系毕业生，去年留的校。脾气好，总是笑盈盈的。正开门出来，抱着一堆文件。看见陆辰，眼睛一亮："陆老师！"

陆辰冲她点点头，笑了笑，脚步没停，说："小孟，一大早就忙？"他知道，孟洁一直在盯着他，但没回头，继续走，拐个弯上楼。

周主任的办公室在三楼最里边。陆辰刚敲了一下，门就打开了。老周那张刀削斧刻过的脸，出现在门后，手里端着一个茶壶，看样子是要去倒茶叶根。看见陆辰，眼睛大了一圈："小陆？怎么这么早就回来了？你还有假期，好好休休，缓缓乏儿。"

陆辰说："感谢领导惦记，给学校添了这么多麻烦，已经感激不尽了。这时候，也不想在家里多待。要放暑假了，事情多，回来能做点什么做点什么。"

"孩子呢？小丫头几岁了？"

"九月份就五岁了，在富拉尔基，我妈那儿呢。"

"也好，就是你父母得多辛苦了。小陆，这几年，你也够辛苦的了。你的事全校乃至全市都家喻户晓了。你不愧是我校青年教师队伍的优秀代表，无论是教学层面的业务能力，还是为人师表方面，都作出了表率作用，是我们中文系，也是我们学校的光荣啊。"

知道陆辰回来上班，办公室陆续有人进来寒暄。东拉西扯，没话找话，有人临走还拍拍他肩膀，满是赞许之意。有人临走前欲言又止，但终究什么都没说。

晚上下班前，臧越在微信里扔过来一个链接。学校公众号在第二条位置发了一篇文章，标题是"三年陪伴，无悔一生，记我校青年教师陆辰的感人事迹"。

陆续有人把链接扔给他，微信新信息提醒一直响个不停。还有人在中文系的大群里分享，群里罕见地热闹，大家七嘴八舌地说话："这都什么年代了，还能看到陆辰老师这样的，绝对是绝种好男人。""人长得帅不说，还正经。正经不说，还有才。""陆老师真是工作家庭双标杆，让我们男的压力山大啊。"

陆辰将群设置为消息免打扰，仰靠在椅子上，闭了眼睛，大拇指顶住太阳穴。

臧越来办公室找他的时候，陆辰正昏昏沉沉，半睡半醒。臧越胳膊底下夹了一个手包，冲陆辰抬了抬下巴："晚上出去。"

陆辰说："算了，太折腾了，想好好躺一会儿。"

臧越说："那就找一个地方，喝点粥，反正你晚上也得吃饭。"

陆辰问："你不陪乐乐？"

臧越说："现在陪你最重要，你看学校都专门给你发文章了，我更得陪好你。"说完冲着陆辰晃了晃手机，"我操，堂堂一个大学，写篇文章跟个街头小报水平似的，真他妈的丢脸。"

两人在陆辰家附近找了一个小店，要了一份猪耳朵拍黄瓜，一份凉拌干豆腐丝，一盆疙瘩汤，二十个羊肉串。臧越接了一个电话，说："我和陆辰在一起呢，那你过来吧，我俩也是刚到，就在万达广场这边。"

放下电话，对陆辰说："乐乐非要过来，说是看看你。"

陆辰问："你和乐乐怎么想的，还不结婚？"

臧越说："得结了，岁数大了，不想折腾了。"喝了一口疙瘩汤，太急，烫到了嘴，嘶嘶哈哈地说："等等再说吧，和谁结，还没想好。"

"你是不是把大欣子给办了？"

"还没有，是她想办我。现在的小孩，太生猛。咱老一辈也得有点原则，不能这么快就缴械投降是不是？"

3

陆辰家是一个标准的三居室，进门是一个玄关兼着鞋柜，客厅最显眼的就是放了一台五十五英寸的小米曲屏电视，电视对面是一张三人沙发，沙发左右各有一个单人沙发。好几个人都对这两个沙发不是一对表示过惊讶，每次陆辰都解释说："买的时候是一对，完全一样，跟双胞胎那么一样，后来长着长着就有人叛变了，不知道它俩怎么想的。"

卧室门开着，坐在客厅，可以看见一张双人床，铺着灰色的床单，被子胡乱堆着，像是被一拳打中的胃。卧室的墙是鹅黄色，时间长了，阳光晒到的地方，有些发白。床头的墙上，有一块方方正正的部分，颜色深一些，应该是之前挂过什么东西，替墙抵挡了阳光，氧化得没有那么厉害。

还不到十点，陆辰就躺在长沙发上，睡了。衣服扔在单人沙发背上，裤子堆在沙发底下。没拉窗帘，窗外隐约有车声和风声，由远而近，再由近而远，像是大海起落的潮声。

半夜时分，手机屏幕亮起，发出嗡嗡的振动声。过了一会儿，屏幕暗淡，振动停止。几秒钟后，屏幕再度亮起，振动声又来。一遍一遍，一遍一遍。

陆辰翻了个身，拿起电话，摁了一下，扔到茶几上，继续昏睡。电话接通，那头有人在说话，一直说，一直说。

4

陆辰是上班第三天见到老冯的，前两天，他都有去老冯办公室拜访，可都不在。今天，在三楼的楼梯口，两人走了个对头碰。

老冯原来在师范学院中文系，齐师院和齐轻工合并为齐齐哈尔大学后，就一直待在校宣传部。按照臧越的说法，这次调到中文系做副主任，只是过渡，明摆着是要接老周的系主任位置。也就是说，老冯是陆辰未来的直属领导。

老冯人高马大，又胖，目测得有二百斤，肚子大，脑袋大，下巴比脸宽，戴一副黑框眼镜，学生背后都叫他蛤蟆。两人站在楼梯口寒暄了几分钟，就客客气气地分开。身体交

错的刹那，老冯伸出大胖手，拍了拍陆辰的肩膀。一下午，陆辰都觉得肩膀那块黏糊糊的，像是沾了一把鼻涕。

快下班的时候，臧越打电话过来："听说你把老冯给撅了？这个死胖子一贯地不地道，那点中文底子都拿来干那些花活了。太王八蛋了，贩卖你的隐私，给中文系做宣传，拿别人的伤痛，往自己脸上贴金。不过，你得小心，别看他肚子大，这人小肚鸡肠，你拒绝他安排的采访，他会一直记恨着，指不定什么时候就给你小鞋穿。"

陆辰后悔死接受那个采访了，原本电视台是做一个医患关系的采访，肿瘤科的刘主任找他，让他代表患者家属说两句："你是大学老师，表达能力强。"刘主任人好，业务水平高，这几年没少麻烦他，这点举手之劳的回报也是应该的。

可不到一分钟的新闻播出后，大家都记住了陆辰照顾生病妻子的画面，报纸、网站纷纷要求采访，要做进一步的跟踪报道，陆辰慌忙拒绝。按照臧越的分析，应该是和陆辰长得帅有关，"这年头，注意力经济，帅就是生产力。"

陆辰到底还是低估了贴吧、微博、公众号的能力，新闻播出没两天，就有自媒体发出了万字长文，讲述陆辰和妻子的爱情故事。细节丰富，现场感极强，功课做得也扎实，据说连医院门口的保安都采访到了。

看着不时隐现在字里行间的"旷世爱情""含辛茹苦"等字样，陆辰觉得写得还挺好的，连他看了都感动，可就是觉得写的是一个陌生人的故事，和他这个当事人没什么关系。写作者煽风点火地热闹着，读者热泪盈眶地感动着，也算是各取所需吧。

不管愿不愿意，陆辰都成了一个红人。妻子雪梅的病，也成了一个新闻。304病房经常被热心的老头老太太推开，手里攥一张纸条，说是祖传偏方，反复叮嘱陆辰一定要按照上面说的做，几个月就能好。大多数人就是来看看，拉着手，说上半天，说着说着，就流下眼泪。陆辰只能默默地倾听，默默地点头。

这还算好的，最难对付的就是一些自媒体，陆辰就连出去打个饭，也得提防着。此前，一个公众号根据他打的饭，判断出雪梅病情加重，并暗示快不行了，惹得网上又是一片

唏嘘，还有人发出了点蜡烛的图标。人还在的时候，就开始纪念上了。气得陆辰骂人都找不到人。

雪梅的病情确实很严重了，一周前，医院下了病危通知。一些亲戚纷纷赶来探望，学校的同事、朋友知道了，也陆续赶过来。病房装不下，走廊都站满了人，医生护士经过，得用手扒拉，像是在蝶泳。

陆辰既愤怒又无奈，他不想把妻子的病情变成一个现场直播，把那点家事当街贩卖，可又有什么办法呢，都是实在亲戚和要好的朋友，又都是好意，推不得，挡不得。

妻子章雪梅已经昏迷了六天五夜，是这三年来，昏迷时间最长的一次。在两天的时间里，病危通知书又下了三个。来的人心里都明白，那一天，也就是这两天了。

出乎所有人意料的是，第三个病危通知下达还不到半小时，雪梅神奇地睁开了眼睛，说要见见父母和女儿。

雪梅的父母年纪不大，还不到六十，可在雪梅得病这三年里，头发都白了，脸上沟壑纵横，看样子得有七十多了。

雪梅望着父母，一直流眼泪，嘴巴开合，一句话也说不出。两位老人浑身瘫软，站都站不住，鼻涕眼泪一起淌，滴答到前大襟上，湿了一大片。

臧越和乐乐分别搀扶着两位老人，眼泪跟着噼里啪啦地往下掉。病房里的人知道，这就是诀别了。

女儿囡囡是爷爷奶奶领进来的，看到妈妈，一溜小跑，要往床上跳。陆辰赶紧抱起囡囡，给雪梅看。母女脸贴在一起，雪梅的眼泪，顺着眼角滚滚滑落。女儿伸出小手慌乱去擦，擦掉，又涌出，又去擦，好像擦去了眼泪，妈妈的病就会好。

囡囡从陆辰怀里挣扎出来，跑去找奶奶，要了她爱喝的波子汽水，说给妈妈喝。

陆辰左手扶着孩子，右手扶着孩子的妈妈，两个大人的眼泪滚落在一起。囡囡抱着汽水，往妈妈嘴边递，一边叨咕她和小朋友的事儿，她和可儿闹矛盾了，因为可儿说她坏话了。Tom 说有一个好看的动画片，但不给她看……病房里几个女人，掏出纸巾，跟着一把一把地抹眼泪。

医生担心患者情绪太激动，爷爷奶奶赶紧带走了孩子，一些人也被撵出去，病房里只允许留下四五个人。

雪梅好像也知道时日不多，抓着陆辰的手，眼泪不断线地流。过了好像有一万年，从牙缝里挤出几个字："陆辰，我爱你。"竟然还伸手，摸了陆辰的脸。

章雪梅再次陷入昏迷，再也没有醒来。

自媒体形容这一幕："感天动地"。

章雪梅的追悼仪式是在齐齐哈尔第一殡仪馆举行的，自从施行火葬之后，好像全国的葬礼都是一个样子了，中西混杂，不伦不类。传统的绊手丝、绊脚丝、打狗的干粮，还能对付着用上，哭丧盆之类的，就完全用不上了。

倒是活着的人话明显多了，先是雪梅所在学校的领导，从事业角度概括总结了章雪梅同志爱岗敬业的一生，沉痛表示：她的离去，对学校造成了不可估量的损失。然后是雪梅的朋友，从待人接物的角度回忆了雪梅音容宛然的事迹。有些事儿连陆辰都不知道，比如她帮坐在对面的老师，找她家暴的老公算账。比如老了想和几个姐妹一起去意大利定居，她喜欢吃意大利的冰激凌。

在妻子的葬礼上，陆辰好像再一次认识了妻子。

　　臧越找了人，雪梅是第一殡仪馆当天的第一个。齐齐哈尔人讲究这个，烧第一炉，吉利。雪梅的父母和陆辰的父母，都没让过来，怕他们受不了。囡囡也让奶奶带着，没让过来。陆辰说："那里阴气重，对孩子不好。"工作人员说："这样好，省得往里推的时候，人太多，撕巴。"通知的人不多，可追悼环节还是有些拖拉，工作人员频频看表，臧越也示意陆辰，陆辰点头回应。

　　在棺木推入火化炉的一刹那，陆辰还是崩溃了。跪倒在地，号啕大哭。

　　他这一哭，乐乐也哭，张老师也哭，哭声连成了一片。悼念大厅，像被重拳击打般抽搐。在场的男士，有的偷偷抹眼泪，有的七手八脚去拉陆辰。

　　一个没注意，涌进来十几个人，举着相机、手机，胡乱地拍。臧越等人扑上去驱赶，叫骂："都滚出去，都他妈的什么玩意儿，写人家隐私，你们还是人吗？"

　　当天，自媒体给这场葬礼起的标题是："旷世爱情终结，葬礼感天动地"。

5

臧越说："李岚来了，今晚在一起聚聚。"

李岚、臧越、章雪梅和陆辰都是黑龙江大学汉语言文学专业的。还是在开学军训的时候，臧越一眼就看中了李岚。虽然穿着肥大的军训服，跟个男的似的，可臧越说他的眼睛就是 X 光，那妞儿底子好，稍微收拾收拾，就不得了。陆辰记得他当时用了一个词："前凸后翘"。

可惜李岚没看上他，每次臧越约李岚，李岚都会叫上同寝室的章雪梅。臧越就只好再叫上陆辰，命令他从战略战术上牵扯住章雪梅，别影响他泡妞儿。

几次三番，仍然没什么进展，臧越心劲儿涣散，转头去追英语系的一个师姐去了。

臧越的爱情没开始就结束了，四个人的友谊也从此开始了。周六日出去逛个中央大街，也互相叫上。臧越就有这个本事，能和前女友处成朋友，更何况李岚还没成为女友过。

大三那年，四个人趁着十一假期，去了一趟呼伦贝尔大草原。那时候，臧越的第四次初恋刚刚宣告失败。在草原浩荡的风里，他试图和李岚再拉拉关系："你知道有人一直在暗暗地喜欢你吗？"李岚白了他一眼："你可拉倒吧。"扔下臧越一个人，在风里气急败坏。

陆辰和章雪梅在一旁，笑得差点背过气。被风一呛，互相搀扶着，喀喀地咳。

臧越问过陆辰："你到底喜欢她俩哪个？"陆辰说："都行，各有各的好。"臧越说他："靠，其实你比我能划拉，可凭什么她俩就相信你？别怪我没提醒你啊，这俩丫头都不是善茬儿。小心点，都黏你手上。"

在回来的机场大巴上，四个人坐在最后一排，抱着背包，昏睡过去。臧越靠边，头顶在车窗上，睡得哈喇子都出来了。旁边是李岚，然后是陆辰，最左边是雪梅。雪梅头靠在陆辰的左肩上，李岚的头靠在陆辰的右肩上。李岚睡得死，头很重，压得陆辰肩膀酸麻。雪梅的头靠得很轻，胸脯一起一伏，均匀地呼吸。陆辰也没有睡着，只是闭着眼睛，

脑海中一直随车荡漾着屈原说的那种麝兰之气。

回来不久，陆辰就和雪梅在一起了，小团体心照不宣地解散。在寝室里，李岚也不大和雪梅说话了，变得独来独往。据说是喜欢上了叶芝和聂鲁达，读了很多他们凝结了露水的诗。

直到毕业那年，臧越连拉带拽，四人才又喝了一场大酒。散场时，李岚抱着三人挨个儿大哭了一场，回到家乡大庆，进了当地一所高中。陆辰、臧越和章雪梅回到了齐齐哈尔。

现在，少年同学都各有所成，陆辰和臧越进了齐齐哈尔大学。陆辰在中文系，臧越在学生处，都成了学校的青年骨干。章雪梅在齐市一中教语文，是全国优秀教师。李岚前几年考上公务员，进了大庆文化局，现在是艺术处的副处长。遗憾的是，少年同学，竟然也笼罩了死亡的阴影，四个人里，雪梅肺癌早逝。

当晚聚会的人不多，除了陆辰和臧越，还有齐齐哈尔文化局的三个人作陪。李岚这次出差是来交流和学习，他们说，一定要尽地主之谊。

几个人都熟悉，公话没聊几句，话题就滑向了陆辰。纷乱的慰问和滚烫的赞许过后，文化局的小张说："陆老师，抓紧时间再找一个吧，孩子太小，一个完整的家庭，对孩子的身心成长很重要。"

小彭说："现在的舆论对陆老师会是一个压迫，大家对他有情感投射。这么快做出改变，舆论很难接受。"

臧越说："其实他们的情绪，和老陆关系不大，都是自己感动自己呢。"

小张说："陆老师不是公务员，不用有那么多的顾虑吧。自己的生活才是第一需要考量的，别人的眼光，终究是别人的。"

潘大姐说："要不，我给你介绍介绍，咱们单位新来的小丁还没对象。长得不错，性格也好，稳稳当当的。"

李岚也跟着说："老陆，你想要一个什么样的，说说，我们好心里有个数，也更有针对性。是不是你也想要一个年轻的、漂亮的？"

陆辰苦笑着作揖："各位，各位，谢谢好意。真的，短时间内，我还不想考虑这件事儿。人经历过生死之后，很多原来看重的，现在觉得也不那么重要了。其实……也挺害怕变化的，先缓缓，就目前这样，也挺不错。"

因为有公务宴请的性质，当晚的标准不高，都没喝酒，八点多就散了。臧越送走了文化局的人，又拉着李岚和陆辰去吃烧烤。坐在路边，像大学时候那样，开了啤酒，边喝边聊。臧越仍然关心李岚的个人问题，说："李处，您现在事业顺风顺水，个人问题也得考虑考虑了。"

俩人都明白，李岚再婚挺难的，就她现在这个条件，整个大庆也难以匹配到几个。就算撞到大运有那么几个合适的，可人家还想找二十多岁的黄花大姑娘呢。

臧越笑嘻嘻地毛遂自荐："你看，我一直没结婚，从大学到现在，你应该听过一首歌，我张哥唱的，你知道我在等你吗。"

李岚说："你可拉倒吧，你还没玩够呢吧。你小子，收敛点吧，别再祸害人家姑娘了。"

6

晚上，手机屏幕再次亮起，振动的嗡嗡声顽强地刺破四周的黑暗，在陆辰的耳膜里摩擦。翻了一个身，接通电话，陆辰什么都没说，一直听，一直听，左胳膊酸了，换右胳膊。最后说了一句："我现在不想考虑这个问题，过去的，就过去吧。"

不知道过了多久，蒙蒙眬眬中，陆辰听见好像有敲门声，轻轻的，一下一下。偶尔会出现大力的砸门声，可也就一两下，像是醒悟过来似的，收敛了愤怒，再继续敲。声音微弱，可传到陆辰耳朵里震耳欲聋。

在敲击声里，陆辰好像坐上了云端，声音忽大忽小，忽强忽弱，慢慢凝聚成团，荡漾、飘散，如一缕烟，一片云。

早晨醒来，陆辰有些恍惚，开门看了下，门上似乎有小动物抓挠过的印记。过年贴的福字，歪斜着，快要掉了。

7

陆辰是中午接到小曦的电话的，距离上次一起在浏园吃饭，已经过去了两个多月。这两个多月里，陆辰又瘦了一圈，眼袋黑大，脸色蜡黄，像是一个重度神经衰弱患者。

小曦还那样，但比上回活泼了些，穿了裙子，也喝酒了。大欣子穿了一件墨绿色紧身背心，一条耐克的紧身裤，衬托得身材愈发地曼妙。但和嚣张的穿着相比，态度倒是出奇地温顺，在臧越面前，露出小鸟依人的样子。

张记大肉串的味道没的说，在齐齐哈尔烤肉界，算是数一数二的。可陆辰一点胃口都没有，啤酒喝在嘴里发苦发涩，猫尿一样。到了胃里，很快就变成了尿液，需要不断跑厕所释放出去，整个人成了一个过滤器。臧越也有些心不在焉，每次干杯都皱了眉头，像是在就水喝耗子药。

大欣子今天一直在听上，一杯接一杯，话也密，半打啤酒没喝完，陆辰连她大姨家住哪儿都知道了。小曦今天喝酒也配合，不动声色，你这边提，她那边就跟着，一点也不含糊。桌上的串，还没怎么动，一打啤酒就要见底了。大欣子让服务员再拎一打过来，陆辰劝她："明天还得上班，就再一人一瓶吧，有点胀肚。"

大欣子大白胳膊一挥，差点撞翻桌上的酒瓶子："啥玩意儿？一人一瓶算咋回事？今天这酒必须得喝明白了。"转过头，冲服务员喊："小兄弟，听姐的，就放在这儿，今天你姐说了算。"

陆辰笑了："欣姐这是要给上课啊，恭听您指示。"大欣子也不客气，给大家挨个儿倒满，举起酒杯，盯着陆辰的眼睛："陆老师，别怪大欣子今天喝酒了，你给个痛快话，能不能处？"

陆辰笑嘻嘻地说："欣姐，整得挺新潮啊，受宠若惊。可这话问我不对啊，你知道的，作为一个男人，我都行，兵来将挡，水来土掩，你还得问问臧老师吧？"

大欣子一愣，杯里的酒洒出了一点，溅到了胸口上："关臧老师啥事儿啊？"

"这事儿多明显啊，你看啊，你是臧老师的人，臧老师

是我朋友，你问我能不能处，这事儿是不是得先问问臧老师。你是想咱三个一起啊，还是先给臧老师灌点药，处理了……"

"别扯犊子，我说的是你和小曦。"

"不是我说你，欣姐，"陆辰仍然嬉皮笑脸，"你得与时俱进了，这事儿都不兴父母包办了。你要是想跟我咋地，你说。要是小曦和我咋地，得小曦说。要说还不能在这儿说，我俩都脸儿小，得找个安静点的地方，慢慢唠，话唠明白了，以后才能处明白，是不是，小曦？"小曦不说话，低着头，盯着桌面，怕冷似的，捧着酒杯。

大欣子脸上有点挂不住："啥意思，今天就不打算给你欣姐这个面了呗？"

陆辰拉下脸，酒杯里的酒哗啦一声倒在地上："长这么大，我就给过地面儿，它埋着我媳妇呢。老天爷面儿都没给过。"

大欣子一酒杯摔地上："我操，跟我耍大刀是不是？也不打听打听……"

臧越人还没站起来，手里的酒杯已经摔在大欣子脚下了："给你脸了，是不是？滚，现在，立刻，马上！"

刚刚还闹哄哄的张记大肉串瞬间安静，吃饭的人都往这边看。服务员也拿了拖布跑过来，提醒说："都别动，扎着脚。"

大欣子没醉也不得不装醉，任由小曦拖拽着，拦了一辆车走了。陆辰和臧越都没动地方，等服务员收拾完了，又要了半打冰啤酒，慢慢地喝。

旁边老大爷播着外放，闭着眼睛听戏，"一宵儿奔走荒郊，残性命挣出一条……"

听了一会儿，臧越憋不住了，说："我得和乐乐结婚了，她又怀上了，不能打了。"看陆辰没说话，又说："不瞒你说，我真有点害怕，特别是看了雪梅和你，真的，结婚之后，女人都跟大变活人似的，完全不是那样了。太可怕了。"

陆辰说："也不一定，李岚就没什么大变化。你觉得她变了吗？"

臧越没接这个话茬儿，继续说："雪梅后来把你折腾成那样，我看着都哆嗦，乐乐也变那样的话，就俩结果，要么我把她打死，要么她把我气死。"

陆辰喝了一杯，说："章雪梅主要是前两年才那样的。现在想想，提前知道了自己的死期，是挺可怕的。她第一年不是还挺好的嘛，也配合治疗，后两年……可能是生理上病情更重，心态也跟着失常了，这事儿搁在谁身上都差不多，人嘛，都一样。"

"她也不替你想想，这么照顾着，也到了极限了。得病这几年，给她跳过多少场大神？吃了多少进口药？最邪门的是，还信了教……你也真够意思，也跪在那儿跟着祷告。真的，到位了……上学时，多好的人啊。"

陆辰苦笑了一下："这一点，我得替她说句公道话，她爸妈和我的待遇差不多，她后期，但凡有一点力气，就逮谁作谁，看把老头老太太这几年给造的。"陆辰继续说，"想好了就结吧，别想那么多，跟谁结，都是冒险，不临到事儿，你都不知道能咋样。"

臧越说："是啊，你看李岚，当时她那傻×老公追她时，恨不得打个板给供起来。可是一考上公务员，就先办了离婚手续，再去上班。×，不就是去哈尔滨当一个狱警嘛。不知道的，还以为他去当市长了呢。"

两人默默地喝酒，心情都不好，很快就醉了。出来的时候，两人脑袋各顶在一根电线杆子上，尿了好长一泡尿。尿完了，一屁股坐在马路牙子上。

臧越问："哎，那个小曦，你真没看上？胸多大啊。"

陆辰说话嘴都瓢了，自顾自地叨咕："瞅着……有点悬乎。我他妈的有点怕她，章雪梅那时候就跟她现在这样，小绵羊似的，后来呢，成了一个大灰狼。告诉你啊，信什么，都别信现在。信什么，都别信甜言蜜语。"

"……跟你说，我算是明白了，这个世界上什么都不是你的，爱情、婚姻、事业，什么都不是你的……连你都不是你自己的，你信不？都为别人活着呢。"

"都他妈说章雪梅临死前，摸我的脸，那么多傻帽感动得要死要活，旷世爱情，去他妈的，你知道吧，她是在打我嘴巴子呢。"

"都是绝望啊，先是对病绝望，再对现实绝望，再对人绝望。久病床前的绝望和床上的绝望都是一样的。"

"她说我在手机上和一个女的联系太紧，都他妈那样了，还掐人，冷暴力。我也是人啊，总得有个人能说说话吧，我也得有个人能说说话啊。"

　　臧越一激灵，酒醒了一半，问："那人是谁，我认识吗？"然后恍然大悟一样，"火葬场那天，我看你裤袋里手机一直在亮，是她打的电话不？"看陆辰不说话，又追问了一句，"你爱她吗？"

　　"爱。"

　　"那你会和她结婚吗？"

　　"不知道。"

　　"她爱你吗？"

　　"爱。"

　　臧越问："你们上床了吗？"

8

　　春天来的时候，陆辰决定结婚。

　　婚礼的日期定在了五一，日子是父母找人给掐算的，说那天是五十年难得一遇的黄道吉日，三生六旺，管了三十年的大运。两人回了一趟富拉尔基，他们知道，结婚得先过孩子这一关。俩人和囡囡玩了三天，看不是很排斥，心里有了点底，才回齐齐哈尔。

　　陆辰得去见雪梅的父母，孩子那一关过了，这一关早晚也得过。人这一辈子，不就是一关一关地过嘛，你不过，摁着你的脑袋也得过。

　　陆辰买了一个果篮，装的都是莲雾、芒果这些热带水果。他一直不明白，莲雾不就是黄瓜味吗，有什么好吃的，又死贵。

　　雪梅的父母住在二机床家属区，一栋八十年代的红砖楼，单元门大多坏掉了，露着黑洞洞的楼口。各家窗户都装了铁栅栏，笼子一样，人成了笼中鸟。一楼有人家还用纸壳遮挡了窗户，应该是不愿意让路过的人探头探脑地往里面瞧看。

　　雪梅父母原来住在二单元的四楼，岁数大了，腿脚不方

便，上一层，得歇一层。就以大换小，和人换到了二楼。虽然上下楼方便了，可女儿得病后，老头老太太仍然很少出门，房间安静得像是没人住一样。

陆辰敲了好久，门才开。一个多月不见，老岳父更老了，佝偻着背，走路像是在挪。

两位老人惦记外孙女，陆辰翻出手机里的视频，播放给他们看。老太太一边看，一边笑，笑着笑着就哭了，举起手背，一次次擦眼泪。

岳父说："想去海南过一个冬天，那边有好几个人都是一个厂子的，一退休就过去了，在那好几年了。那边冬天暖和，好过，对老寒腿特别管用。"

陆辰说："我在网上把房子租好了，你们再过去。"岳父告诉他："老哥几个帮着弄得差不多了，离着都不远，平时能多在一起唠唠嗑，有事儿的话，也相互有个照应。"

陆辰心里一阵酸楚，他知道岳父说的有事儿是什么意思。人年纪大了，再残酷的事儿都能用平静的语气说出来了。现在两位老人失去了唯一的孩子，真的无依无靠，除了死，已经没什么大事儿了。

他默默地掏出两千块钱，放在靠边站上，说是到那边多给岳母买点莲雾什么的吃。

陆辰简单说了下情况。"我妈身体不好，风湿，关节都变形了。我爸一辈子不会做饭，油瓶子倒了都不扶，家里的事情就够我妈忙活的了，已经不大方便照顾囡囡了。"

"囡囡五岁了，懂事了，也需要一个完整的家，要不，对孩子性格的形成会造成很大的影响……"

"建立新的家庭后，囡囡还是您外孙女，每周都会回来看望，二老也随时都可以看。雪梅是独生子女，您就拿我当儿子，我给你们养老送终……"

岳母站起来，一步一挪，进了卧室，再没出来。隔着房门，陆辰能听见断续的哽咽声。岳父一直没说话，两人对坐着，抽了半盒红塔山。屋里香烟缭绕，呛人的眼睛。

电视机开着，在播放新闻，说的是振兴东北老工业基地的事儿，还说到了东北人口流失的问题。镜头扫过，工厂里仍有高耸的烟囱，街道上车辆龟行，行人匆匆。

岳父从嗓子眼里挤出了两个字"走吧"，挪动着起身送陆辰出门。陆辰前脚刚迈出去，门就跟着后脚关上了。室外阳光刺眼，从屋里出来，一时有点适应不了，眼泪流了下来。

陆辰打起十二分的精神，去准备婚礼，他知道这将是一场决定生死的关隘，他没有退路。

很快，陆辰再婚的消息，就像吹散了一朵蒲公英，毛毛落满了学校的每一个角落。有人觉得无关紧要，有人觉得鼻子发痒，非得说两句不可。

反倒是风暴中心的中文系大群，一片风和日丽，看着和以往没什么两样。偶尔蹦出一个通知，大家纷纷在下面说"收到"。有时候是某位老师分享了刚写的一篇大作，下面像复制粘贴一样，涌现出大拇指的图案，如森林一般。

其实不仅仅是中文系，甚至是齐齐哈尔大学，都因为陆辰要结婚的消息，掀起了十二级飓风。

张老师最激动："雪梅老师刚走不到一年，就藏不住了，果然男人啊都一样，要说区别，只有伪装得好和不好的区别。"

冯主任简直是痛心疾首，中文系最大的广告黑化了，坍塌了，影响的已经不仅仅是齐齐哈尔大学的形象，简直是中国教育界的失败，"子系中山狼啊"。

乐乐没有那么愤怒，只是觉得伤心："不知道雪梅姐会怎么想，可怜了囡囡，马上就要有一个后妈了。"她命令臧越少和陆辰来往，警告他"你要是敢这样，我就切了你"。

二机床家属区平时静悄悄的，看不到什么人，很多退休的，都去孩子那儿了。下岗的，也都出去打工了，近一点的去沈阳，远一点的去了南方，再远一点的，还有到国外的。章师傅女婿再婚的消息，就像一块糖，吸引大伙像蚂蚁一样爬出洞口，三三两两，窃窃私语。

装配车间的大刘就说："那小子溜光水滑的，看着就不是个东西。大梅子刚走几天啊，太丧良心了。"

胖婶说："这俩人啊，肯定早就勾搭连环了。不要脸的缺德玩意儿，做损啊。"

车队的李师傅说："这事啊，真不好说，得让公安局查

查，大梅子到底咋死的，这小子动没动啥手脚。"

有人说："不对啊，大刘，你前几天不是还夸来着嘛，说人家是好孩子，就是命苦。你这张嘴，上下都是你。"

章师傅家门窗紧闭，就像没有人一样。

齐齐哈尔的自媒体拿出当时追赶旷世爱情的劲头，痛打陆辰这条忘恩负义的白眼狼。原来一切都是假的，陆辰以大学老师的身份，贡献了一场堪称奥斯卡影帝级的表演，整个齐齐哈尔的媒体，甚至整个齐齐哈尔人民都被他一个人给蒙蔽了。

有两个擅长考据的自媒体，做出了一个长图，还原了陆辰伪装的时间线。考据出陆辰在妻子病逝之前，就已经出轨，女方应该是一个卖保险的，俩人在浏园约会过。还有媒体考据出，陆辰的出轨对象不止一个，有明显证据的，还有一个瘦高个儿。

在齐齐哈尔贴吧里，陆辰再婚成为第一热帖。几乎每天都有人匿名爆料，有的说陆辰是一个性瘾患者，每天都得做，不做就得死。有的说陆辰的老婆，其实是被他折磨死的，他那玩意儿太大。有的说陆辰和好几个女学生关系都不清不白。

陆辰身边的人也受到牵连，先是陆辰远在富拉尔基的父母，一天能接到一百多个电话，质问："你们怎么当爹妈的，怎么教育孩子的？"

"把孩子教育成那样，还好意思活着？"

"你们全家怎么还不去死，脸呢？"

臧越也被人肉了出来，说他和陆辰是一丘之貉，两人经常去地中海洗浴中心，一起嫖娼。

微博上，有大 V 发起投票，结果显示，90% 以上的网友要求齐齐哈尔大学开除陆辰。这样的人还配为人师表？他们将投票结果"艾特"给齐齐哈尔大学、市教委、省教委等官微，甚至还"艾特"了平安齐齐哈尔。

有更激烈的，给陆辰寄刀片，建议他自杀。十几个年轻人，戴了口罩，举着"开除陆辰"的横幅，天天站在学校门口。还有人混进学校，打听陆辰的办公室在哪儿。保卫科的人说，那些人兜里装了有不明液体的瓶子。

学校保卫科和附近派出所，每天严阵以待，生怕闹出一点幺蛾子，大伙吃不了也兜不走。学校领导、系领导开了几次会，强调教职员工的思想建设问题。老冯更是气得咬牙切齿，他万万没想到，他刚一上任，给他添乱的，竟然是给学校扬了大名的陆辰。

这时候，全世界好像只有臧越在支持他："别听他们瞎嚷嚷，我不在乎，真的，你也该咋地咋地，怎么着，非得按照他们的意思活着？你死了老婆，都过来夸你。你要娶老婆，都过来骂你。你就得为他们大伙守着一个贞节牌坊？都什么年代了？谁给他们的权利？太他妈的恶毒了。"

处于风暴的中心，陆辰倒不那么焦躁了："臧越，我算是明白点了，社会走到今天，大多数人知道得多了，但是也越来越封闭了。他们活在自以为是的小圈子里，很难接受不符合他们认知的东西了，一旦这样的东西介入，就恼羞成怒，撒泼打滚，走极端。他们也挺可怜，不肯承认自己是一个失败者，只好把自己的梦想建立在别人身上。对别人严厉，其实是在躲避这个现实世界而已。"

臧越说："所以，你还留恋什么？离开这个学校，离开这个城市，去他妈的吧，趁着还有机会。再犹豫，就真的陷在这儿了。"

陆辰目光灼灼："不，老子偏不走，凭什么啊，我做错了什么……我只是抱歉拖累了你，乐乐作你了吧？"

9

陆辰白天不好过，晚上更不好过。

连续十几天，不到十点，电话就准时响起。陆辰每次都接，有时不说话，听那头说。

"陆辰，你真的觉得以前我们之间那么多的幸福，你都可以放弃吗？你记得我们约好一起去看电影吗？你在你的城市，我在我的城市，约好了在相同时间去看同一部电影，多浪漫啊，你都忘记了吗？"

"陆辰你答应过我，和我结婚，我们以后永远在一起。我辞职去找你，这个处长我不干了，我什么都不要了，只要你，行不行？你说句话呀。"

"陆辰，你告诉我，我怎么可以忘记这一切？我怎么可以不这么痛苦？你救救我吧，我真的受不了了……"

"陆辰，你对得起我吗？你老婆有病，你就找我倾诉，我他妈的就傻了吧唧当你的垃圾桶，你说你痛苦，我就他妈的半宿半夜陪你说话，安慰你。你他妈的就是一个渣男，一个骗子，一个王八蛋。"

"你不就想找一个黄花大姑娘嘛，你不就是嫌弃我不是处女嘛！"

"陆辰，我喜欢和你做爱，我要一辈子和你做爱。我去找你，我现在就去找你，我们做爱，一直做到死，就不用这么痛苦了。"

有时候，陆辰会回应。

"你觉得可能吗？我们都是大人了，现实一点好不好？你会离职还是我会离职？你会到我这个城市还是我会到你那个城市？我们都好不容易熬到了今天，真的会推倒重来吗？你也就是说说而已，你我都不敢，都没那份勇气了。"

"我真的爱过你，可是婚姻是婚姻，爱情是爱情。我们都没有资格任性了，你不要觉得不和你结婚，就是骗了你，我爱你，但是真的不能娶你。"

"你知道我为什么不想和你结婚吗，你看看你现在这副样子，歇斯底里，泼妇一样，和这几年的章雪梅有什么区别？我怕了你们，真的，饶了我吧，我招惹不起你们，你们都是我命中注定的坎儿，我惹不起你们，我躲开，还不行吗？"

有时候，电话那头会歇斯底里。

"陆辰，你信不信我毁了你，我要让你身败名裂，生不如死。我去你们单位跳楼，我要用大喇叭把你对我说过的话都喊出来，让全世界都知道你是个王八蛋。"

"我现在就自杀，我割腕，我跳楼，我不活了，明天你就等着看新闻吧。我变成鬼也要折磨你，让你一辈子都不得安生。"

"姓陆的，我诅咒你，不得好死，死无葬身之地，得不了全尸……"

陆辰回应："我不怕你毁了我，你以为我现在就没有身败名裂吗？你要想清楚，你要我身败名裂，你也得身败名裂，你们公务员更要注意影响吧。你要敢怎么样，我就先把你毁了，你发给我的微信我都有，到时候公开，看谁先身败名裂？"

"走到今天，我为我曾爱过你，感到可耻。"

10

陆辰和孟洁的婚礼五一正常举行，地点在齐齐哈尔的大金山酒店。

学校的同事，双方的同学、亲戚、朋友来了好多，目测坐了得有三十多桌。陆辰穿了一套黑西装，扎了领结，据说现场迷倒了一大批女宾客。囡囡做花童，一手牵着孟洁的婚纱，一手提着一个花篮，在花丛中笑着走过。来宾纷纷惊叹："小姑娘，好漂亮。"

老周做证婚人，虽然退休了，系主任的派头还在，说话时憋着劲儿引经据典，什么"鸣凤锵锵卜其昌于五世，夭桃灼灼歌好合于百年"，什么"爰于此良辰美景，欢颜嘉礼，共协唱随"……

《婚礼进行曲》响了，两位新人要在来宾的见证下切蛋糕。文化局的小张对乐乐说："你发现没，新娘子和章雪梅有点像。"乐乐心不在焉，随口应付"是吗？真的，有点"，一边回头看臧越。

臧越坐在门口，不断地向外张望，李岚还没来，微信催了几次了，也没回复。

在《婚礼进行曲》中，陆辰和孟洁一起握刀，准备切下去。嘉宾静寂，做好了欢呼的准备。

陆辰的手机振动，屏幕在裤袋里闪烁。

正月初六

1

大斌子的电话，是下午两点十一分打进来的。

那天是正月初六，一个冬天都没怎么下雪，春节又赶上二十四节气中的雨水，虽说是冬天，可也跟春天差不了多少了。还在供暖期，办公室暖气还很足，从我的角度看过去，窗台下边的暖气片散发出腾腾热气，在阳光里螺旋式上升。外头的阳光也跟清仓大甩卖似的，稀里哗啦地往空地上扔。仗着一道塑钢窗挡脸，阳光变得愈发流氓，屡次动手扒人的衣服。

我在所里值班，和户籍员小刘讨论中国近现代诗歌的问题。昨晚又失眠，额头像要长出犄角似的，撕裂般地疼。我坐在她对面，左手顶着太阳穴，右手揉捻着一张桌上的A4纸，义正词严地纠正她，不能只看那首《人间四月天》。林徽因对中国诗歌的贡献是，她是很多诗人的灵感，像徐

志摩的《草上的露珠儿》。要不是她这个级别的灵感刺激，老徐写不了那么黏糊，什么"诗人哟！可不是春至人间"，什么"还不开放你创造的喷泉"啥啥的。

可话头总是被她绕到林徽因和梁思成、徐志摩、金岳霖几个人的关系里。还问我，梁思成真的问过林徽因"为什么是我"吗？林徽因真的回答说"答案很长，我得用一生去回答"吗？

就在这个褙节上，我的电话响了。

是我妈，问我能不能正点回来，让我把对象也带回来，说是晚上吃饺子，鲅鱼馅的。我妈电话还没说完，就显示大斌子电话进来了。

我赶到现场的时候，勘查刚刚开始。案件非常清晰，嫌疑人的母亲直接打的刑警队电话，问出现了一个伤害案，是不是应该打给你们。大斌子他们到的时候，嫌疑人正在屋里和母亲对坐着抽烟，门都没关，好像在一直等着，看见全副武装的警察冲进来，说："等我抽完，就跟你们走。"被害人躺在里屋，睁着眼睛，没有了脉搏，血从床上淌到了地上，凝了，黑色，一大摊，像是清洗排烟罩后一地的油污。

大斌子和我同届，都是 1995 年从六中毕业的。高中三年，我们几个总混在一起，他那点破事，我都知道。他给理科班的一个女生，三年写了七封信，人家也没搭理他。

不同的是，他考上了中国刑警学院，我考的是黑龙江警察学校，一个本科，一个专科。我比他早一年回的富拉尔基，进了第二派出所，当了一个片警。案发地的二电厂家属区，就在我负责的片区。大斌子比我晚一年毕业，直接进了市局，去年 10 月份刚调到富拉尔基分局，负责刑侦一大队。

我还是在大斌子刚回富拉尔基时，发了一个微信，说哪天一起吃个饭，他回了一个笑脸的表情，就各忙各的了。今天还是第一次见面。我站在身后，等他和法医交流完，才调整好音量，说："耿队，您好。我是负责这片社区的民警江风。"

耿斌同志胖了，脑袋比上学时大了一个尺码都不止，肚子也鼓起来了，举手投足间，澎湃着一股不怒自威的霸气。我主动介绍说："嫌疑人叫贾洪彬，今年三十四岁，未婚，常年在外打工，这次是回来过年。死者是他的哥哥，亲哥，叫贾洪波，现年三十六岁，患有精神分裂症，已经二十多年了，一直没有结婚。他爹原来在二电厂后勤部门，2008 年冬天，喝酒喝多了，回家的路上，冻死在红岸公园那边。嫌疑人的母亲，哦，也是死者的母亲，也就是报案人，姓邱，叫邱若水，现年五十五岁，原来是上海的下乡知青。退休前，在二电厂检修车间，还是市劳模。"

大斌子掏出烟，递我一根，我掏出打火机，给他点上。他狠抽了一口，喷出一团烟雾，笼罩了面部，问："还有什么吗？"我一手拿着打火机，一手捏着烟，说："老贾家是我负责片区的重点户，毕竟家里有一个精神病患者。我上门做过工作，劝说将被害人送到七院去，但监护人邱若水坚决不同意，我看她管得还行，都不让出门，也没什么恶劣影响，就一直密切观察着。"

大斌子把烟扔到地上，踩了一脚，用手碰了碰我的肩膀，说了一句"哪天一起吃个饭"，转身进屋。

二电厂家属区是六十年代末盖的那种老楼，有点苏联建筑的意思，外立面还都是红砖的。一共五层，一层五户，老贾家就住在三号楼五楼的最里边，505。走廊黑咕隆咚的，堆满了杂物，有咸菜缸、大葱、三条腿的桌子、没了辘轳的自行车，小动物一样，趴伏着，积了厚厚一层灰。

老贾家是两室一卫，没有厅。老邱太太住在外间，一张铁架子床，紧靠着里墙，只能从一侧上下，中间部分当厅用。此时已经给嫌疑人贾洪彬戴上了铐子，准备押上警车。他个子很高，应该有一米八，站在房间里，显得非常碍事儿。

被害人贾洪波住在一进门的左手边房间，现在拉起了警戒线，一副闲杂人等请勿靠近的架势。我探头往里看了两眼，我记得哥哥贾洪波没有弟弟贾洪彬高，大约是一米七五的样子，但胖，得有二百斤，总剃着光头，脑袋又大又肥，像一颗肉丸子，显得眼睛愈发地小。一看到人，就龇着牙笑。现在，连床带人都盖了白布，成了一个起伏的平面，看

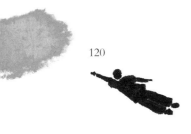

着有点瘆人。

市局的一位同志在解一根铁链。贾洪波手腕和脚踝各绑了一根手指粗细的铁链，用一个小锁头锁着，铁链中间部分已经磨得铮亮。一头锁在窗户下的暖气管上，一头伸进白布里，好像白布下面覆盖了一头猛兽。

老邱太太坐在外屋的床边抽烟，身边放了一个方桌，桌上的烟灰缸已经满了。两盒玉溪，一盒揉扁了，扔在一边，另一盒也消耗了大半，扯掉的锡纸，落在地上。墙角一张桌子上放了一台电视，旁边的窗户，半拉着窗帘，室内愈发地阴暗。

老太太好像没有看见屋里进进出出的警察，她聚精会神地看电视，一口接一口地抽烟。头顶，一团云雾，升腾又消散。

电视没开声音，只有画面。我看了一眼，是黑龙江新闻台。播放的是一个专题片，讲的是上个月在哈尔滨道外区太古街，一家日杂仓库发生火灾，一个消防员在对着镜头说话。

2

第二天是初七，各单位都该上班了。以前，我们这儿的规矩是不过完十五，不算出正月。说是初七上班，也就是到单位转一圈，露个脸，回来该喝酒的喝酒，该打麻将的打麻将。现在不行了，一破五，汽车站、火车站的人就乌泱乌泱的了，都是买票回去上班的。

和其他东北的小城一样，富拉尔基的常住户人口也是眼瞅着一年比一年稀少，考学的考学，打工的打工，年轻人都出去了，平时都是老人、孩子居多，治安案件极少发生。我们一年工作最紧张的就是春节前后。

临近春节，在外的富拉尔基人都赶回家过年，兜里怎么都得揣点钱，兜里没钱的就容易动兜里有钱的心思，基本都是小偷小摸，没出过什么大事。到了春节，偷盗案件大幅度减少，口角、打架之类的案件增多。大多发生在亲戚朋友之间，喝酒喝多了，牛吹大了，不知道哪句话，扎着谁的耳朵了，一时冲动，就抡了酒瓶子。

　　这类案子都好处理，酒一醒，不论是抢酒瓶子的还是被抢酒瓶子的就都老实了，该赔偿就赔偿，该拘留就拘留。也有下手重，打成血葫芦的，一旦界定为伤残，那就是刑事案件了。不过像老贾家这种恶性杀人案件，多少年都没有了，可偏偏就发生在我负责的片区，让人郁闷。

　　初七大家都上班的时候，所长让我去他办公室。也没说什么，就问了问片区里还有没有其他隐患，要我再重新排查一下。我知道他什么意思，没打在脸上的巴掌，比打在脸上的还疼。

　　其实也没啥好排查的了，像富拉尔基这样的东北小城，每年春节都像是一次涨潮。年轻人回家，给这座老气横秋的城市注入一点生机。春节一过，年轻人离家，小城再次慢慢悠悠地不死不活。这座城市也和散布在各个角落里的老人一样，一年就为这么几天活着。其余的时间，如无数相似形的累叠，今天和昨天没什么两样，明天和今天也没什么两样。

　　我的同学也有出去的，北京三个，深圳一个。有一个在腾讯的，说是拿到了上千万的股票。还有一个在北京拍电影，收入按小时计算。我和他们聊天，基本就是一个被单方面蹂躏的过程，这才毕业几年啊，他们都开始聊比特币、融资、配股、环境保护，考虑是不是和巴菲特吃午餐、去看卢浮宫还是大都会博物馆这样的事儿了。

我和我妈提过两次，也想辞职，出去。在富拉尔基，我是不会办事那一类的，在领导面前，论说话，高度跟不上，论做事，眼神不机灵，属于经常被领导忽略掉的那一批人。父母都是普通工人，也帮不上什么忙。要不，毕业好几年，也不至于还是个片警。就寻思着不如趁着没有老婆孩子的累赘，出去再扑腾扑腾。

我一说这话，我妈就让找我爸说去。我爸是我毕业那年死的，为了让我毕业后能进派出所，一个老实巴交的工人，迸发出我从没见过的一面，四处求人，喝酒，说小话，一副不达目的绝不罢休的架势。好像这次爆发，也耗尽了他一生的精力。我上班没几天，他就死了。死在客厅的沙发上，我妈早晨起来做饭，发现他没气了。也不知道什么时候死的，脸色平和，没有一点痛苦的样子。客厅的电视机还开着，山

东台，在演《父母爱情》。

每次我妈这么一说，我就不吱声了。

其实，我妈不知道，最近一两年，我出去的心思也没有过去那么坚决了。去年春节，出现了一个案子，让我怀疑，外边的那帮同学，还不一定是怎么回事呢。

那是大年初三，一家人出来吃饭，报案说手机丢了，怀疑是隔壁桌的人拿了。嫌疑人是一个女孩，看样子不会超过二十五岁，身材高挑，肤白貌美，气质清冽。她妈气得呼呼直喘，嚷嚷说，她姑娘在北京的公关公司工作，认识老多的明星，一个月就一万多块钱的收入，还能匿你的破手机，狗眼看人低的东西。

等把人带到所里，在女孩的包里发现了一部手机，失主输入密码，调出了手机里的照片。刚才还和我们大谈人权、法治的嫌疑人，低头不语。

她说看到最新的 iPhone 6 plus 在旁边凳子上放着，一时头脑发昏，就放进自己包里了。虽说是一个月一万多的收入，可北京的花销太大了，房租就快占去工资的一半，女孩子再买点衣服、化妆品，平时喝个咖啡、打个车，还偶尔出个国，旅个游，日子过得也挺紧巴。月底那几天都得省着花，生怕开工资赶上周六日，信用卡可不管你是不是大礼拜，开没开工资，到日子就扣。

失主是一个小伙子，在南京一家地产公司上班，也是春节回来过年的。开了一辆黑色的蒙迪欧，拿着最新款的手机，一副成功人士的样子。说话也有礼貌，不急不躁，细声细语。看到手机找到了，表示不再追究当事人责任，嘟囔了一句"人性蒙昧"。

在核对物品的时候，我发现这部手机刚买还不到一星期，进而要了车辆行驶证看，果然，不是他的名字，车是租的。这几年，开车回富拉尔基过年的人多了起来，说是春节探个亲戚什么的，开车方便。有的一开就一两千公里，半道上还得住一宿，挺遭罪的。其实都和这个小伙子差不多，是过年回来给家里人装门面的。

这种装门面的重要意义，在春节之后才会显现出来。

等春节过后，孩子们都上班走了，老人之间的话题，就

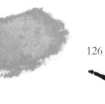

在谁家的孩子开的什么车、用的什么手机、一个月赚多少钱，或者是儿媳妇做什么工作的、孙子聪不聪明、上的是不是国际学校之间展开。这个话题的混战能一直持续到明年春节，等到再过年，孩子们再回来，根据各自孩子新一轮的表现，战事重燃。

和那个女孩一样，失主在南京一个月也能赚个八九千，可也是一个月光族。每年过年回家一趟，都得花去一年的两三个月工资。春节后再回去上班，且得过几个月的紧巴日子。

我印象最深的是，嫌疑人很有素质，哭得再稀里哗啦的，手里的纸巾也不乱丢，攥在手里，最后扔进垃圾桶。男失主虽然也厌烦我窥探隐私的行为，但一直保持礼貌。临走，向我表示感谢，大方得体，让我很是有些羞愧。

我和小娟儿感叹，我们和他们的生存状况差不多，可大城市和小城市的差别，不仅仅体现在工资收入上，人的境界已经不一样了。我也紧追慢赶的，不知道啥时候就被甩开了。

晚上回家的时候，我妈坐在客厅里看电视，不知道是哪个台的春晚，又唱又跳的。看见我带小娟儿回来，抱怨说，让你们初五回来不回来，鲅鱼馅没了。也不提前吱一声，没啥准备。有和好的馅儿，韭菜鸡蛋的，再捏几个饺子，给我俩煮。

我也跟进厨房，撕了一袋尹氏大酱，倒了一碗底。我吃饺子，不蘸酱油、醋，就蘸大酱。

我妈问："老贾家那老二把他哥杀了？"

我给酱口袋封好口，放进冰箱里，说："嗯，砍了几刀。"

我妈把饺子端到茶几上，让我俩趁热吃，她自己开了一瓶啤酒，叨咕道："老邱太太这辈子啊，净好脸儿了，可男的男的不行，儿子儿子不行，都不给她长脸。"

我和小娟儿都不说话，低头吃饺子。电视里，赵本山在演小品，他的徒弟掏出一沓钱放在炕桌上，赵本山说"这不就对上了吗"，观众大笑。我妈喝了一口啤酒，也跟着哈哈大笑。

3

自从初六那天发案，老邱太太就成了我一块心病。

她抽烟的样子，时不时地就跳进我脑海里，好像也给我拴上了铁链子一样。案子发生在我负责的片区，报警电话竟然直接打给了刑警队，而不是打110，我这个片警成了最后一个知道案发的。负责这个案件的还是我的高中同学，警龄比我还短，让我觉得丢脸都丢到姥姥家了。

我竟然还梦见过邱若水，手持双枪，像小马哥那样，在漫天的子弹和飞翔的白鸽中间，一边横着飞，一边开枪射击。

户籍员小刘看我魂不守舍的，说："又琢磨啥歪理邪说呢，走道眼睛发直，目中无人了呗。"我说："想你想的，这几天，你看看掉了好几斤肉。"她说："没看出来掉肉，好像还长了几斤。"我说："原来你这么关注我啊。"

我是案发第七天去见的老邱太太，在她家路边，顺手买了一袋橘子，说过来看看。她给我泡了一杯茶，放在那天放烟盒的桌子上。我剥了一个橘子，递过去，让她少抽点烟，对肺不好，牙也熏黄了。她笑笑，接过来，放嘴里一瓣，说酸，竟然露出了少女般的羞涩。

我环顾四周，谈不上家徒四壁，但东西极少，最显眼的就是那张床。我记得没错的话，和里间贾洪波那张一样，都是铁架子床，有路灯杆一样的床头。电视开着，是这个家里为数不多的家用电器。

老邱太太不像普通老太太那样，到了一定年纪，就留短发。虽然年纪大了，头发稀少，可仍然顽强地绾了一个鬏。两鬓的头发，梳得规规矩矩，横斜在脸颊边。脸上没什么表情，对我客客气气，根本看不出，是一个儿子刚刚杀了另一个儿子的母亲。

我没话找话，问她："看春晚了吗，今年是不是还得赵本山得奖？"

她说："我没看。"看我露出狐疑的样子，淡淡地说："电视我只看新闻台和戏曲台，别的也看不懂，太闹腾了。"

我说："我也没看，不知道他还上不上春晚了。"我还想问她跳不跳广场舞，听她这么一说，就把话生生吞了回去。

我说："平时出去走走吗？"

她说："饭后走走，平平胃。"

邱若水叫我江警官，是富拉尔基唯一叫我警官的，所以对她有些印象。平时碰见，也会停下来寒暄几句。这次见面，倒像是面对一个完全陌生的人。我不知道该再说些什么，默默地抽烟，她也不说话，默默地抽烟。空气里只有烟草燃烧时发出哔哔的声音，像蛇吐芯子。

我第二次去她家是一周后的中午，买了一袋橘子，说过来看看。老邱太太也没说什么，笑笑，示意我进屋。还像上次那样，寒暄几句，就聊不下去了，默默地坐着抽烟。那天是一个大晴天，室外阳光锋利，从半掩的窗帘间切射进来，烟雾幽蓝，云蒸霞蔚。墙角的电视发出荧光，室内如阴如暗。

新闻台在播放一个纪录片，讲中国的老建筑，说到什刹海恭王府的时候，我说："要是听梁思成的，中国这样的老建筑能留下不少。"邱若水没接话茬儿，但我感觉到，她点了点头。我又说："上海这样的老建筑多吧？我还没去过上海呢。"

她说："上海的老东西也扒了不少。"停顿了一下又说，"也留下一些。"

我说："回去过吗，这几年？"

她说："好几年前了，逛了逛，没见人，就回来了。"

我问："他俩总打架吗？"

她回："也打，但少。"

我问："小时候呢？"

她回："老大没得病前，聪明，学习好，总自己看书，不大和老二玩。"

电视上那个纪录片挺长，一直没演完。又看了一会儿，我说："梁思成是一个牛人。"

她说："嗯。"

我说："他老婆也是一个牛人。"

她说："嗯。"

我说："我喜欢那首《人间四月天》。"

她说："嗯，还行。"

我转过头问她："你也看这些？"

132

她说："年轻的时候翻过。"

我是一星期后又去的老贾家。经过路口的时候，又买了一袋橘子。还像前两次那样，她把我让进屋，倒了一杯茶，说："江警官，别买橘子了，酸，浪费。"

我在她家抽了四根烟，看了半个小时的电视。那天电视里放的是一个"二战"的纪录片，提到了莫斯科保卫战，看了一会儿，我说："老毛子那儿比咱这儿冷。"

她说："嗯，比咱这儿冷。"

我说："他们的东西都抗冻。"

她说："嗯。"

我说："他们歌好听，《莫斯科郊外的晚上》。"

她说："嗯。"

我说："他们文学也牛，老高，小托，中陀。"

她说："嗯，梅诗金。"我看了她一眼，她补充说，"老大小时候爱看《白痴》，听他叨咕过。"

我和大斌子约的那顿饭，出了正月才吃上。

所里都在传，耿斌可能还要升。我也听人说，他来富拉尔基是要上副局的，没想到这么快。人和人，就是不一样。耿斌是急性子，做事雷厉风行，业务能力强，破案率高。人年轻，学历又好，威名在外，前途无量。

找他吃饭的人，都得排队。他吃饭都是大局，十几个人以上那种。所以只有我俩的饭局，我好意思说，别人都不好意思信。我在竹林深处小火锅订了一个单间，好说话，价格又不贵，显得亲近。这样做的另外一层意思是说，是同学饭局，不是宴请耿队。

耿斌也以为我找他是想再进一步，还问我："咋想的，有没有看中的部门？"

我和他说："前一阵子，思想不坚定，上进心不强，现在深刻反思，认识到了自己的问题，再加上受到老同学成绩的鼓舞，必须脚踏实地，从基础工作做起，需要老同学指导的时候，再去劳烦。"

我看他肩膀明显松弛了下来，就举杯，说走一个。他也举杯，稍作示意，一饮而尽。我问他："老贾家那个案子，咋样了？"他说："走程序呢，移交检察院，都差不多了。"

134

我说："他家老大精神病这么多年，也没什么大事儿，怎么一下子就出了人命了。再说，老二也不常回家啊。"

大斌子说："那老大，不是一个武疯子嘛，一犯病，就打人。其实啊，还是一个花痴。老贾家原来是建三江农场的，那儿的人都知道，这个老大看见女的，就又搂又亲，大姑娘小媳妇老太太，都离老远就跑。搬到富区后，邱若水看得严，没啥机会，大伙都不知道这回事儿。大概憋狠了，出事儿那天，对自己妈犯浑。老二急了，拿了菜刀就砍……激情犯罪吧。"

吃了一口肥牛，大斌子嘀咕一句："也是够狠的，两菜刀就把脑瓜骨给砍开了。"

今天喝的酒，是我带过来的茅台，第一个对象给我的。人都忘记长什么样了，酒倒是一直在家里放着，今天派上了用场。一斤的茅台，我俩喝了个底朝天。大斌子喝得比我多，看样子，他半斤白酒没啥事儿。今天喝了有六两多，仍端坐如山，一丝不乱。我喝了不到四两，舌头有点大，说话的时候，总想着先摆正舌头，再张嘴，可我心里明白，都透亮着呢。

我和大斌子说："趁着还没移送到检察院，我想见见贾洪彬。"他瞥了我一眼，没说话。不愧是干刑警的，我觉得他那一瞥，已经把我五脏六腑给翻腾了一遍，有一点小毛病，都得给剔出来。我说："毕竟这么恶性的案件发生在我负责的片区，聊聊，多吸取经验，总结教训，以后不在这一块栽跟头，给老同学再惹麻烦。"

耿斌没说话，端起一盘羊肉，扒拉进自己锅里一半，其余的，都扒拉到我锅里。我接着说："不瞒你说，还有一个原因，我在写一个小说，和他聊聊，积累点素材，当田野调查了。"

他问："你写的是犯罪小说啊。"

我说："不是，反映改革开放的。"

4

饭后的第三天，我在分局的拘留所里见到了贾洪彬。我

告诉他："你妈在家挺好，抽烟，看电视，不咋出屋。饭量挺好，一顿能吃一大碗面条。"

贾洪彬比初六被捕那天瘦了很多，脸色苍白，安静，嘴边冒出细密的胡楂儿。我说："我也是六中的，我一年级的时候，你六年级，咱俩在一个学校上了一年，你就毕业了……耿队也是。"

他双手放在桌上，十指相扣，手腕的铐子，也一起放在桌上。听我这么说，抬头看了我一眼，手铐和桌子摩擦出声，他像被这声音吓着了似的，再次低垂了眼睑，没有接话。

沉默了一会儿，贾洪彬瓮声瓮气地问："我应该很快执行了吧？"

我说："且得走程序呢，再说，咋判也不知道，你这个事儿，还是有点原因的。"他依旧沉默，我说："可惜了，你们亲哥俩。"他嘟囔了一句："他可惜了，我活该。"我一听，有缝儿，塞他嘴里一根烟，点着，说："你哥这病，早晚是个事儿，说句不好听的，这对他、对你妈，都是一个解脱。

老太太在家，伺候这么一个病人，也不容易。可惜你了，你妈说你在外边混得挺好。"

他说："好不好不是别人说的。"

我说："你妈又不是外人。"他又不吱声了。

我说："我来也没别的意思，就是看看你，除了我是你们片区的民警，咱俩也算是一个学校的同学，以后不知道啥时候能见着了。"他把烟抽到了过滤嘴，火灭了，才吐掉，看着我，我又给他点着一根，说："就是想和你聊聊。你这个案子，基本就那样了，说啥，对结果都没多大影响了，信得着我，就唠唠。需要带给老太太啥话，我也能给捎到。"

我也点着一根烟，狠抽了一口，吐出一股重烟，说："这次来，我也是找人进来的，违反规定，估计没有下次了。"贾洪彬狠抽了两口烟，和烟一起吐出了一句："我恨她。"我说："你哥？"他回："我妈。"

老大贾洪波是邱若水十九岁那年生的，那时候，他爹大老贾还在建三江农场开拖拉机，三十二岁，俩人差了十三岁。贾洪波一岁时，知青也吵吵着要返城了，像邱若水这种

情况，下乡知青和当地人结婚，有了孩子，全国不少见，建三江农场就还有两个。那两个人都返城了，是扔下男人和孩子，硬走的。邱若水也想硬走，可贾洪波张着小手，嘴唇上挂着两筒大鼻涕，咿咿呀呀的，看着她笑。邱若水狠不下那个心，一犹豫，就窝在了东北。

邱若水家住在上海卢湾区绍兴路上，说是和当年杜月笙的公馆距离不到三百米。父亲是复旦大学文学系的教授，母亲在一所高中当语文老师。邱若水下乡之前，父亲就死了，说是病故，其实是受不了批斗的羞辱，自绝于人民，自杀了。下乡不久，母亲也病故了，到底怎么回事，她自己也不知道。她妈死，都没让她回去，是学校帮着处理的后事。

每回和邱若水打仗，大老贾都说："你那是不回去吗？你是回不去了。你家里啥人都没了，回去你也没啥奔头了，装什么装！"

丈夫大老贾是一个粗人，调到富拉尔基，住进现在的楼房了，还像牲口那么粗野，俩人的生活习惯格格不入。一天晚上，刚睡觉，邱若水就听见有什么声音，啪嗒啪嗒的，开了灯，发现老贾在搓身上的泥。用手指揉捏成一团，弹到天花板上，有的粘在了上面，有的落到了地上。把她恶心的，好几天吃不下饭。

大儿子贾洪波像她，别看是个男孩子，敏感，柔软，喜欢读书。小儿子贾洪彬像他爸，脾气急，好和人动手，一看书就困。邱若水把全部的心思都用在了老大身上，希望他能出息，考回上海。

贾洪彬说，他从小就受到不平等对待，他妈看他哥的眼神，都和看他的不一样。家里好吃的好用的，都尽着他哥，说是补脑子，提高成绩。一件新衣裳，也是他哥穿小了、旧了，他再捡过来穿。他也闹过，结果基本都是一顿胖揍。他自己也说："我学习不行，在班里，连中等都算不上，老大管我叫白痴。""老大学习好，总是第一，还总看书，看那种特别厚的，大人都看不进去的书。"

他说，老大给他讲过一个故事，说是一个富家的大小姐，和一个有钱的男人在一起，后来那个男的不要她了，想把她卖给另一个男人。这女的挺可怜吧，其实也不是啥好

货，她认识了一个人，是一个公爵，那人爱她，想娶她，可是结婚之前，她和一个小痞子跑了，最后还让这个小痞子给杀了。

我问他："他跟你讲的这个故事，叫《白痴》？"

他说："嗯，他连讲一个故事，都讽刺我。"

贾洪彬回忆说，小时候，他妈买了一双运动鞋，白色的，带着红边，具体啥样，现在也忘了，反正那时候觉得特好看。他知道抢不过他哥，就和他妈说，也想要一双。他妈说，你俩换着穿。可那双鞋就跟长在他哥脚上似的，晚上回家洗了，用粉笔涂白，放在桌上，第二天还没全干呢，又接着穿。

他就想，要是他哥没了，运动鞋就能归他了，连妈也都是他自己的了。不像现在，这个妈有一大半是他哥的。

那时候，他们那帮小子总去一个井坑子洗澡。他听说，井坑子中间有两三人深，就怂恿老大往中间走。每年夏天，都有人淹死，老大也往中间去过两次，愣是啥事儿没有。

还有一次要下雨，又打雷又闪电，看着挺吓人。他妈让他去打点酱，他看见酱缸旁边有一棵树，就央求老大去。他听老师说过，打雷时，站在树下，会被雷劈死。

他还听人说，有人被一根生锈的钉子扎到脚，伤口烂了，死了。他预备了一根带钉子的棍子，和老大吵架，还用过。被他爹大老贾抽了一耳光，把棍子给撅折了。

我问："贾洪波怎么得的病？"

贾洪彬说："这谁都不知道，小学毕业那年，就发现他有点不对劲。那时候老大和我说，他在自己作词作曲，编一首歌，还要自己演唱。他在写一个长篇小说，名字都起好了，叫《光和影子》。他说，苏联那边支持他，陀思妥耶夫斯基做他的编辑，这本书比《白痴》牛×多了。我和我妈说过，可我妈觉得她大儿子这是优秀，一直鼓励他，还让我跟大哥学着点，别整天吊儿郎当。一个学生学习不好，和二流子有什么区别，丢死人了。"

老大小学时学习是好，可一上初中就不行了。事实上，他连初二都没念完，就回家了。加一起还不到两年的时间，他和班里的每一个人都打过架，以前从没有这样过。

初二一开学那阵儿最厉害，要是有人和他提起谁，他就说，那人想害他，拎把菜刀，就去找那人算账。

老大说班主任也想害他。用粉笔，在黑板上戳一个白点，画一个圈，说看老师来了，知不知道啥意思。知道的话，还算有点水平，不知道的话，他凭什么教我？班主任特别严厉，大伙儿都怕他，要是发现没擦黑板，准骂得大伙儿狗血淋头，可那次老师根本就没注意，进教室，擦了黑板，就给大家上课。刚讲没两句，老大就站起来，摔了门出去。老师说他，精神病似的。

老大辍学后，病情恶化得更快了，开始砸东西。没几天，家里的东西都让他砸得差不多了。他力气大，一巴掌就能把电视机扒拉到桌下，后屁股摔冒烟，看不了了。还用拳头打窗玻璃，一拳打穿，往回抽胳膊的时候，手腕大筋差点划断，贾洪彬说他第一次看见人的血像水泵似的往外窜。

我问："没给他治吗？"

贾洪彬说："大夫说是精神分裂，也吃药，基本就是维持，治不好了。"

"老大得了病，还不如一个废人，起码废人不闹事儿。我爸说老大成了一个祸害，都是我妈给惯的，一家人都挺糟心的。"

"我家老太太，那么刚强，好脸儿，家里外头，哭了一场又一场，都丢死人了。"

"钱也没少花，除了看病，老大还能祸害钱，一不小心，就跑了，跑够了，自己还知道回来。有一回找不着家，从大庆打车回来的，车费就花了好几百。"

"还别说，他也听一个人的话，那人住我家后边，他俩是小学同学，一次他要去富拉尔基，我妈就央求那人陪他去，把人带回来就行，怕再跑没影了。我妈在家包了饺子，炒了好几个菜，等他俩回来。可那人自己回来了，老大半道又跑了。那人不好意思吃饭，撕撕巴巴的，要走，我妈哭着，硬拽着人家吃……"

晚上回家，我妈靠在沙发上看电视。看见我回来，还往后瞅瞅，发现只有我自己，就说："我吃的面条，再给你煮一口。"桌上，放着炸好的酱，屋里弥漫着一股特殊的酱香

144

味儿。

沙发脚底，有一小堆瓜子皮，应该是刚才我妈站起来时，不小心踢了一脚，散开着，如泼溅出去的水。电视机开着，一个长得像女的的男的，在雨里一边哭一边跑。衣服头发都湿了，脸上的妆倒是一点没花。

盛第二碗面条的时候，我问我妈："过去家里孩子多，父母会有偏心吧？"

我妈说："手心手背都是肉，偏啥心。"

她飞快地按动遥控器，巡了一遍台，又回到刚才那个电视剧。那个男的已经不跑了，站在大街上一把鼻涕一把泪地说话。

我妈又说："咋也得有一点，手心手背还不一样呢，爹妈也是人，是人就有偏向。"

我说："那父母对孩子的爱，其实也没有那么无条件。"

我妈剜了我一眼："你想干啥？"

我嚼着嘴里的面条，含混不清地说："我听你说过，兄弟姐妹之间，有老死不相往来的，真的动刀子的，多吗？"

我妈说："怎么不多？你听听评书里，过去皇上家的孩子，有多少都是这个杀那个，那个杀这个的。"

我说："那是为了争夺江山，不一样。"

我妈说："有啥不一样的，都是争家里那么点东西，就是皇上家底厚呗。"

我说："平常人家的兄弟姐妹之间，也不一定都是团结友爱的，对吧！"

我妈哼了一声，"人和人都得处，别说兄弟姐妹了，父母和孩子也得见事儿。你们现在都是独生子女，不知道了。哥俩动刀动枪的，多了去了。兄妹姐弟之间还有那啥的呢，那叫里桃花……人都是兽变来的。"

当天晚上，我给大斌子发了一个微信，告诉他，我怀疑老贾家那个案子是谋杀，嫌疑人贾洪彬不是激情犯罪，而是早有预谋。哥俩从小就感情生分，小时候，贾洪彬就算计过他哥，想他死。长大后，他哥得了精神病，成了一个祸害，把家造成那样，连累他都娶不上媳妇，肯定更想他死。在初六案发之前，他有没有其他犯罪行为？贾洪波非礼邱若水这

事儿是不是真的发生过，都值得怀疑，应该重新查查。

我继续打字"不算怎么样，早在今年正月初六之前，甚至是更小的时候，他哥就死在他手里无数次了"，想了想，还是删除了。

这一晚上，我没怎么睡，头疼，勉强入睡，也很快就醒。一醒，我就掏出枕头下的手机看看。大斌子一直没有回复，就像没有收到信息一样。

5

我又去了一趟二电厂家属区，没去老贾家，拐了个弯儿，去2号楼找陈大嘴。他原来也住3号楼，和老贾家是邻居，住504。

陈大嘴和老贾都在二电厂开车，下岗后，在2号楼底层租了一个铺面，开了一个食杂店。店面很小，还不到二十平方米，就是卖点油盐酱醋、矿泉水、方便面什么的。老伴给姑娘看孩子去了，平时就陈大嘴自己在家。贾洪波出事后，他嫌瘆得慌，不大回家，晚上住在店里。

我第二次来找邱若水那天，他站在店门口叫我。说认识我爸，小时候还抱过我，现在这么出息，都当警察了。他和我说，老邱太太那个人刁，一天天的净事儿，要不是她，大老贾不能死那么早。这次，老大出事儿，指定是她鼓捣的，你们好好查查她。

陈大嘴的店特别显眼，2号楼的东山墙上，刷了食杂店三个标语体的红色大字，特别气派。可掀开门帘一进屋，三趟货架子加一个收银的桌子，基本就没什么地方了。平时卖货应该都是通过那扇窗户，玻璃上贴了手写的推字，一笔一画，像是同等粗细的树棍拼接的，既规规矩矩又张牙舞爪。

陈大嘴半仰在一个破椅子上听评书，袁阔成的声音回荡在货架子中间。看见我进来，要站起来。我按住他肩膀，让他别动。本来店面就小，他一站起来，更没地方了。

我问他："平时隔壁有什么特别的动静吗？"听见我这么问，刚刚还堆叠在脸上的笑，瞬间抚平，眼神也跟着深邃起来。眯着眼睛，想了半天，说："也没啥不一样，他家除

了电视声开得贼老大，平时也没啥动静。"

他说："这两年，老邱太太应该是耳背了，电视声开得在墙这边都听得一清二楚，还成天成宿地开。我觉轻，一醒，就睡不着了。用拳头砸过两次墙，你陈婶儿还不让，说别的不看，还得看在老贾的面儿上。我跟你说，老贾那人，实在，就是摊上了这么个败家媳妇……"

我问："她都愿意看什么节目？"回答说："她就是看个新闻，听个戏，还有就是看法治频道……平时就拿腔拿调的，在家看个电视也端着，有啥意思啊……"

我说："我入户调查的时候，看见贾洪波挺老实的，成天躺着，怎么就给拴上铁链子了？"

陈大嘴说："耿队长也问过我这个事儿，我跟你说啊，前七八年，那老大不老实，总砸东西，别人不知道，我们在隔壁，总能听见他家动不动就呜嗷喊叫的。最近几年不闹了，老实了，我估计，应该是老大病得更沉了。"

我问："他家老二平时不是挺仁义的嘛。"

他回："是，老二老实，让他妈管的，平时说话都含在嗓子眼里，跟个娘儿们似的，谁想到能干出这么大事儿。出事儿前一天晚上，我还见着他了呢，喝酒了，到我这儿买可乐，一口气喝光。说是参加同学聚会去了，看着挺高兴的。"

作为一个市辖区，富拉尔基面积三十七平方公里，常住人口还不到二十六万，虽说是过年回来一些人，增添了一些不确定因素，可找几个人，还是易如反掌。

贾洪彬是四中的，1995 年入学，三班，算上中途辍学的三个人，一共就三十二名学生。初五那天同学聚会，是在北钢医院对面的宝通原味炭烤，有十四人参加，还不到原班级人数的一半。

宝通的老板个子不高，胖得跟怀了孕似的，颧骨上长了一个瘊子，一说话，瘊子跟着抖动，像是手机里要被删除的软件。他晃着脑袋回忆说："他们十四个人喝了一瓶三十八度的北大仓，三十多瓶啤酒，都没喝多。就是要完事儿的时候，有俩女生要跳舞，让我开音响。我说音响坏了，开不了。她们用手机放的舞曲，蹦跶了两下，还都挺文明的。他们隔壁那四个男的都比他们十几个人声儿大，他们有人过去

敲门，让小点声。我还担心打起来，还行，大过年的，都高兴，没人起刺儿。"

参与者名单上有十一个人是从外地回来过年的，已经回去上班了，我先找名单上还留在富区的，那两个人跟贾洪彬不熟，上学时都没怎么说过话，聚会那天，也就是互相客套了几句。只有彭德富和贾洪彬还算熟悉，住得近，有一阵子结伴上学放学。

彭德富在大家庭超市的水果蔬菜区干活儿，经理把他叫进办公室，就关门离开了。我问他聚会那天的情况，和宝通炭烤老板说的差不多，也提到了敲门让隔壁小点声的事儿。

我问："敲门这事儿你怎么记得这么清楚？"

他回答："因为是贾洪彬去敲的，那人老实，走道都不敢踩马葫芦盖，怕掉进去淹死。以前，他绝对不敢干这事儿，怕挨揍。"

我问："上学那会儿，贾洪彬和人发生过矛盾吗？报复心强吗？"

他回答："没听见他和谁咋地过，特老实的一个人，老实得有点窝囊。"

我问他："这次聚会，发现贾洪彬有什么变化没有？"

彭德富想了想说："也没啥变化，就是开朗了点儿。上学那阵儿，总是阴天呼啦的，不咋说话。这次聚会，没想到他能来，以前咋叫都不来。也喝酒了，喝了有三瓶啤酒。我还打听，他哥咋样了，他说还那样。"

我问："贾洪彬上学时处过对象没？"

彭德富说："他家有一个喝大酒的爹，一个事事儿的妈，还有一个魔怔哥，谁和他处啊。再说，他好像也成熟得晚，那阵儿都不咋聊女生。"

我问："那天聚会，他有什么特别表现吗？"

彭德富用一只手抠另一只手上的茧，抠了一会儿，说："没啥太特别的，开始的时候，贾洪彬还挺活跃，站起来提了两次酒，后来就又像上学那样，蔫了吧唧的，一副有气无力的样儿。"他又补充说："也就我和他说说话，别人都不咋搭理他，他也不咋搭理别人。就坐在一边看，有时候吃点菜。他吃东西少。"

按照彭德富说的，我又去四中找秦老师，校长说他都退休好几年了，不在富拉尔基了，应该在北京他儿子那儿。我按照校长给的电话打过去，接电话的是一个女的，说："你是派出所？我还是公安局呢。"挂了电话。我只好又打，等接起来，先报出警号和派出所地址，听那边还有迟疑，解释说就是向秦老师了解一下他过去的一个学生，就是骗子，也骗不了你什么。可无论我怎么提醒，秦老师还是不记得有贾洪彬这么一个学生了。

我把这两天探访的情况，编了一个微信，发给耿斌。上床前，吃一粒安眠药，最近失眠有点严重，希望今晚可以睡得沉一点。想了想，还是爬起来，给耿斌又发了一句话："在亲戚同学的眼里，贾洪彬就像一个不存在的人，这次杀人，是他存在感最强的一次。"

晚上又做梦，梦见贾洪彬在我对面像彭德富那样抠老茧，越抠老茧越大，最后山一样，耸立在我面前，我怎么爬也爬不过去。

6

这次去找老邱太太，我没买橘子。走到路口时，电话响了。听见卖橘子的老陈喊我，我一边掏电话，一边冲他摆摆手。算是打招呼，也算是拒绝。

电话是小娟儿打来的，她说给我发微信，没回，问我晚上干啥。我知道，她想和我商量拍婚纱照的事儿。我说："忙着呢，这几天可能没时间。"她说："哦，那以后再说吧。"

我和小娟儿是经人介绍认识的，她身材好，有一米七，长头发，从后面看，想犯罪那种。可长得一般，大饼脸，还有点兜兜齿儿。小娟儿学历比我好多了，研究生，北师大毕业的。我俩认识的时候，她刚从北京回来还不到一年。

小娟儿在北京工作了将近六年，在一个国际学校，当中文班主任。她爸病了，食道癌，得一周到齐齐哈尔做一次化疗。她妈前一年刚做了卵巢手术，身体不好，根本应付不来。她原打算回富拉尔基照顾照顾，很快就发现，根本走不了了。

154

我俩见面的第三天，她接到了通知，知道考进了沿江街道办事处，是事业编，工作琐碎，也挺忙，可有时间照顾她爸妈。她和我嘀咕："越混越抽抽，重新混成了富拉尔基人。"

在富拉尔基，我俩是绝配。都年龄大到了让单位和邻居当怪物看的地步。性格都是烟不出火不进那种不会来事的。都对眼前不满意，觉得人生失败，想再出去。我俩心里也都明白，出去个屁啊，出不去了。在富拉尔基，我俩处对象，是解救了双方老人、我俩各种远的近的亲戚同学、各自单位那帮四十岁以上责任心爆棚的妇女的义举。能让这么多人觉得年轻人早晚有懂事儿那一天，中国终于又有希望了。我俩也算是做了一件善事。

三年前，小娟儿还没回富拉尔基的时候，我家就在西边买了一套房子，五楼，九十多平方米，说给我结婚用。装修好了，放了两年的味儿了。有时候，我俩下班会回那个房子里，互相解决下生理需要。虽然身体都很熟悉了，但还是有些生疏，说话、做事都客客气气的。

最近，她说结婚前想买一辆车，想让我和她一起去齐齐哈尔的几个 4S 店走走。我听了有些厌烦,才回来几天啊,也这么俗气了,就回了一句:"富拉尔基就这么大,往哪儿开呀?"她没说话,我也没再说什么。

放下小娟儿电话,回头看看,和平路口有一家麦德基,装修得跟肯德基一样,但外放了音乐,一个女声,粗着嗓子在唱"套马的汉子,你威武雄壮"。老陈头卖橘子的小货车,就停在麦德基门口,旁边是麦德基老人的坐像,老陈头蹲在坐像旁边,也如一尊坐像。

往更远处看,可以看到一重厂门口的毛主席像,站在蓝天白云下,挥着手。

我一进屋,就问邱若水:"你认识梅诗金吗?"她仍然在嘴角悬挂了一个礼节性的笑,说:"认识,俄罗斯文学的圣愚形象嘛。"我说:"不,他是一个基督徒。"

在二电厂,大老贾也是一号人物。满二电厂也找不出第二辆的三十吨大挂,就他一个人开。进出厂子,总是条件反射一样按一下喇叭,如同打了一声尖锐的口哨。听到喇叭声,大伙就知道是大老贾,特别排场。

　　可他出名不是因为开车，二电厂的人都知道他有一个漂亮媳妇，在检修车间上班。别看生了两个孩子，可腰条纤细，皮肤粉白，说话、走路一看就不一样，带着南方人的媚气。二电厂的男人，除了大老贾，没有人不喜欢她。下班时，总有男人磨磨蹭蹭地，就为的是在路上能遇见，好多看她两眼。

　　老邱太太和我说，老贾这人没一丁点儿好，又粗俗又粗鲁，一身的臭毛病。在建三江的时候，总推牌九，也不看牌，就躺在人家炕上，头朝里，脚朝外，袜子露着脚后跟。每次开牌，他就喊一声，押天门，二百。到了富拉尔基，厂子管得严，赌得少了，开始喝大酒。大老贾喝酒不论顿，论天。一天就得一斤酒，身上整天臭烘烘的。就这么一个人，还牛 × 哄哄的，说脚踩三块铁，到哪都是客，不知道谁借给他的胆儿。

　　和老贾的浑浑噩噩不一样，邱若水好强，虽然没能返城回上海，但一直按照上海人的样子要求自己，家里家外都想争个脸。和人说话，提起自己家的东西，什么都好，永远想压着人三分。

邱若水有这个资本，长得周正是一方面，收拾得也干净，举手投足，大方得体。还喜欢看书，在建三江农场时，那么穷，也订了《小说选刊》。到了富拉尔基，更是愿意看书、看报纸。开会时，领导都愿意点名让她发言，说说感受什么的，语句讲究，滴水不漏。

可邱若水的这款骄傲，仅限于单位。回到家，一看到老贾和孩子，她就丢盔卸甲，溃不成军。男人窝囊，不长进，也就罢了。命运还跟她开了一个恶毒的玩笑，她寄予了全部希望的老大，初二都没念完，就得了精神分裂症。老二倒是正常，可从小就跟他爸似的，又窝囊又倔，初三没念完，就死活不念了，打折了好几根棍子，也不回学校，为此她还哭了一场。听老师说，同学都去上课了，老二一个人在操场上玩了一下午，和同学一起放学走的。第二天，其他同学来上课，他再也没来。听老师这么说，她又哭了一场。

在富拉尔基的家里，她不允许出现任何上海的字样，就连那台上海牌缝纫机，也早就被她送人了。为了这个，老贾

158

还打了她一巴掌，说她，败家玩意儿，事事儿的。这个男人临死都不知道，上海这两个字，对于他这个上海来的媳妇，到底意味着有多难堪。在邱若水那些表哥表妹眼里，她就是一个粗俗的失败者，一个拎不起来的小赤佬。

心气这么高的一个人，把日子过得乱七八糟，大过年的，又摊上了这么个横事。我都替邱若水犯愁，这日子得咋过啊。

晚上睡觉前，我把这段时间的所看所听在头脑里过了一遍，突然，一道闪电，炸裂开来。我被自己这个念头吓着了，太阳穴一蹦一蹦地疼，在初春的夜里，一阵冷一阵热，手心里全是汗。

7

我是第二天中午才见到的耿队，要不是我说贾洪彬案子有重大线索，可能还见不着。在他那间不大的办公室里，我等了有二十几分钟，耿斌风风火火地推门进来，第一句话就是："怎么回事，说说。"

我说："我怀疑真正的凶手不是贾洪彬，是邱若水。贾洪彬应该是被他妈设计了。"

我觉得，这起凶杀案应该早有预谋。首先，报警电话直接打给了刑警队，而不是110，应该平时就留心了。其次，谁家平时有那么快的菜刀？两刀，就把人脑瓜骨砍开了。可见不仅仅在心理上做了准备，行动上也做了准备。还有，这次事发，是说老大要猥亵她。平时就他娘俩在家的时候，老大怎么不猥亵她，怎么偏偏赶在老二过年回来的时候，才猥亵她？

为什么凶手应该是邱若水呢？我对这个判断，开始也不敢相信，她是母亲，而无论是杀人者还是被杀者，都是她的儿子。这太匪夷所思，太有违人伦了，说出大天来，都不敢相信。可是这段时间接触下来，我的判断是，邱若水具备这起凶杀案的所有内因和外因。

邱若水是一个好强的人，也许是上海下乡青年的不甘心，把她这种好强磨炼到了不可理喻的地步。丈夫老贾是一

160

个司机，完全不是她喜欢的那一挂，当初在一起，两人动机都不单纯，一个贪恋城里女学生的美色，一个想在东北找一个坐地户，有个倚靠。可是没承想怀了孕，有了孩子，导致邱若水未能返城。短暂的倚靠，变成了终身的噩梦。

大老贾喝大酒耍大钱，成了邱若水一辈子的噩梦，可反过来，能不能说，敏感尖酸的邱若水也成了大老贾一辈子的噩梦。

据说俩人也打过架，可谁都打不服谁，只好把希望寄托在孩子身上。准确地说，是邱若水把所有的希望都堆放在了大儿子贾洪波身上，对他极其严厉。这也应该是导致贾洪波精神失常的一个原因，就是大家说的那种他妈逼的。更令人崩溃的是，贾洪波得的还是一个脏病，在建三江农场的时候，就猥亵过妇女，被处理过。邱若水最大的寄托反倒成了她最大的耻辱，这个打击比嫁了一个窝囊男人还致命。特别是，老贾死后，老二出去打工，她和精神病的儿子在家，愈发度日如年。她这几年开始看法制节目，应该就是在想法除掉老大，解决这一块心病。

看到耿队要说什么，我抬手示意了一下，继续说："之所以选择老二做替罪羊有可能是两个原因：一、她毕竟是女人，下不去手。所以，我觉得可以审问邱若水，她以前应该自己下过手，一定是有什么原因，没成。二、老二贾洪彬初中没念完就辍学了，留在富区，也基本就是一个出力气活的，贾洪彬出去打工，就是被她撺走的，脸不丢在家里，就当是这脸还在脸上。可老二都三十四岁了，过年回家，每次都让人问，怎么还没结婚，老太太应该觉得他也没什么出息了，就别再丢脸了。再说老二从长相到性格，都太像死去的大老贾了，邱若水一看见老二，就像看见了他，索性，都完了，得了。尤其是，母亲这一身份，让她更容易把这事儿给干成。谁会怀疑，一个母亲会设计让一个儿子杀了另一个儿子呢。"

耿队看了看我，说："你刚刚说的，都有一个前缀，要么是应该，要么是可能，我们需要拿得出手的证据。"他扔给我一根中华，我掏出打火机，先给他点着了，又点着了自己的。他看了我一眼，又说："我们通过指纹、血液喷溅角度等证据，复盘了整个案件，证明杀人凶手就是贾洪彬，这

是科学得出的结论，你不会也怀疑科学吧。是，我知道，这只能证明他是一个施行者，需要找到行为的动机，至于这一动机是来自他自己还是别人，也需要科学手段去证明。"

"你说得对，贾洪彬杀人，不仅仅是一时冲动那么简单，除了嫌疑人一直觉得母亲偏心他哥以外，还有一件事，也成了他犯罪的重要动机。他说在初中的时候，正值青春期吧，看到一个女歌手在电视里唱歌，起了生理反应，恰好，正在做衣服的母亲叫他到缝纫机那儿，要看看他裤子前开门的方向，发现他下体发生了勃起，冷冷地问了一句，你咋地了？他说，那是他这辈子最难堪的时候，在他妈眼里，他看到的全是厌恶。他爸也刺激过他，说是有一天，发现他嘴唇上生出一层绒毛，就说，哎哟，成了牤子了。让他觉得长胡子是特丢人的一件事，一有时间，就拿两个硬币硬往下夹。"

"贾洪彬到现在也没结婚，处过两个对象，但总是不大行，不是阳痿，就是冷淡。遭到过嘲笑，心理上出现了一些变化。我们排查过他那两个对象，和贾洪彬分手的原因都一样，说他不像个男人，太敏感，心事重，还得女的哄着他。"

"初六事发当天，除了贾洪波要猥亵母亲，触碰了人伦底线之外，也有恨意和嫉妒。因为他发现贾洪波还有性冲动，他哥就是傻了，还是比他强，他怎么使劲儿，也赶不上他哥。"

耿斌弹了弹烟灰，继续说："还有一个因素不可忽视。在案发的前一天，贾洪彬参加了初中的同学聚会，那次聚会对他刺激也挺大。贾洪彬在杭州干活，这次也是开车回来的，按照富拉尔基的标准，也算挤上了成功那一类人了。可在聚会上，他发现大伙还像上学时那么坐，班长在哈尔滨给人干力气活儿，聚会的时候还是班长。原来总拿话磕打他的一个人，在富拉尔基一家超市干活儿，一个月赚不了几个钱，瞅着比他们老了好几岁，还照样拿话磕打他。他说，他这么努力，啥都改变不了。心态崩了。"

8

虽然大斌子认为，没有直接证据能够证明邱若水犯有教

唆罪，但还是答应叫她过来聊聊，地点就在刑侦一大队办公室。我负责问话，大斌子坐在办公桌后面，专心致志地抽烟、喝水，像是一个旁观者，可目光一直停降在邱若水脸上。

邱若水好像胡乱套上一件羽绒服就过来了，坐在刑侦一大队会客沙发的一端，后背挺得溜直。我注意到虽然匆忙，但邱若水的头发应该还是沾水梳理过了，整齐地贴在头上，像她的坐姿一样，又规矩又嚣张。

我问她："邱若水，知道为什么找你来吗？"

她回答："不知道，但你们想了解什么，我都尽量说。"

我问："大老贾是怎么死的？"邱若水看了我一眼，仍保持原来的姿势说："他死，公安局鉴定过，你可以调出来看看。"

我碰了一个钉子，索性豁出去，问："贾洪波到底怎么得的病？"

她说："这个也有据可查，在齐齐哈尔第一医院看过，他们应该还有记录，你也可以去查。科学的事，数字比人话值得相信。"

我说："那个我们会查，现在我是在问你，贾洪波的精神问题，和你对他的要求有没有关系？"

她说："我对他的要求，就是一个母亲对儿子的要求。我们邱家基因好，我上学就是班里的第一名，他继承了这一点，本来可以做得很好。就是和我一样，命不好。"她又补充道："天下的孩子都不一样，天下的母亲都是一样的。"

我说："邱若水，大老贾也好，贾洪波也好，甚至是还押在号子里的贾洪彬也好，你不觉得他们走到今天，都和你那套好面子的成功理论有关吗？"看她没吱声，我继续说："老贾也算是一个能人吧，你们在建三江生了二胎，不也罚点款，就完事儿了嘛。可惜他离你的要求，还差得很远，因为你的要求永无止境，他怎么做，你都不会满意，对不对？"

"贾洪波那么聪明的一个孩子，怎么就得了精神病，有没有你对他病态急躁的要求有关呢？贾洪彬没什么学历，出外打工，赚的都是辛苦钱，每次他回来，又是开车，又是买东西，他有没有在按照你的要求，去扮演一个成功者？他到

现在没结婚，有没有这个家庭让他害怕婚姻的原因？"

耿斌在一边咳嗽了一下，吐了一口痰。我停下来，稳了稳心神，整理了下思路，又问："贾洪波在建三江农场时，涉嫌几起猥亵强奸案件，我看过所有的出警记录，我听说，刚开始你还去和受害人道歉，后来就躲起来不见了？你这种心理变化，挺有意思啊，说说，都怎么想的？"

邱若水还像正月初六事发当天那样，看都不看我一眼。我只好盯着她的眼睛继续追问："你跟我说，贾洪波真的要强奸你吗？"

看她还是默不作声，我又问："你和你们车间技术员丁志奎是什么关系？"这一次，她抬头看了我一眼，我不错眼珠地盯着邱若水，我能感觉到耿斌把目光也投向了我，应该是在责怪我没有和他共享这一信息。我不管，这是我最后一件武器了。

虽然我不相信陈大嘴说的绝大部分话，但他提到怀疑邱若水和丁志奎搞破鞋这个信息，还是被我抓住了。一个像邱若水这样的女人，在丈夫、孩子、家庭甚至是工作中都找不到情感落脚点，又没有什么能聊到一起的同性朋友，那么一个男人的肩膀就是最好的喘息之地了。

按照陈大嘴的说法，俩人就算是好过，现在也应该断了，因为丁志奎出去打工，好几年都没回富拉尔基了。可我想，假设两人确实存在不正当男女关系，然后我们可以勉强把这种关系定义为爱情的话，邱若水为什么舍弃了爱情，不跟丁志奎离开富拉尔基呢？或者说，邱若水能够和丁志奎离开富拉尔基的前提条件是什么？想来想去只有贾洪波了。只有去掉这个累赘，邱若水才能彻底解脱，去过她想过的生活。那么虽然动手杀人的是贾洪彬，其实真正的教唆犯就是他的母亲邱若水。

很明显，眼前的邱若水也不再是铁板一块了。我看她做了几次吞咽的动作，这是紧张的标志。她问："我可以抽烟吗？"我递过去一支，她狠抽了两口，看样子情绪稳定了一些。才说："我知道，关于我出现过一些风言风语，我就不明白了，穿着得体一点、上进一点，怎么就成了一种罪了呢？这就能证明生活作风不好吗？我和老贾的婚姻关系是不

幸福，然后他们就据此，更坐实了这事儿。"她冷笑了一下，接着说："那时候，丁志奎是对我挺好的，可厂子里对我献殷勤的不止他一个男的，厂子里他撩骚的又不止我一个女人，怎么就偏偏说是我和他了？怎么，这也归你们公安局管？那你们怎么不管管那些乱嚼舌头根子的？他们才是杀人犯！"

我说："邱若水，只要丁志奎活着，我们就能找到他，事情就会水落石出，放心，你做过，你逃不掉，你没做过，也不会强加在你头上。你现在自己说出来，还能算是自首，可以减轻一些处罚。不要等到铁证如山了，你后悔都来不及。"

邱若水仍然不动声色，说了一句："你们要是能把事情调查清楚，那我谢谢你们了。"

9

　　大斌子打来电话的时候，我还在陈大嘴的食杂店里。他问："你还在二电厂家属区那儿吧？"我说："是，都快蹲一星期了，丁志奎还没找着吗？"他说："找着了，在大连打工呢，他和邱若水没那事。咱俩得去老贾家，见见邱若水。"

放下电话，我不知道自己是什么心情，如释重负又怅然若失。

在 3 号楼的 505 室，我还像往常那样，敲了三下门，走廊里响起浑浊的回声，可是门没有像以往那样打开。我和大斌子对视了一眼，大斌子把手按在门上，稍一用力，门开了。

我撞进外间，大斌子扑向里间。

外间一直是贾洪波住的，屋里只有一张铁架子床，现在，床上新换了铺盖，素底碎花的床单，抻拽得没有一丝褶皱。同色的被子，折叠得四四方方，放在床头。被子最上面是一个枕头，上面盖了一条白底红字的喜鹊登枝的枕巾。枕头上放着一张黑白的照片，两个大人坐着，两个孩子站在大人前面，面色凝重地盯着镜头。

窗户应该是刚擦过不久，虽然窗框外面还残留一些挡

风的塑料布，风一吹即抖动出声，可窗玻璃擦得一尘不染。阳光在床上泼溅成一道倾斜的箭头，床单上，不知名的花，在光照里开得正艳。我站在阳光之外，一股寒气从头浇到脚底。

大斌子也站在里间的床边发怔，邱若水躺在床上，盖着一个红底白花的棉被，早已经没有了气息。我用手机拍了一张照片，她头发梳理得整齐，脸上化了妆，眉毛弯曲，嘴唇红润，看着比活着的时候安详。怎么说呢，脸上有一种终于解脱了的释然。

房间没什么变化，电视机还在墙角，桌子还在床边，很明显被精心擦拭过了。在某一刹那，"毁尸灭迹"四个字闯入我脑海，可我随即苦笑，从刑侦技术手段而言，没有什么痕迹是真正可以毁灭的。只要发生，这世界都会给你记录在案。

我还是发现了一些变化，电视机旁出现了两个相框，一个十寸大小，一对男女被人工涂了红脸蛋，站在假山的前面。照片左上方，斜着写了一行字，革命友谊，永葆青春。

看得出来，女的是邱若水，梳了两个小辫子，眼睛睁得很大，眼神深不可测。旁边的男的，应该就是大老贾，嘴唇上丛生了胡子，头发有些长，站在邱若水旁边，如雄狮。

另一个相框七寸大小，一个小女孩站在花丛中笑，看眉眼，应该是邱若水小时候。我的目光从七寸大小的相框挪移到十寸大小的相框，再落到一人长短的床上，好像是看完了邱若水的一生。

突然，我发现照片里小时候邱若水背后花丛的花，和邱若水被子的花是一样的。我搜了一下，这个花叫白玉兰，被子植物门，双子叶植物纲，落叶乔木，是上海市的市花。

耿队已经检查了一圈，没发现什么异常。我俩一起守在门口，等待刑警过来，做进一步的查验。

我总觉得好像有什么不对劲，扭头看了几次，终于发现问题出现在电视机上。来了这么多次，第一次看到电视是关着的。室内出奇地安静，偶有西北风穿堂而过，发出低低的锐响，如泣如诉。

邱若水的死亡结论很快就出来了，是自杀，吃了四十多

粒安眠药，没遭什么罪，深睡后，再也没有醒来。死亡时间应该是我们发现她的那天凌晨两点左右。安眠药都是她近两年买的，积攒在一起，看来是早有准备。

有两件物品是我在现场没有发现的，一个是在邱若水的枕头底下有一本书，陀思妥耶夫斯基写的《白痴》，1982 年的版本，是刑警在进一步搜查时发现的。另一个是邱若水的遗书，但是写给我的。耿队在我赶到里间之前，先收了起来。

在邱若水死亡结论出来的第二天，我拿到了那封信。在刑侦一大队办公室读完，再交还给市局刑警。虽然信是邱若水写给我的，可它已经成为关键证物，我只能阅读，不能带走。

一个牛皮纸的信封，右下角有红色的富拉尔基二电厂的字样，中间是娟秀的字体，写着"江警官启"，看得出有硬笔书法的底子。

信写在两张 A4 纸上，蓝色的油笔字，在阳光的照射下，发出幽暗的光。邱若水在信里还叫我江警官，她说她知道我总到她这儿来是什么意思，她锁贾洪波都是在晚上，白天都是给他吃安眠药，不只是我，她骗过了所有人，所以不算是我的失职。她说，这样的日子，她早就过够了，她也的确几次想下手弄死老大，想过喂安眠药，割腕，造成自杀的假象，可就是下不去手。她说，我死后，他还活着，那他真的生不如死了。小时候那么可爱的一个孩子，怎么就变成了这样？我这一辈子，怎么就变成了这样？

她说，她没想到，这次春节回来，老二的状况也令人忧心，越来越木讷，看人眼睛都直勾勾的，有点像老大发病之前的样子。这让她想起来，她妈妈的精神状态就有些不好，她怀疑，是不是家族遗传有精神问题。

她说，她这辈子最大的愿望就是成功，过上自己想要的生活。想想，到了富拉尔基后，过的就是在建三江农场时想要的生活。可真的过上了想要的生活，又觉得没什么意思了，还想要更好的生活。人这一辈子，理想没能实现，痛苦，因为不甘心。理想实现了，也痛苦，因为没奔头了。

她说，她还挺愿意和我说话的，要不是我，在老二被抓

174

走后，她就会自杀。和我聊天，让她多撑了些日子，因为，她发现，我也是一个还算聪明的废物。

从刑侦一大队出来，我坐在十字路口的那个麦德基，要了一杯咖啡，没加糖，捧在手里，看着窗外断续的人流。老陈头还在门口卖橘子，背对着我，偶尔和路过的人打声招呼。有些阴天，天边的云，压着楼顶翻滚东去，如滔滔的海浪。

我给小娟儿打了一个电话，她问："结论出来了？"我说："嗯。"她沉默了一会儿说："老邱太太怎么这么恨她这俩儿子？"我说："她不是恨，是爱。她杀死他们，是爱他们。"

小娟儿沉默了一下，不愿意再就这个话题和我纠缠，她告诉我："你买的那本陀思妥耶夫斯基的书到了，晚上我带给你，还有治你偏头疼的药。"

我掏出手机，放大了手机里邱若水的照片，发现她额头比平时我见到的时候鼓，缩小了看，像是长出了犄角，眼睛紧闭，像是忍受生长的疼痛。我仔细看了两眼，删除了照片。

　　我给我妈打了一个电话，告诉她，今天下班就回家，和小娟儿一起。我听见她在那边开啤酒的声音，就说："你少喝点，还得给我带孩子呢。"我听见她在电话那头的声音欢快了起来，说："那不喝了，就等着这一天呢。小犊子，你别拿话甜乎你妈。"

　　放下我妈的电话，我给大斌子打了一个电话："耿队，什么时候方便，出来吃个饭？还是那家小火锅，肉挺新鲜的。"

毕业生

1

大学毕业的前一年，我们几个在和兴路上闲逛。路过一家人民药店时，看见门口摆了一个体重秤，贴着三株口服液的黄色不干胶纸。做工粗糙，看上去，也不会太准。可那天的秤有点特别，还可以量身高。我们几个眼神一对，把老大的鞋扒了。老大一身蛮力，但架不住我们人多，加上没防备，光着脚，被摁到了秤上。

身高一米六二，体重一百六十二斤。那时候还是太年轻，没想到再量量腰围，错失了用更科学的数字证明，老大基本就是一个桶状的结论，但这已经戳穿了他一直坚称自己一米六八的弥天大谎。

药店的人还以为外面打起来了。一个秃顶男的，穿着白大褂，跑到门口，拽着门把手，探头探脑地往外看。回头和店里的人说："几个小生荒子，闹着玩呢。"又朝我们

喊："把秤给整坏了，你们可得赔啊。"

老大正蹲在地上穿鞋，抬头看了一眼，说："你等会儿，我系完鞋带就赔你。"白大褂听见这话不对味儿，一转身回屋了。

我们就服老大这个劲儿，别看个头小，压得住茬。大一那年，他就是用同等款式的眼神儿，制服老二的。

按照黑龙江大学的规矩，大一开学后，一个寝室的人得按照年龄、生日排列出大小。以后不叫大名，就叫大哥、二哥、三哥，一直叫到四哥。到老五这儿，就不叫哥了，叫老五，然后老六、老七。一个寝室八个人，最小的叫小八。

军训结束第二天，我们八个人，也凑钱从一楼的食杂店抬上来一箱啤酒，又买了点干豆腐丝、红肠、花生米，胡乱堆在寝室的书桌上。开了啤酒，坐在椅背上，脚蹬着椅面。大伙挨个儿汇报生日，顺便做个自我介绍，无非是家是哪儿的，多少分考上来的之类。一个人说完了，大伙就碰下啤酒瓶子，一起喝一口，有点过去八拜结交时堆土为炉、插草为香的意思。八个人都报完了，刚好一人一瓶啤酒见底。

都是同一届的，一般都是同一年出生，有的生日小，上学晚一年，可上下也差不了多少。我们这一届不是1976年的，就是1975年的。

老大在报生日时，打了一个埋伏，说是11月的，没说年份，大伙就当是和我们同年，他该排老六。叫嚷着问老七是谁的时候，他说"停"，用手指点了我们一圈儿："你们以后都叫我老大。"在大伙诧异的目光下，他灌了一口啤酒，龇出两道白牙，说："老子1973年的，比老二还大两年。"掏出身份证，像赌神甩扑克牌那样，啪的一声，摔在桌上。

老二不甘心，举着身份证，前后左右地端详。还用大拇指捻了捻头像，看照片是不是后贴上去的。没发现什么破绽，还不死心，就追问："上户口的时候，农村不都愿意多报岁数吗，说是早结婚，好登记，你不是瞒岁数了吧？"

刚才的排定，大伙都挺满意的，老二挺有老大的范儿。总穿一套蓝西装，黑皮鞋一尘不染，扎一条红领带，头发吹得跟一个新郎官似的。个头也高，一米七八。刚才自我介绍的时候说，家是虎林林业局的。一个寝室的老大有这样的长

相和个头，加上这样的家庭背景，拎出去还挺有面儿的。

现在老大极有可能成老二了，而有可能成为老大的，虽然也是浓眉大眼，颇有英武之气，可太矮了，比老二矮了一头。我们怀疑他都没到一米六五，他说他一米六八，指着老四说："你一米七吧，咱俩就差两厘米。我就是壮，不显个儿。"

老二用牙又咬开一瓶啤酒，盯着翻滚的啤酒沫，一字一句地说："国家都改革了，咱们也应该改革一下，不按年龄，按照个头，怎么样？"大伙都没吱声，用拇指和食指捏了豆腐丝，仰头往嘴里送。

老大抬头看了他一眼说："行，咋地都行。要不咱们都掏出来，按照大小，再排排。那玩意儿上面也有年轮，一圈一圈的，也一样。"

我们是中文系，但是专科班，三年毕业。在学校里，让一众四年制的本科生瞧不起，我们自己也觉得矮人一头。好在，我们还不是最让人瞧不起的，从我们那一届开始，学校一个系招一个自费班。中文系的自费班一年学费就得四千块钱，比我们三年学费加一起还多。看自费班那帮小子一个一个摇头摆尾的，也没觉得自己咋着。

其实，自不自费，也就是学费多点少点。大一报到的时候，我们就知道了，教育部新出了一个规定，叫《国家不包分配大专以上毕业生择业暂行办法》。名字挺长，可意思很清晰，就是说，以后大学毕业国家不包分配了，双向选择。自不自费的，没多大区别了。

当时我们也没怎么在乎，都是千军万马过独木桥过来的，考上专科，也是考上了大学。考上大学，就是大学生。大学生毕业还能没工作？自费班的都不着急呢，我们急啥。

到了大二，开始觉得有点不对劲了。听刚刚毕业的老生说，双向选择一般都是哪儿来回哪儿去。对于原来是城市户口的同学，这根本就不算什么问题。可对于原来是农村户口的同学，这个问题就有点严重了。后来又有解释说，不愿意回原籍，就得自己去找工作。

在我们把老大摁到体重秤上不久，刚毕业的老生又和我们说，秋林商厦旁边新开一个商场，叫江南春。说是有外

资，属于合资企业，应聘的人排出去好几里地，有好几个都是大学应届毕业生。面试的人都感慨，"大学生竟然去站柜台了"，"现在的大学生不值钱了"。老生说："以后跟美国一样了，可能毕业就失业。"

不但如此，我们专科生好像和自费生也没法比。能上自费班的，家里都有点钱，尤其是那几个朝鲜族的小子，大人都在韩国打工，一双运动鞋就七百多，快赶上我们一个学期的伙食费了。更让人糟心的是，我们学的是俄语，高考时，一般俄语考生轻松就能拿下来八九十分，英语七十分都算高分了，可是毕业后，俄语生就业面窄，和学英语的没法比。

我作为一个既学俄语又是农村户口的考生，面对这些来自四面八方的消息，愈发地着急。周末的晚上，一个寝室的聚在一起喝酒，偶尔会说起这些，大伙的表现也不一样。

老二不愁，他爸是虎林林业局的副局长，谁没工作，也轮不到他没工作。这世界上就是旱的旱死，涝的涝死，老二对那份唾手可得的工作根本就没放在心上。他处了一个对象，英语系的，家境也很好，说是毕业后，俩人一起出国，去抢美国佬的饭碗。老二的俄语就是带带拉拉地学，不影响拿毕业证就行。他把主要精力都放在了补习英语上，和女友比学赶帮超，一补就补到后半夜。

老三也不着急，他家是克东县的，虽然是一个小县城，但他妈承包了县殡仪馆，家里有的是钱。用他的话说："这方面没有讲价的，要多少给多少，挣钱挣得都不好意思了。"就算一辈子不工作，他也不愁吃不愁穿。

每当这时候，其他人也会跟着叹气，可一转眼，豪情壮志就如同墙上的宝剑一般嗡嗡作响，好像那个狗日的社会就等着我们去改造，离开我们地球就得停转了一样，都狂着呢。

真正着急的也就是我、老大和老四了。在305寝，就我们三个是农村户口。

老大除了浓眉大眼，嘴也大。每当说起这些，他都是咕咚咕咚地吹掉半瓶啤酒，一抹嘴，咧开血盆大口："×，我不信上帝他老人家，把所有倒霉的事儿，都砸老子头上，他瞎呀。"

老大是我们寝室最著名的倒霉鬼，周末的时候，八个人再嚷嚷穷死了，也能从兜里抠点钱出来买啤酒。钱多就加几根红肠，钱少就整两袋花生米。我们一起举酒瓶子，碰杯："大哥，讲讲。"

老大讲了八百遍的倒霉经历，是我们最好的下酒菜。

老大没爸，更准确地说，老大他爸是在他小学六年级时死的。"不知道得了啥病，中午说脑袋疼，得躺一会儿，不到半小时就没气了。死前，眼睛瞎了。大夫来给号号脉，翻翻眼皮，说赶紧缝装老衣裳，这大夏天的，赶紧发送。"

"那时候也没多想，人都有生老病死，早早晚晚，都得是那么回事。没想到，小学毕业只是一个开始，以后一到毕业那年，老子就得遭遇一场劫难。"

老大掰着手指头给我们数："你看啊，小学毕业那年，我爸没了。初中毕业那年，老子得了一种怪病，凡是有关节的地方都出血。休学一年，在医院躺了小半年。大夫也不知道咋治，反正自己慢慢就好了。也就是从那以后，个头就不怎么长了。我爸一米七八，我应该像我爸，也是一个大高个才对。怎么也不能一米六八啊。就怨那场病，小学的时候，我在我们班是高个，都站在后排。"

"高三毕业那年呢，还有两个多月高考了，我就觉得浑身没劲儿，最后没劲儿到什么地步呢？从宿舍到教室都走不过去了。我妈来学校，一看，说我是贫血。你们知道咋回事吗？胃的事儿。最后都便血了，血都拉出去了，那能有劲儿嘛。妈了蛋的，又休学一年。"

我们纷纷举酒瓶子："老大，祝你大学毕业顺利。"

老大脾气不好，别看个头小，卧蚕眉一竖，也挺吓人的，老二就挺怵他。老二背着学英语的女朋友，和本系好几个女生不明不白的，一整就看录像去了，一整就唠嗑去了。老大张着血盆大口："老二，你轻点嘚瑟，别挨了揍都不知道咋回事。"

不仅是老二，二食堂的大师傅也怵老大。

二食堂离我们寝室楼最近，用老三的话说，黑大食堂最大的特点就是："不管用什么材料，做出来的菜都是一个味儿，二食堂尤甚。"男生和二食堂的战争，是在自发状态下，

散点式随机发生的。三五天就爆发一次，可顶多也就是吵吵两句，就被拉开了。在我们那届的黑大中文系，老大之所以声名远扬，就和二食堂打了两场硬仗有关。

从我们大二那年开始，二食堂就承包给个人了。承包人是一个姓侯的瘦子，我们都叫他瘦猴。瘦猴看着年纪不大，可和所有食堂的大师傅一个毛病，手哆嗦。一勺菜，等他哆嗦完了，到我们碗里的，从来都是肉比菜少，菜比汤少。

其实，那时候，我们几个也很少打菜，尤其是老大，每周都有两天，趁着早餐的时候，买六个馒头，一碗粥。咸菜免费，就包一些咸菜回来。早饭是一碗粥，两个馒头。中午是两个馒头，一点咸菜。晚上是剩下的咸菜，两个馒头，他说这么吃"搭配合理，花样繁多"。

馒头怕坏了，总敞放在床边的桌子上。有时候我找他说话，身体趴在桌上，遮挡了视线，手故意按在馒头上。聊完，人走了，馒头也扁了。他咬着牙："老六，你个犊子。"

大二那年冬天，老大不愿起床，让我帮他带六个馒头一碗粥上来。打上来后，他拿汤匙搅和搅和，问："你给我打的啥？"我说："粥啊。"他说："×，这么稀，这不是米汤嘛。"端着粥，出去了。

不一会儿，隔壁寝室的跑来告诉我们："你们老大和瘦猴在二食堂打起来了。"

第二天，他说："老六，我不下去了，你帮我再带一碗粥，两个馒头吧。"打上来后，他拿汤匙搅和搅和，问："你给我打的啥？"我说："粥啊。"他说："×，这么干，这不是米饭嘛。"端着粥，出去了。

不一会儿，隔壁寝室的跑来告诉我们："你们老大和瘦猴在二食堂打起来了。"

2

虽然我们一喝酒就祝他大学毕业顺利，可大学毕业那年，老大还是出事了，事实上，我们整个寝室都出事了。

从 1998 年开始，大学毕业彻底不包分配了。寝室八个人里，老二还在犹豫，是进虎林林业局坐办公室呢，还是去

美国祸害万恶的资本家呢？老三也说他办得差不多了，能进克东县文化局。老四蔫不拉唧的，前两年一直贴乎着老二，像个小跟班似的，因为老二答应帮他办工作。最后一年的时候，老四不大搭理老二了，前两天说走嘴，好像能进他们依安一中，当语文老师。

其他三个人都说，没着落呢。看他们一点都不着急，谁知道到底咋回事。

只有我和老大是真急，三天两头就出去面试，可除了拉广告的，就是卖东西的，底薪都在六百上下晃悠。毕业的伤感和前途的惆怅，搅和在一起，混制成了一种叫作愤怒的东西，粉尘一样飘荡在空中，一点就着。

出事儿那天大约是晚上七点多钟，老三连滚带爬地跑回宿舍，喘得跟拉了一天磨的驴似的，冲我们喊："快，老二被科大的欺负了。"

科大，就是哈尔滨科学技术大学的简称，和黑大隔着一条小马路。如果都走两个学校侧门的话，也就三五分钟的道儿。其实，在我们上学的前一年，科大就跟电工学院和工业高专等几个学校合并了，校名也改为哈尔滨理工大学，但我们还是跟着大家叫科大。

黑大是全省招生，学生都是北方人。科大是全国招生，学生来自全国各地。北方学生看不惯南方学生，十一就开始穿军大衣，可脚下穿一双趿拉板，"跟傻逼似的"。三九天的时候，北方学生都捂得严严实实了，南方学生还穿那件军大衣，脚下还是那双趿拉板。我们叫他们南蛮子，他们骂我们是穷鬼。黑大和科大之间的战争，是历史问题，更是南北差异问题。

那天，我们寝室七个人，整整齐齐，各拎着一条凳腿，抄小路，直奔科大。老大走在最前面，路上还停下两回，清点人数，招呼着谁都别掉队。

老三情报不太准，只记得那几个人薅住老二头发，一边抽嘴巴，一边说："再瞎鸡巴撩骚，就打得你老娘都认不出你。"除此之外，还记得那帮人是从科大五号楼出来的。

科大五号楼是男寝，我们赶到的时候，除了楼下有两三对腻腻歪歪的情侣，连路过的人，都稀稀拉拉。

老三指了指一楼的二门洞，老大一脚蹬开："进去，搜。"我们一行七个人，闯进哈尔滨科技大学男寝五号楼，一楼第一个寝室正在打扑克，正对门口的那人，脸上贴着纸条，吃惊地看了看撞开的门，又看了看门口的我们。老大转头问老三："有没有？"看他茫然地摇了摇头。队伍掉头，再奔下一个寝室。一楼十几个宿舍都翻腾了一遍，也没找到那几个人，队伍再次掉头，准备去二楼继续搜。

我原来缀在队伍尾巴，老大冲在最前面，一掉头，我就成了最前面冲锋的，老大成了队尾最后一个。可一掉头，我就发觉不对劲儿，净顾着往里冲了，没有注意到走廊两侧已经站满了人，指指点点，中间只留了一个狭窄的通道，隐现着一股杀伐之气。

我大喊一声："快跑。"

我是第一个跑出五号楼的，出了门，就站在一边，想等等老大，问问怎么办，还搜不搜。楼下的人比以前多了，几个男的，晃晃悠悠的，看样子好像是在闲逛，可一看见有拎着凳腿的人跑出来，就抽出警棍，扑了过来。

别看我们寝室这帮家伙平时吆五喝六，一喝酒，都是一个打八个的主。在科大保卫科的警棍面前，不到一分钟，就躺倒一片，哭爹喊娘地叫唤。还有人被抽掉了裤腰带，摁在地上，像捆猪崽子一样捆。老五已经倒地，仍被踢打，抱着脑袋，满地翻滚，边滚边喊："爹，别打了，都是我亲爹。"

围观的人，已经里外三层，嗡嗡嗡地小声交谈。人群中一个人颇为仗义，梗着脖子说："再怎么的，也不能这么打人啊。"保卫科的上去拽住他脖领子，就地打翻，抽了腰带，拖到地上的一堆里。我扫了一眼，眼熟，一起喝过酒，好像就是科大的，但不记得名字了。

警察把眼睛扔到围观的人群里，继续搜寻可能的同伙。

很庆幸，我是第一个出来的，出来后就站在门边，没有跑，否则我就是第一个被打翻的。可我的麻烦一点也不比地上那帮人少，首先我站在人群的最里边，位置比较显眼，怕让人给认出来。其次，来的路上，我把凳腿绑在了手腕上，怕打架的时候武器飞了，吃亏。现在一直背着手在解绳子，越着急，越解不开，急得满头是汗。等终于解开，手一松，

棍子当啷一声掉在地上。正好，保卫科那位的眼神也落到了我这儿，听见声音，眼神撞在了一起，我俩同时一愣。我转头就跑，他飞身就追。

科大的校园很大，尤其是从五号楼所在的北门到正门，平时走道也得走个十几分钟，那天我觉得一两分钟就蹿到了正门的校墙。不能走正门，门卫正站在门口，向这边张望，只能翻墙。科大的校墙是只有小腿高的水泥垛子，上面是一人多高的红缨枪一样的铁栅栏。我一个翻身，像一块猪肉绊子一样，咕咚一声，掉落到墙外，追赶的那人也堪堪赶到了墙边。

我坐在墙外，呼哧呼哧地喘，心脏像是要从喉咙里蹦出来，嘴里发咸，嗓子眼发甜，眼前一阵阵地发黑。保卫科的那位壮士，站在墙里，弓着腰，抓着栅栏，也呼哧呼哧地喘。等我喘得差不多，终于能站起来，他也能直起腰了。可隔着一人多高的铁栅栏，他也知道奈何不了我了，用手指指，意思是"等我逮住你的"，转身离开。

天色渐晚，路灯亮起，行人匆匆，车流如海浪般起伏。

站在科大门外，我一时不知道去哪儿，想了一会儿，抻抻衣服，再从正门进来，又去了五号楼。看热闹的人更多了，我好容易挤到前面，看到我的同学们，被捆成一个长串儿，一个一个推上警车，关上门，闪着红灯，次第离开。

我如丧家之犬，不知道去往何处。在科大和黑大中间的小道上，来回走了好几趟。还去科大正门看了看刚才那堵围墙，坐在下面，发了一会儿愣。我自己也不敢相信，刚刚怎么一下就翻过去的。第一次，我知道了走投无路是什么滋味。

想来想去，还是回了宿舍，发现老大竟然也在。他说，幸亏成为队伍的最后一个，听见前面动静不对，趁机溜走了。

睡到半夜的时候，老大推我，让我听什么声音。我一激灵："警笛？"不一会儿，窗户外面红色的警灯闪烁，走廊里传来脚步声和敲门声。

哈西派出所民警进来的时候，我装作刚被吵醒的样子，迎着手电筒的光，问："怎么了？"警察问："叫什么名字？"突然之间，我头脑里一道电光石火闪过，随口说了一个假名："李有财。"警察拿着一个本，对了一遍，发现上面没有

这个名字，就问："你学生证呢？""押在一楼小卖店了。""取回来。"

我在穿衣服的时候，听见警察在盘问老大，也拿着一个本子核对名字。后来听说，那个本子里记录的是，同学们在派出所里供出来的参与者名单。老二在我们赶到之前，就被抓住了，那上面只有两个人在逃，一个是我，一个是老大。

老大的做法和我一样，也随口说了一个名字，我只记得是两个字，具体是什么不记得了。后来我问过他，他也不记得了，还反问我："有那事儿吗？"老大也同样被命令去取学生证。我俩前后脚出来，下到二楼，前后脚进了厕所。他看着我，我看着他，我俩大眼瞪小眼，不知道接下来该怎么办。

我扒着窗户往下看，一辆警车，闪着红灯，停在宿舍楼门口。从一楼逃走的可能性是没有了。绕到另一边，下面都是树，黑咕隆咚的，我知道再往北走三五分钟，就是图书馆。推了推厕所窗户，外面是筛子一样的铁丝网，长久没人动过，一推，灰尘四起。最左面窗户上的铁丝网破了一个拳头大小的洞，我就发了狠，抡起腿，蹬了几脚，声音大得让人差点昏厥。没几下，就端出了可容一人钻过的洞，我喊了一声："老大，这边。"

一楼的窗下，用水泥修了槽沟，用于排水。落地时，正跳落在槽沟上，站立不稳，一头栽倒，我听见自己发出一声闷哼。可巨大的恐惧，搀扶着我爬起来，一瘸一拐地跑进旁边的小树林。抬头再看，老大如狗熊一样，悬挂在窗外，正在犹豫，晃晃荡荡，像一件晾晒的衣服。

除了自己的心跳，我都能听见走廊里的说话声了，手电筒的光，摇摇晃晃，厕所窗户忽明忽暗，应该是警察循声往这边找来了。我急得低吼："操，跳啊。"

老大松了一只手，单手挂在窗户上，犹豫了片刻，也许是力有不逮，终于松手。我看见他掉落，发出布口袋落地一样的钝响，转身就跑。没跑两步，就听老大在后边喊："老六，我腿折了。"

老大命犯孤星，霉运缠绵，初三，关节出血。高三，胃出血。大三，骨折。

3

伤筋动骨一百天，老大在黑龙江骨伤科医院一躺就是两个多月。当晚是我硬挺着一百一十多斤的体重，背着一百六十多斤的老大，从黑大赶到了骨伤科医院，累得差点吐血。

可事情并不会因为我俩逃走就结束，那段时间，我在医院和学校中间辗转，在医院我得照顾老大，回到学校后，先后写了十几份检讨，分别当着辅导员和系主任哭了好几回，终于领回了我的毕业证和老大的肄业证。

在派出所，同学们指认老大是组织者，证据就是路上他几次停下来查点人数，要大家互相提醒不要掉队。老大和老二被学校定性为聚众闹事，被开除了，所以只能领到肄业证。

这中间还发生了两件事，一个就是离校，我把我俩的东西搬出黑大宿舍楼，搬进了科大家属楼下边的一个平房里。房东是科大管后勤的，他的院子里，有四间房子，最大的一间自己家住。其余的三间都是私建的，价格便宜，又是在学校里，安全，特别适合刚毕业过渡居住。

看房子时，我还担心，房东是科大的，会不会认出我是那天打架的人，会不会不租给我。后来证明，我的担心是多余的，可我仍然不敢走科大的正门，搬过去很长一段时间，还都是绕到西侧门出入。

我们那个房间，放了两张上下铺，能住四个人。靠南墙有一个人那么瘦窄的窗户，挂了一个花窗帘，常年都不拉开，室内昏暗，弥漫着一股霉味。搬进去之前，两个下铺已经住了人，一个是科大毕业的，一个是师大毕业的。科大那人和我们一样，也是刚毕业。师大那人住的时间最长，快两年了，看来工作不顺，要不，工作两年，攒点钱，早就应该搬出去了。

和我们一起搬过去的，还有三个女同学，住在另一间。郭晓玲和李敏是我们同班同学，另一个不是一个班的，可总能看见，不算陌生，就是没怎么说过话。

郭晓玲是加格达奇的，李敏是富拉尔基的，都是城市户

口，都不愿意回家，说想在外面看看。事实上，也多亏了她俩，要不是她们经常过来帮忙，我一个人根本就不可能又照顾老大，又去和学校周旋。

另一件事就是，在骨伤科医院住了快一个月的时候，主治大夫找我和老大商量，说这位患者骨骼异常，属于医学上罕见的个案，他的病情需要重新制定更有针对性的治疗方案。我听了腿肚子直哆嗦，不是担心老大受苦，住院第一天，我就知道他什么都能扛住。大夫说骨折都伴随着脱臼，起码得把老大歪到一边的脚心矫正过来。别人正骨都连哭带嚎，跟杀猪似的。老大就咬了一条毛巾，豆大的汗珠子往下滴，愣是一声没吭。

我哆嗦的是我俩的钱不够用了，他妈和我妈都说再给寄，可一直没收到。

大夫解释了半天，我终于听明白了，所谓重新制定治疗方案，其实就是骨头接错位了，得敲折，重接。我忧心忡忡地看着老大，他啥话没说，咬住上次那条毛巾，又淌了一脑门子汗。伤筋动骨一百天，卧床时间得重新计算，这无疑再一次打乱了我俩的找工作计划。

我和老大一直怀疑，后来找工作那么不顺，就是因为刚毕业那会儿，没打好底儿。

其实在老大还没出院的时候，我就找到了一个工作，在一家广告公司做策划。公司太小了，也就七八个人，所谓能接到的广告业务，也就是印刷个宣传单、制作个条幅之类的。我的职位是策划，其实就是广告业务员。每天早上八点半到办公室报到，说明一下情况，就得出去，满大街找业务去。看见规模不错的公司或者工厂，就过去问做不做广告。我们什么广告都能做，飞机场、火车站的路牌广告，黑龙江的所有报纸，中央台的电视广告，我们都是独家代理。在黑龙江，要是别的公司敢说能做中央台的广告，那就是骗子，正宗的就我们一家。

一个拖拉机厂的门卫，是一个老头，个儿不高，黑红的脸膛儿，有点驼背，一直笑眯眯的。听我说了一大堆之后，说："都下岗了，开不出工资了，哪有钱做广告啊，你换个大门吧，去别家看看。"

"换个大门吧"，是我们那儿对要饭的人说的话，意思是自己家里也没钱，吃的也不够了，换个人家再去碰碰运气。

老大腿好了之后，找到了一个酒业代理公司，做酒类专员。就是拿着一个酒水单子，上面有各种酒的名称、价格，挨个儿小吃部去问进不进酒水。大饭店就不用去了，都有固定的客户，撬不动。

我俩做的都是销售，这一行基本工资都不高，我是六百五十，他是六百，可提成高。老板说，做上道了，一月几万几万的提成，这点基本工资就是毛毛雨。可惜我俩悟性不高，一直上不了道，每月只能靠底薪活着。这明显不是长久之计，老板就防着我俩这样的，一般两三个月，再上不来活儿，就得滚蛋了。

我们住的房子太小，四个人都在的时候，必须有一半的人保证是在床上，否则就会发生交通事故，自然也做不了饭。在外面吃，就挑最方便的，省事省时省钱。早晨一般不吃，中午对付一口，晚上吃一碗面。不敢吃米饭，吃米饭就得点菜，费钱。

　　因为工作都是在外面跑动，时间比较自由，中午我们总回到住处，学校附近吃的东西相对便宜一些。那天中午，我俩在科大门口的小摊上，各买了四个韭菜合子，装在塑料袋里，一边走一边吃，还没走到住处，就吃完了。

　　中午在床上眯了一小觉儿，下午还得出去，他继续卖他的酒，我继续拉我的广告。老大一边穿衣服，一边嘟囔了一句："操，就那鸡巴韭菜合子，老子还能吃四个。"我看了他一眼，没说话。老大的身材明显瘦削了下来，穿的还是上学时的衣服，可空空荡荡的。

　　那个时候，我俩的关系也有点微妙。因为李敏。

　　郭晓玲在这儿住了不到一个月就回加格达奇了，走的时候，工作还没着落，但坚决不在哈尔滨待着了，说："再待下去，就成盲流了。"在她走之前，那位不同班的女生就已经搬走了，应该是搬到她男朋友那儿去了。搬的时候，我们过去帮忙，大部分东西都不要了，就带走两个包，拎在手里，轻飘飘的。

　　原来住了三个女生的房间，现在只剩下了李敏。她在哈

尔滨找到了一份工作，是在李宁体育。其实就是在体校门前一个卖体育用品的商店，专门负责李宁的品牌专卖。李敏她爸是富拉尔基烟草局的，她跟我和老大情况都不一样，我俩是回不去，她是不回去。每次问她，都说："再干一段时间，挣点钱，给家里人都买点东西再回。"

老大住院期间，李敏有时间也会去医院照顾。每当她去照顾的时候，我都会买了晚饭，赶在医生巡房之前送过去。等老大吃完了，我和李敏再一起回到住处。

我们在科大的那个住处，就像漫长漂泊过程中的一个落脚点，流动性非常大，每个月都能看见有熟脸搬走，每个月也都能看见有生脸搬进来。

最近一次住进来的是四个南方人，住在最外边的一间。他们给附近的服装城干力气活儿，挣的钱比我们多，吃得比我们好。下班后，经常在院子里吃饭，光着褐色的脊梁。喝北方的酒，说南方的话。偶尔也能听懂一两句，有一个瘦高个，经常大喊一句，"白条鸡喽"，吓得人一激灵。

李敏有点害怕，总过来找我说话，天黑了，实在扛不住了，才回屋去睡。

老大回来的第三天，听见院子里又在怪叫"白条鸡"，又看见李敏难为情的样子，明白了个大概。就过去说："哥几个喝着呢？伙食不错啊，这是烧鸡吧，沟帮子的？不是白条鸡啊。"

一个人说："你新搬进来的吧？吃鸡得吃烧鸡，看鸡得看白条鸡，知道吧？"

老大纳闷，问："白条鸡有啥可看的？白了吧唧的。"坐在老大对面的一个瘦子，眼神往女生住的房间瞟了瞟，"白条鸡好啊，白啊，一白遮百丑，你不懂的啦。"

老大伸手把他们吃了一小半的烧鸡拿起来，看了看，扔到地上："以后别吃白条鸡了，烧鸡也少吃点，这玩意儿做的时候，加了不少化学药剂，吃了容易得病，脑袋疼。"一脚踢出老远。又拿起他们桌上一瓶还没开的啤酒，说："酒这玩意儿也得少喝，我就是专门研究酒的，一看这就是勾兑的，喝多了，眼睛容易瞎……"

一人不开眼，提醒说："这是啤酒，又不是白酒。"

老大说："我说了，我就是研究酒的，啤酒比白酒还厉害，知道不？"一甩手，啤酒瓶子摔到地上，发出一声巨响，碎玻璃纷飞，喷溅出白色的泡沫。

一人站起来："兄弟，你是要搞事情？"

老大笑了笑："这还不明显吗？纠正一点，事情我不会搞，也就能搞搞你们。"我已经拎着两条凳腿，站在老大身边了。李敏躲在门口，紧张地观望。另外一个房间，也有两个人出来，一边往这边走，一边指着骂："你们几个南蛮子，早就看你们不顺眼。整天瞎鸡巴叫唤啥，发情了？"

房东和儿子站到了门口，叉着腰："你们要干什么？都回自己屋。能待就都给我好好待着，不能待就都滚蛋。"

李敏回家的前一天，我们三个吃了一顿饭，专门去那家上学时就总去的小吃店。老板娘还记得我们，说还以为你们都离开哈尔滨了，给我们加了一个菜，皮蛋豆腐。过来敬了一杯酒，絮絮叨叨地说了好多我们上学时的事。她记得的人，挨个儿打听了一遍。

那顿饭吃得没滋没味的，大部分时间里，都是我在强颜欢笑，东扯西拉地说些有的没的。老大和李敏都不怎么说话，三个人默默地喝了九瓶啤酒。

早上叫老大起来，他鼾声如雷，怎么扒拉都不醒，我只好一个人去送站。李敏是早上七点多的火车，在去火车站的 11 路大辫子电车上，李敏告诉我，她爸帮她找好了工作，在龙江县公安局，负责打字，合同工，以后能转正。下周一是最后的报到时间了。她爸说她："都毕业了，还不让人省心。"

上车前，她抱了抱我，抱得有点紧，时间有点长，头发碰到了我的鼻子，很痒，但很香。出来的时候，看见老大站在火车站门口，看见我，转身一起往外走。

"你真的假的？"他问。

我一时没明白："什么？"

"你和李敏有啥没？"

"没啥啊。"

"她不回家是不是因为你？"

我好像突然明白了点什么，回头看了看哈尔滨火车站。

火车站前，巨大的时钟已经指向了八点的位置，这时候，李敏应该上车了。

<h2 style="text-align:center">4</h2>

李敏走了不到三个月，老大也离开了哈尔滨。

走之前，他失业了将近两个月。这次失业对他打击有点大，不着急出去找工作了，整天躺在床上看武侠小说，也不大吃饭，身材愈发地瘦小。烟倒是抽得很凶，床边的方凳上放了一个烟灰缸，一两天，就插满了烟屁股，旗帜一样。

晚上的时候，他总和我聊武侠小说。他说梁羽生每一次都虎头蛇尾，开篇大开大合，结尾都草草结束，要么是才华不够，要么是毅力不够。

他说再看古龙有点看不下去，太装了，不说人话。招式描写，看着挺牛，其实是在偷懒，躲避了很多应该做的功课。古龙写的浪子都有一个共同点，就是欠揍，他最想揍楚留香，陆小凤也行，什么他妈的他踏月而来，什么他妈的灵犀一指，就地撅折。倒是郭大路还行，仗义，值得深交。金庸写的萧峰最牛，聚贤庄大战，一个人单挑整个武林。

这次失业，是因为他把酒业公司的老板给骂了。他和我说了过程，当时我俩在喝酒，喝得差不多了，一耳朵进一耳朵出，听个大概。好像说是在他们办公室，他绕过公司酒类展示的那个架子，要揍老板。别看老大个子低矮，发起怒来，有虎狼之威，这我知道。

他说老板吓得直哆嗦，要报警，"他妈的，有能耐单磕啊"。

至于原因，好像是老大发现老板代理一个什么牌子的酒，自己还偷着做这个牌子的假酒，真的假的一起卖。"他妈的，还让老子去帮他推销假酒。"老大恨假酒，和我说起过几次，他怀疑他爹就是喝了假酒死的，要不，临死前，眼睛不会瞎。

老大走的时候，和我说是回家。我回想了一下，临走前两个星期，他确实总接他老娘的电话。听电话那头的意思，好像反复说："你没毕业证，肄业证不和高中毕业一样嘛，

咋找工作啊","大城市再好，也不是你的"。

　　老大的妈也是一个狠茬子，他爸去世后，自学了中医，当了他们那个屯子的赤脚医生，能给人看个头疼脑热什么的，再加上种点地，挣得比以前多多了。家里条件比以前好了，当妈的不忍心儿子在外面吃不饱饭，恨不得顺着电话线爬过来，揪他回家。

　　他不让我送，没告诉我车次，就说是晚上，"等你下班回来，来得及"。

　　等我下班回家，下铺空了，连烟灰缸都洗干净了，就剩了一张床垫子。我坐在床垫子上哭得上气不接下气，哈尔滨就剩下我一个人了。老大能回去，我回不去。

　　我爸妈都是农民，没权没势，找工作一点忙也帮不上。再说了，家里还欠了一大堆饥荒。上学时，我妈花三分利抬了三千块钱，给我上学。第一年的钱没还利索，第二年上学又抬了两千块钱。第三年开学的时候抬了两千块钱。毕业后，挣的那点工资，根本吃不饱饭，又向家里要了一千五，过了好久，才汇过来，不知道我妈又找谁家抬的。

茫茫人海，只有我一个人无路可走，更无路可退。

我在科大这个房子里又住了一年多才搬走，是这个房子里住的时间最长的。走的时候，房东差点敲锣打鼓欢送我滚蛋。在这一年多里，我和房东打了有四五仗。有两次，和他那个儿子，差点撕巴到一起。和住在一起的室友，关系也紧张到互不说话的地步，我觉得他们傻×，他们觉得我傻×。

在这一年多的时间里，我换了四份工作。有两个是在广告公司做销售，一个是给印刷厂拉业务，另一个是在江南春商场，给一个厂家专柜卖梦特娇 T 恤。

在这一年里，同学变化都很大，好像一毕业，就都长大成人了。老二结婚了，找了一个虎林当地的姑娘，老丈人在医药局，也是一个当官的。他和老大一样，拿的是一张肄业证，但最后还是拿到了毕业证，一点没影响工作。我不知道他是怎么办到的，也不想知道。

老三在克东县文化局，说是经常去抄录像厅，抓放黄色录像的，"用手电筒一照，都老老实实的，跟鹌鹑似的"。小八平时蔫声蔫语的，可最狠，他进了当地的啤酒厂，干了不

到两个月，就办了一张边防证，跑深圳去了。

哈尔滨变化也很大，起码，不像我刚毕业那时候，找一个像样点的工作，都得找关系走后门。公司多了，招聘的多了，也越来越正规了，要求先递交一份简历，然后安排面试、复试。我就是用这种方式进入哈创电子集团广告部的，职位是策划。

哈创电子集团是哈尔滨工业大学的下属企业，主要做校园一卡通系统的研制应用之类的，集团员工将近两千人。我第一次体验到了在写字楼上班的感觉，坐在格子间里，有一种美梦成真的不真实感。在转椅上转了半圈，小腿磕到桌腿，疼，但高兴。

工资也对得起写字楼的装修，我用了一年多一点的时间，帮助家里还清了外债。还完债务那天，我又回到黑大旁边的那个小吃店。老板娘不认得我了，提醒了几次，说想起来了。我知道，她还是没想起来。但没关系，我一个人要了一个沟帮子烧鸡，一份皮蛋豆腐，喝了三瓶啤酒。

感觉从这一天开始，才算是真的毕业了。

从科大的平房搬出去后，我在通达街新租了个一室一厅，三楼，干净，东西挺全，连电饭锅都有，基本不用自己添置什么了。可我还是买了一张席梦思垫子。在科大那个平房里，一直住那种上下铺的铁架子床，床垫不好，总往一边滑，睡一宿觉，腰疼得厉害。果然，换了床垫子，腰不疼了，走路也有精神了。

新住处离骨伤科医院不远，我经常路过。有一次还去住院处看了一眼，没什么变化。当年老大住的病房里，也有一个大学生，师大体育系的，说是踢足球折了腿。正是午饭时间，我问他怎么吃饭，他说女朋友出去买了。

离开哈尔滨后，老大就没有消息了，他哈尔滨那个手机号，我打过几次，一个女声告诉我："您所拨打的号码是空号。"

5

老大再次出现是在三年后。那时，我处了一个对象，是

阿城人，老家距离哈尔滨五十多公里。黑龙江财专毕业的，在哈尔滨一家房地产公司做出纳。也是应聘过去的，老板不大相信她，试探了好久，最近才刚刚把一些重要的工作交给她独立去做。

我想和她结婚，动了这个念头后，我找了一张白纸，在正中间画了一条竖线，左边列出每月的收入，右边列出每月可能的支出，包括房租、水费、电费、交通费、通信费等，发现左面的数字总是小于右面的数字。我在自己的早餐、交通上减了又减，仍然显示入不敷出。撕了白纸，兀自生气。

我是先收到一个陌生号码发来的短信，问："你还在哈尔滨吗？"拨打回去，电话那边有点吵，过了一会儿，应该是走到僻静一点的地方，老大的声音出现了。确定我还在哈尔滨后，告诉我，三天后见。

上次他回去，在家没待几天，就去嘉峪关了。他说："哥们怎么也不能束手就擒、洗颈就戮、坐以待毙啊。"那段时间，很多东北人都去嘉峪关，说是活好找，钱好挣。

可真到了嘉峪关，老大发现还不如哈尔滨的就业环境呢，大企业更少，裙带关系更复杂。他窝在出租房里大睡了三天，盘算着不行就回去，给他妈打打下手得了。老太太这两年干得不错，都能接生了。可又觉得这么老远，来都来了，还不如逛逛，当旅游了，就去了嘉峪关关城、悬壁长城、游击将军府、魏晋墓溜达。

一起去的老乡笑话他："到底是大学生，文化人啊，就是挣不到钱。"他说，就是这句话点醒了他，去他妈的，挣钱才是正事。

老大管家里借了五千块钱，买了一个做蛋卷冰激凌的机器，在嘉峪关一所技校门口，租了一个小门市房。地中间拉了一个帘，前面是他开的"亚洲最好吃的冰激凌专卖店"，帘后面是他睡觉的地方，"兼办公室"。

老大手巧，画了一些卡通画，配上一些古诗词或者是电影台词，贴在门上、机器上，当广告。老大愿意说话，懂得也多，没过多久，学生们一下课就往他这儿跑。他给女生唱古老的波希米亚民谣，然后唱"两只老虎，两只老虎，跑得快，跑得快"。她们大叫："你骗人，这不是《两只老虎》嘛。"

他和男生们聊电影,《大话西游》《东成西就》什么的,一段一段地背台词。他说:"文科生,背课文还不手拿把攥的。"学生们都喜欢他,女生会抱着他胳膊,要求"再唱一个儿歌"。有的男生有喜欢的女生了,也找他出主意。

一年多一点时间,老大就把老妈给出的本钱还上了,但他还是心慌。虽然不像刚毕业那么穷了,可一个蛋卷冰激凌五毛钱,去掉房租、水电这些硬成本,也剩不了多少,挣的都是辛苦钱。尤其是他一直记得自己是大学生,在他的概念里,肄业证也能证明上了大学,大学生就得进写字楼,当白领,要不"大学不是白上了嘛"。

时隔三年,我俩又住在了一起。在先锋路租了个两室一厅,他住东边那屋,我住西边那屋,中间的客厅里放了一台我在电脑城找人组装的电脑。周末的时候,我对象也会过来,做点饭菜一起吃,老大吃完会主动洗碗。我俩在屋里腻歪的时候,他戴着耳机在电脑上看电影,呵呵呵地傻笑。

老大听我说,哈尔滨的就业环境变化很大,可真的回来后,找工作依然不顺。刚开始,他面试的都是哈尔滨行业内最知名的公司，像广告公司，他去的是新浪潮。实业公司，去的是鑫鑫纸业。外贸行业，去的是大地商贸，都进入了复试，还进入了鑫鑫纸业的第三轮面试，可最终还是被刷了下来。他说肯定是自己身高的问题，和我认真探讨过断骨增高手术的可能。

我们同学留在哈尔滨的不多，大多数都回老家了，有的进了机关，多数当老师。隔壁寝室的老三在哈尔滨，是我们班留下的人里发展最好的，进了百事可乐。刚开始做货物整理员，后来升做了销售，负责整个道里区。那时候，同样做销售，他一个月能挣五六千块钱，我一个月一千五百块钱。老大回来不久，我们还吃过一次饭，没几天，他就调到总部培训去了。不出意外的话，培训完，应该是派到哪个省，做销售管理，当官了。

我俩和原来的同学不大联系，互相之间没什么可说的。倒是和上一届的三四个老生联系多点，他们现在好多了，工作都有了起色。刚毕业的时候，和我们差不多，回不去，也走不了，同样滞留在哈尔滨，他们给了我俩很多鼓励。

　　从嘉峪关回到哈尔滨的五个月后，老大入职了佳华灯具。他有些沮丧，说干的还是销售。我劝他说："销售和销售不一样，佳华灯具毕竟是全国性的。"他自己很快也看开了，和自己发狠，咬着后槽牙说："不管咋地，老子就靠住一个行业，往死里整，不信就整不明白。"

　　那段时间，我和对象出现了点矛盾。她工作的那个房地产公司两个合伙老板矛盾激化，动不动就在办公室吵。那个瘦条脸的老板总摆弄一把匕首，开了刃，往地板上甩，练飞刀，说这玩意儿比赌神的扑克牌厉害多了。他问我对象，是不是唐总的人，说："账都整明白的，要是让我发现一丁点儿问题，你们和唐总一起完蛋。"她害怕，想辞职，我劝她："你是唐总面试的，不是说就是唐总的人，你干你的活儿，他们这种内斗，很快就会出结果的，别担心。"

　　可她还是瞒着我辞职了，我俩大吵了一架。那时候，我特别害怕没有工作，找工作，多难啊。吃不饱饭的滋味，太难受了。关键是，没有工作，很容易击垮一个人的自信心，总觉得自己是天下最大号的废物。

刚吵吵几句，我就后悔了。她坐在那儿默默地流眼泪，我扭头望着窗外。送她走后，我坐在楼下，大哭了一场，哭完了，擦了脸，上楼。

老大坐在客厅，在电脑上看周星驰的《喜剧之王》，一个喜剧，看得他满脸都是眼泪。

第二天早上五点多钟，有人敲门。一个中年男人，面色黝黑，身材魁梧，径直进入。客厅、卧室、厨房、厕所挨个儿看了一遍，问："你俩啥时候住进来的，怎么不给房钱？"

等我俩确认他确实是这个房子的房东后，傻眼了。我们三个赶到房屋中介，发现锁了门。租房的时候，中介老板是一个中年女人，眉目亲和，说房东不在哈市，房子全权交给她处理。手里也的确有钥匙，开了门，让看房子。我们就是在房子里签的合同，交了三个月的房钱，谁能想到她私下扣了房款，她和房东说的是，"租户现在没钱，半年后一把交齐一整年的。"

我扒着门往里看，中介的规模缩小了一半，另一半做了饺子馆。此刻，除了几个凳子、几张桌子，基本没什么东西

220

了。我想起那次水管坏了，来找她的时候，那个大姐说："中介不好干，闲着也是闲着，就摆两张桌子卖饺子。"还问我："饿不饿，给你煮一碗饺子？"说话跟我妈似的，谁能想到是个大骗子啊。

我们三个在屋外坐到中午，中介也好，饺子馆也好，一个人都不见。房东说："肯定是跑了，那还找啥，谁会回来啊。""你们俩房子是住了吧，住了就得给钱。我是房东，收到钱才算数。你们被骗了，那是你们的事儿，跟我没关系……"

老大指着街边拐角一个身影："是她吗？"

是她，可还没等我们跑到她跟前，一辆面包车横冲过来，车上下来三男一女，连拉带拽，把她弄上车。房东急了，挡在车前面，不让走。车窗打开，坐在副驾驶的女人探出头问："呀，李叔，你在这儿干啥？"

原来中介那位大姐不但骗了我们租房的钱，还卷走了几家卖房的钱。手段都差不多，收了买方的钱，没转给卖方。坐在副驾驶那女人的爸爸，和我们房东都是汽轮机厂燃机车间的，就是其中一个受害者。他们找她两三天了，一直没什么结果，今天到这儿来是碰碰运气，没想到她还真敢回来，"必须还钱，还不上就送她进局子里去"。

房东叮嘱他们，要钱的时候，也带上我俩，说："他俩一共也没多少钱，要到了，多少先给他们点，外地的，也不容易。"

我和老大坐在面包车最后一排，中介那位大姐坐在中间，一左一右两个男的，一路逼问着要钱。知道她不是哈尔滨的以后，就问这儿还有什么亲戚，知道她有个姑，在道里区住，就让去找她姑借钱。不一会儿，就回来了，其中一个男的说："操，你看你他妈的这个人缘，你姑都不认你。说，还认识谁？你要是还不上，哥几个就把你轮了，祸祸死你。"

中介那位大姐抖成一团，默默地流泪。被打了几巴掌后，终于说："在哈市，还有一个对象。"不到二十分钟，几个人就从一个红砖楼里，带回来一个男的，像拎死狗一样塞进车里。那人长得白胖，脸上有两道清晰的手印，应该是刚才反抗，被打了。

坐在副驾驶的女人一路不停嘴地骂："操你妈，你凭啥骗我爸啊，你看我爸好欺负啊。"中介大姐这时候回了一句："回家问你爸去，是他给我的。"又惹来两个男的一顿拳脚。

我问她："我们刚毕业，你也知道我们没钱，你怎么能这么干，我们那么相信你。"因为气急，声音颤抖。中介的女人恶狠狠地回我："你一个外地人，给我闭嘴。"我愈发气恼，叫嚷里带着哭腔："你不也是外地人嘛，你骗我们……"

其中一个男的回头看了我俩一眼："这俩小子哪来的？滚下去。"坐在副驾驶那女的说："李叔认识，带着吧。"

我和老大都被撵下车，前座女的也下车，面包车拉上了帘，尽管车门紧闭，但也没有掩盖住一阵阵的打骂声。再上车时，女的鼻青脸肿，男的满脸是血。一个人问："你俩不是对象嘛，她欠的钱，你得出。"那个男朋友说："她一个离婚的农村人，带一个七八岁的孩子，还病恹恹的，谁和她处啊，我不是她对象。"

一个男的厉声问："你操没操过她？"

那人回答："我和她就是玩玩，免费的，不用白不用。

再说了，大哥们，我也没钱啊，下岗，吃了上顿没下顿的。原来，还指望着她能挣点钱回来，现在给我惹这么大事儿……"

我看见中介那个女老板，瘫软在座位中间，一声不吭，眼泪大颗大颗地往下掉，心里有些不忍。几个男的说："得了，一看就是穷鬼，要不出来了，那给我们几个轮流玩一顿，再扔给派出所得了……"车后座响起一声炸雷："你们还是人吗？"

我们齐齐回头，老大气得脸都白了，破了音："她犯罪，该判多少年就判多少年，你们有什么权力？你们警察啊？"

"她是一个当妈的，差不多就得了。你们这样，做不做损哪！"

"不能这么糟践一个当妈的。"

6

我对象是第二天晚上过来的，看我俩都鼻青脸肿，以

为我俩打起来了。我纠正她："不是我俩打起来了，是我俩同时被人打。"那个晚上，我和老大坐在客厅里，各拿了一个煮鸡蛋在脸上滚，这招是从香港电影里学的，据说可以消肿。我对象坐在对面，听我俩你一嘴我一嘴地说那天的事，几次欲言又止。

她是我脸上青肿未消的时候走的，给我发了一个长长的短信，说家里给找了个工作，快办成了，在阿城一个初中当老师，不是正式的，可有转正的机会，起码，不用在哈尔滨提心吊胆的了。短信里说，她永远爱我，此生不能和我结婚，是她一辈子的痛。离开后，此生不嫁，因为在内心里早已经是我的媳妇了。

我和老大去她的住处看了一趟，收拾得干净，就像没人住过一样。

晚上，我和老大像在大学寝室那样，拎了几瓶啤酒上来，还买了一些鸡汤干豆腐丝、几根红肠、一个松花小肚。菜没动多少，酒喝了不少。

我和老大说，认识我对象不久的时候，她就给我买了一塑料袋康师傅方便面和火腿肠，说晚上饿了，用电炉子煮了吃，顶饿。想起有一次，她把头藏在我的 T 恤里，说想待一会儿，像是躲避风雨的鹌鹑。还有一次，我找公用电话打给家里，刚说没几句，有两个男的过来，摁断了，说他们要用电话。我对象就疯了，扑上去挠他们。我说，我挺没用的，是她总保护我，我没能保护好她……

老大说，在嘉峪关的时候，原来一个屯子的二姐总过来照顾他。这个姐和他妈认识，来的时候，他妈就拜托让她照看下老大。叫姐，其实也就比他大两岁，是 1971 年的，可结婚早，孩子五岁了。到嘉峪关三年多了，家里有一辆面包车，姐夫连车带人，往外包。总跑嘉峪关和兰州这条线，单程将近八百公里，一般都是住一宿再回。要是包车的事儿办不完，就得等着，几天能回来就不一定了。

二姐经常帮着老大进货、卖货，时间长了，也开始帮着他洗洗涮涮。老大说，他永远也忘不了二姐帮着他往院子里晒被单的样子，那时候，觉得生活还挺好的。几个月前，技校期末考试，学生突击复习，他收摊也就跟着晚。忙活完

了，二姐的儿子躺在老大的床上已经睡了。两人就煮了方便面，头碰着头吃。中间，她接了一个电话，二姐夫还在兰州，事儿没办完，还得一两天才能回。

二姐刚放下电话，老大就亲了上去。

那天晚上，除了没有做爱，两人什么都做了。第二天，二姐没来，老大失魂落魄了一整天。晚上去找，她在哄儿子睡觉。她家不大，收拾得干净，到处都是她和男人的信息。墙上挂着他俩的结婚照，茶几上放着他的半盒烟，电视下面放着他喝了一半的酒。他看着他们的双人床，铺了一个白底蓝花的床单。电风扇吹过来的时候，床单一角，随风抖动。

老大逃走了，她也好几天没有出现。老大心里一直翻江倒海，算计着，她男人应该回来了，回来后，她应该给他做拉条子，给他倒酒。晚上他们睡在一张床上，孩子睡了，他们应该会做爱。老大说："那几天，抓心挠肝、辗转反侧、度日如年。"

按照以往，二姐夫应该又走了，老大就给她家打了一个电话，她接的，没说两句，就说："行，你找你姐夫，那你俩说吧。"老大说，他直到现在也不知道那天和二姐夫都说了什么，反正是他一直说一直说。就记得二姐夫邀请他哪天来家吃饭，"一起喝两盅"。

一个月后，老大给我打了那个电话，"不能再这么下去了，我俩都太痛苦了，她毕竟是一个当妈的"，然后说出了那天在面包车说出的那句话，"不能这么糟践一个当妈的"。

老大从小就有女人缘，初中时候，就处了第一个女朋友。整晚整晚地溜达、说话，一点都不觉得累。高中的时候，处过两个对象，虽然都分开了，可在女生堆里，特别受欢迎，都管他叫哥。大学的时候，老大的女人缘急转直下，先后喜欢上两个女生，可两人都拒绝了他，其中就包括李敏。他让我打听打听到底怎么回事，"老子在处对象这事儿上，就没失过手"。我得到的信息是他个子太矮了，女生和他在一起没有安全感。我回他说："巧了，你追的这两个女生，都是事业型的，都说毕业后再考虑处对象的事儿。"

那晚喝多了，他还问我："李敏也这么说的吗？"

2001 年 8 月末的时候，老大的老娘来了。那天下班一

回家，老太太已经做了一桌子菜。老大的母亲一看就是干活的出身，面皮黝黑，臂膀粗壮，梳了短发，说话干脆，用老大的话说"净往理上叨"。我管老大的妈也叫妈，叫咱妈。

咱妈是一早到的哈尔滨，老大到公司的时候，发现母亲坐在公司的休息椅上，就和领导请假，带了母亲回到住处。吃饭的时候，咱妈还说，看见你们钟经理了，听见别人叫她钟总，"那不和电视剧里的一样嘛"。

咱妈抽旱烟，喝白酒，说话大嗓门，笑起来，声振屋瓦，好像这世界上根本就没什么事能让她发愁。在我们这儿住了一星期，给我俩包饺子，擀面条，用盐随性，有时候齁死，有时候寡淡。

咱妈回家不到一星期，老大也回去了，再也没有回来。

7

我在哈创电子集团广告部干了不到两年，就被开除了，原因是"能力和职位不匹配"。

我知道，不匹配的原因是，得罪了集团会计。集团会计姓李，一个瘦小的老太太，戴一副金边眼镜，不知道是老花还是近视。整天涂脂抹粉，往年轻里捯饬，试图用粉底抹平她十七岁的心理年龄和七十岁的生理年龄之间的沟壑。

我和她交集很少，后来因为策划部工作量少，总监就要我同时统计广告部的每月报销票据，贴好了，交到财务部门。每次去，老太太都用审讯贪污犯的语气，审问我好几遍。有一次，我实在忍不住了，和她说："我只是负责部门票务的收集和粘贴，这些票据绝大多数都不是我的，所以很多细节我也不知道，如果对报销的缘由和时间有问题，可以和我们部门领导沟通，我按照你们制定的规则执行。"

"你做你的工作，我做我的工作，我们是不同部门，没有管理和被管理的关系。我真的不能理解你对我的恶言恶语缘何而来。"

第二天，总监找我谈话，批评我工作不负责任，不尊重同事。然后带我去见他的领导。在路上，总监恶狠狠地对我说："你得罪谁不好，得罪她，咱们一个投资人是那老太太

干哥哥。"

总监的领导又就我不负责的问题，掰开了，揉碎了，批评了我半个多小时，然后两位领导带着我去见分管的副总裁。李会计就坐在副总裁办公室的棕色长沙发里，看背影，像一个十八岁的小姑娘，正脸，鸡皮鹤发，正襟危坐，有灭绝师太的风采。

副总裁批评了我十分钟后，李会计又骂了我四十多分钟。小老太太叉着腰，鸡爪子一样干枯的手指，差点戳到我额头上："一个外地人，谁给你的胆子？敢跟我这么说话？你也不打听打听我是谁！""一个专科生，还真把自己当人物了，你算个啥啊？给脸不要脸……"

我知道李会计原来是齿轮厂的，退休后，到哈创集团来上班。我也知道，她在上海待过三年，会说几句上海话。现在，我看着她皮包骨的脸，猩红的薄嘴唇，听着她尖利到破音的破锣嗓子，烦躁到极点。我摘下工牌，放在副总裁的桌上，冲他笑了笑，转身对李会计说："老太太，先喝点水，别气着，好容易长了一人多高，气死了，后悔可来不及。"

出门前，我拍了拍她的肩膀："很好，上面有人，好办事儿，跟着你干爹，好好干，升官发财，有前途。"

从哈创集团离职不到一个月，我就去了北京。在北京的同学早就和我说，北京工作机会多，最重要的是，没有那么多的裙带关系，是中国最接近公平的地方，"凭能力吃饭"。

又用了五年的时间，我才在北京的一家空调公司稳定下来。刚去的时候，也是做销售，后来开始管理售后，现在从销售到售后，手下有六十多人，负责整个华北地区的品牌管理。也就是说，我用了十年的时间，才度过从学校到工作的不应期。

老大没有一点消息，大学的QQ群里，唯独缺少他，问了几个人，都说不知道他在干什么，好像凭空消失了。

2008年6月的时候，我回家看望父母，和在老家工作的高中同学吃了一顿饭。一个在刑警队工作的哥们儿，饭后送我上车的时候，提了一句："你知道老大在家呢吗？"

上学的时候，老大说他家在齐齐哈尔龙江县，其实是龙江县下边的一个小村子，叫三道沟屯。刑警队的同学找了一

辆车，我们一路颠簸到村口，下来打听，说出老大的大名，没人知道。我说，那你们屯大夫是姓杨吗，回答是，还告诉我们杨大夫家怎么走。老大的母亲姓杨，是这个屯的大夫，应该没错了。七拐八拐，到了屯西头，三间的大瓦房，看着颇有些气派。

一条黄狗欢叫着窜出来，绕到我们身后，摇着尾巴，在我们脚边低头闻嗅。一个中年女人，抱着一个小孩，出来听我们说完，指点着说："他下地了，沿着这条道往北走，第二个石头岗子地，就能看见，有一个四轮车，有好几个人，挺显眼的。"

我隐隐觉得，这个女人应该是老大的媳妇。上车前，仔细看了几眼，大眼睛，长头发，皮肤黝黑，嘴唇干裂。个子不高，应该和老大相仿，穿了一件男式的外衣，我觉得应该是老大的。发现我看她，女人脸上掠过一些羞涩。我还想看看她怀里的孩子，可孩子的脸靠在妈妈的肩膀上，只能看见一个小小的后脑勺。

按照她的指点，我们很快就找到了那个石头岗子地。远远地，几个人影站在地头，近了，看清是在整理化肥和种子。我看见了老大的母亲，还是短头发，已经花白，脸上一层的土。我走近了叫她："妈。"声音哽咽。她抬头看我，一愣，随即脸上漫出了惊喜："这不是他六弟嘛。"看看我后面的车，看看我那个同学，再看看开车的司机，眼泪噼里啪啦地往下掉。拉着我的手，一边抹眼睛，一边说："你们老大在地那头呢。"

我们三个和咱妈一起沿着垄沟往地那头走，刚刚翻过的地，还有上一季的茬子，走起来磕磕绊绊的。灰尘太大，一走就飞起，落在鞋上、衣服上、脸上、头发上，眯了眼睛。

没走多远，老大开着四轮拖拉机从地那头赶过来，熄火，跳下车，说："离老远看着就是你。"老大比以前更壮了，手脚看着更结实。脸色黑得发紫，头发上一层的土，甩甩头发，灰尘在阳光里飘舞。我说他："这几年的时间，没往高长，净往横里长了。"他嘿嘿地笑。

我觉得我们待了有一个多小时，但司机说："哪啊，也就半小时，我看表了。"后来，我一直回想不起来都说了什

么，就嘻嘻哈哈的，抢着说，抢着笑，生怕出现冷场。

司机说："你俩看到了吗，走的时候，你那个同学哭了。"

坐在副驾驶的同学说："瞎说，我怎么没看见？"

司机说："你们一转身，他就擦眼睛，我看见了。"

我坐在后座，张着大嘴，无声地哭。眼泪淌进嘴里，抹一把，又淌，抹一把，又淌。

我差一点就成了他，他差一点就成了我。我们都在时代的边缘险象环生地行走，我们一直害怕的，始终如影随形地跟在身后。

8

2018 年的时候，我四十二岁了。

换了一个厂家继续做销售，这次主要是销售工业空调，体量大，利润高，一年干两笔就够了，没有以前那么累了。

私底下，我还组建了一个安装队，手底下有十几号人，给三个品牌的空调做维修、安装服务，挣点辛苦钱。跟了我三四年的小刘，也是黑龙江出来的。小伙子机灵，人又实诚，替我全面负责这一块，我只需要和品牌方打好交道就行。

所谓打好交道，就是过年过节去拜访下，没事在微信里多聊聊天，记住人家的生日、结婚纪念日之类的，到时候发发红包，说两句好听的。

我经常打扮得溜光水滑的，开一辆国产路虎，和老板、采购们吃饭、喝茶、按脚。有时候，也换上工装，爬到阳台上，给人安装空调。

我属于盲打误撞那一类人，2010年买的房子，在东四环边上，房子小，不到一百平方米。当时就想着少贷点款，有一个自己的住处，不用看房东的脸色就行。现在后悔了，多贷点款，买个大点面积的好了。没想到房地产这么疯狂，这几年一套房子的涨幅，都赶上好几个公司的净利润了。

我把爸妈接到了北京，和我一起住。他俩不习惯，一直念叨着回东北，我和他们说："这也是北方，和东北没什么区别，待习惯就好了。"

其实，跟父母住，我也不大习惯。这么多年，一个人住惯了。好几回，喝多了回家，一开灯，看见屋里有人，还吓我一跳。他们俩还像小时候那样总管我，不让多喝酒，不让抽烟，还总在我面前唠叨结婚的事。

这么多年，对象处了一大把，没一个适合结婚的。我越来越觉得人类的婚姻制度挺扯的，特别不以人为本。说婚姻是感情累积到了一定程度后的自然行为，还不如说婚姻是头脑发热到了一定程度后的盲目举动。年龄大了，狡猾了，错过了那几年，很难再有结婚的勇气了。

我一直觉得，婚姻的本质是为了解决吃饭和性两个基本问题，就是上下两张嘴的事儿，现在这两个问题都可以不依靠婚姻就能解决，婚姻不是一个必需品了。好几个同学也和我一样一直没有结婚，像老二那样，结了又离了的，也有好几个，一个个弄得心力交瘁，都说还不如不结呢。

我知道，我们那届好几个同学都和我差不多情况，别人看我们像怪物，我倒觉得挺正常。

老大才是我们班最怪的一个，毕业回家那么多人，都能找到一份差不多的工作，那个年代，即便是肄业证，也是大学生啊，不至于回去种地吧。

五年前看他那次之后，回到北京，我就打电话，问他想不想来北京。老大沉默半晌，回答说："孩子老婆一大堆，老妈身体也不好，出不来了。"我说："现在不一样了，面试、应聘都不一样了，看重能力，不看重个头了。"他在电话那头故意笑得很大声："滚犊子吧。"

虽然都不知道他现在怎么样，可同学群里有过猜测，老大"过上了老婆孩子热炕头的农民生活"。

刚有微信那阵儿，我拉他进过同学的微信群，面对各种拐弯抹角的询问，不到一小时，他就怒而退群，不再和原来的同学有任何联系。他的朋友圈，没有屏蔽我，但也很少发。大约前两年，看见他穿着白大褂，站在一个诊所门前，标题是开业大吉。我知道他一直帮老妈处理屯子里一些头疼脑热的事儿，可不确定和这个诊所的关系，点赞后，还想着问问他，可很快就忘了。

人到中年，有了新的交际圈，多了很多忙不完的事，

和同学的联络也少了，好像和过去的生活，正在慢慢地断了联系。

其他人也和我差不多，大学的同学群半年都没一个消息，更别说聚聚了。只是我们谁都没有想到，把大伙重聚在一起的竟然是老二的葬礼。

临近毕业的时候，那个学英语的对象就和老二黄了。老大还问过老二，是被侧踹了还是扁踹了。不过这事儿对老二打击不大，或者说连打击都算不上。处对象的时候，他就没老实过，四处勾搭，脚踩几条船。他真正的打击来自那次在科大被打，更确切地说，是在派出所被打。

那次事件被哈西派出所定性为不法分子聚众斗殴，到了派出所后，老二还支棱八叉，玩横的，跟警察提他当副局长的爸，被几个大耳光就抽老实了。之后点头哈腰，又递烟，又点火，老师都说他，"给当代大学生丢脸"。

这件事坚定了他回老家的打算，毫无悬念地进了林业局。刚工作那阵儿，老二还和我们提过，说工作轻松，赚钱不少。在父母的安排下，很快就结了婚，是我们大学同学里第一个结婚的。有两个同学还去参加了婚礼，回来说：
"老二家是真有钱，电视那么大个头，都不知道是多少英寸
的。""新媳妇也漂亮，家里在当地也是有权有势。"老二率
先成为我们中的成功者。

参加工作的第三年，老二他爸就因为贪污被抓了。因
为解决了编制，他爸被抓，并没有影响到他的工作，但因为
收缴赃款，家业破损，他的花销受到了影响，挣的那点死工
资，根本应付不来他从小到大的消费习惯。

在虎林，老二也是一个能人，一边工作，一边做生意。
倒腾木材、板皮之类的。封山育林之后，他又干了一家火锅
店，三层楼，欧式装修，是虎林最大的火锅店，从大连空运
海鲜过来。

老二平时花钱大手大脚，做生意也大大咧咧，看着火锅
店红红火火，成天呼朋唤友，可生意越做越抽抽，三层楼的
火锅店，最后成了一个小吃铺，卖油条、豆腐脑。前两年，
媳妇和他离了婚，说是感情不和，据说是嫌弃他欠账太多，
还装大款，他连孩子的抚养权都没捞到。

240

去年的时候，同学群里转一个水滴筹的信息，我刚开始没注意，后来一个同学提醒我，"你进去看看，认不认识"。

图片上一个男的，脑袋肿得像一个水桶，脸圆圆的，闭着眼睛，说是出了车祸，要筹集十五万做手术。同学告诉我："那就是老二，不在虎林了，为了躲债，跑到广西去了。"他说，看伤口，绝对不是车撞的，一看就是被利器砍的，他怀疑是债主往死里整他。

在葬礼上，我又看到了老二，这是毕业后我第一次看到他。躺在棺木里，完全不认识了。胖得臃肿，一道疤，横斜在脸上，狰狞而安静。那天，我们寝室八个人，去了五个。

老五没来，老五当官了，在深圳国税局做副局长，在同学群里从不说话。老四也没来，他在家乡依安一中当老师，已经不再和任何人联系。另一个人就是老大，除了偶尔和我说话，也从不和其他人联络。少年同学，已经各自分散。

在葬礼上，我们看到了老二离了婚的老婆，一看就经常保养，脸白得不自然，发亮。拉着一个十岁左右的男孩。我们挨个儿和她打招呼，她没什么表情，只是偶尔点头。我们几个和她一起把老二的骨灰盒寄放在殡仪馆里，看着抽屉大小的龛位，我总是想起，大一开学那年，大伙排大小的情形。老二的媳妇对我们最大的感激，就是说了一句，"没想到你们能来。"

前两年，老二的父亲病死在监狱里，老妈风湿很严重，腿都变形了，常年卧床。几年前，老二还在群里问过哪儿能买到治疗风湿的特效药。老二死了的消息，一直瞒着他妈，老太太还等着儿子给她寄特效药呢。

那天阴天，风不大，但很冷，好像要下雪。虎林不大，虽然殡仪馆在郊区，但站在殡仪馆门口，可以看见不远处市区的烟囱和楼宇。看着老二的前妻拉着儿子上车，我们几个不知道该往哪里去。

小车启动，又熄火，她下车，来到我们面前，好像下了很大的决心，告诉我们说："老二是被人打死的，凶手已经抓到了。孩子以后就我一个人带，我不给他改姓，也算对得起他了。"

我们几个在上学时老二经常说起的虎林，喝了一晚上的

酒。第二天分开的时候，商量以后每年7月就聚一次，别再等到谁没了，才想起来见面。然后从老二的家乡各自散开，如一株蒲公英，被风一吹，再次散落到各地。

过了好久，再回想起这事儿，别的都模糊了，就记得晚上漫天的星斗，一直泼溅到天边。夜很黑，星星很亮。

9

2019年6月，我接到老大电话。我正在一个销售会议上。有别的销售人员，把他们地区的货物，低价卖给了我负责片区的销售商，这叫串货。我们正在商讨，让这种强盗行径付出什么代价。接通电话，我告诉他："一会儿打给你。"

等我想起来回话的时候，已经晚上八点多了。一边开车，一边插上耳机，问："老大，啥事儿？"他告诉我，来北京了，培训一周，在北五环，新龙大厦这边。

第二天，我开了四十多公里，赶到他那儿，好跟他中午吃一顿北京菜。吃饭的时候，隔壁一桌，四个人，老太太、小孩和一对中年男女，老大用眼神示意我看那个男的，问："他是不是一个演员？"我看了一眼："是，看着眼熟，可想不起叫啥名儿。"老大用手机拍了一张，用百度的图片搜索，举给我看，好像叫方子哥。他说："也算是和明星一起吃过饭了。"

老大回到三道沟后，真的给他妈打起了下手，一打就是两三年。老太太年龄越来越大，加上对佛教起了兴趣，开始沉迷于烧香拜佛，不大出来干活了。老大倒是喜欢中医，但学的是中文，和医学不沾边，更别说拿到行医许可证了，卫生所眼瞅着就得易手了。

老大随他妈，骨子里都有一股狠劲儿。他爸死后，他妈自学了中医，后来又参加过几次培训，在三道沟屯当起了赤脚医生，接生了好几十个孩子。老大也干了一件让我不可思议的事儿。他撕了那张大专肄业证，用高中毕业证报名，参加了中医学自考，从中专毕业证一直拿到大专毕业证，获得了行医许可证，接手了三道沟诊所。

和我说这事儿的时候，老大正和一盘炸焦圈较劲，拿着

筷子杵来杵去。"古代人是真没啥见识，就这玩意儿还碧油煎出嫩黄深？"随后，轻描淡写地说回自考，"考呗，一点一点来，就是进考场的时候，有点不好意思，坐在一帮小崽子中间。"我没有细问，但能想象，这中间巨大的压力。我说："我现在有点明白了，大学毕业，其实就是入学，从一个学校进入了另一个学校，但这回考验的可不仅仅是学习能力。"

老大说："你们早就毕业了，我刚毕业，比你们晚多了。按照毕业时间排，你是我老大了。"

老大的本科证拿到手，不到半年，就在齐齐哈尔开了一个中医针灸诊所，就是我在朋友圈看到的那个，专治颈肩腰腿痛、风湿、三叉神经痛。他说："老妈支持了一些，也贷了一笔款，自己原来也攒了点。"

还像当年在嘉峪关开冰激凌专卖一样，老大能折腾，他那个诊所每个月有五天不定期义诊，在这五天看病，不要钱。每天，第一个病人免费。他说："刚开始人少，现在行了。"

　　算上他，诊所有四个大夫，其中一个是女大夫，专门调治妇科病。"不是跟你吹，锦旗都挂满了，没地方放，在办公桌上堆着，哥们儿学了三年中文，如今悬壶济世、治病救人、妙手回春去了。"

　　老大举着酒杯，晃着一百厘米的上身，跷着六十二厘米的大长腿，得意地笑着，我说他："看你那贱样儿。"

　　我问他："让你再选择一次，你是选择回乡行医还是继续在哈尔滨当白领？"

　　他说："那谁知道啊，走这条路也不是说有啥计划，那时候要不是我妈老在背后念小嗑，我也不能回去。回家之后，真的是走投无路、万念俱灰、报国无门啊，差点就真的种地了。走到现在也是阴差阳错，人这一辈子，哪敢有什么计划啊。计划都是狗屁，是那些成功人士拿出来臭嘚瑟的。我就是走一步看一步，把迈出去的每一步走好，就得了。"

　　我说："变化太快了，你说咱们考大学的时候，多难啊，好容易考上了，不包分配了，当时真的万念俱灰啊。"

　　他说："真的，变化太快了，也就是前两年，干点事儿，

城管、工商、税务，轮番找你麻烦。去办点事儿吧，不跟你一次性地说明白，去一次说一个，去一回说一个，来来回回地补文件。现在，态度可好了，还帮着你想可能出现的问题……你咋还不结婚？"

我苦笑了一下："不是不想，是没有合适的，年纪越大，对婚姻越恐惧，两个人太麻烦了，还不如一个人。我就觉得，结婚这事儿，跟工作一样，那几年最关键，错过了，就是另一个样子了。"

我俩都没说话，过了一会儿，我说："其实我挺害怕结婚生孩子的，我怕我的孩子再遭我遭受的罪。"

老大看了我一眼，沉默地吃饭。

老大吃东西不像那时候，跟恶狗扑食似的了，我问："咋不多吃呢，不合胃口？"

他说："哪啊，年纪大了，胃娇贵了，扛不住那么造了，得慢慢来了。"

我说他："你那哪是慢慢来啊，你那是步步为营，别看你回家，又种了几天地，你现在比咱们同学都强，你有自己的手艺，有自己的事业，把大伙都甩开了。"

他瞪大了牛眼："开玩笑，我怎么都是一个土包子，你看你们，动不动就出国旅游，提神都喝咖啡。上学时，看外国小说，也就是这种生活顶天了吧。"

我看他苦笑了一下："能回去，谁出去啊。能稳定，谁愿意漂着啊。"

我问他："当初为什么回家啊？在卖灯具那儿不是挺好的嘛。"

10

老大是齐齐哈尔中医协会的理事，这次来北京，是参加一个针灸的培训。为期一周，吃住都在新龙大厦，他是领队，要以身作则，不能离开。

培训结束的当天，我接他到我家来住一宿。爸妈做好了饭菜，我嫌弃都是东北菜，不是炖菜，就是烙韭菜合子。草草吃完后，我又点了两份外卖，都是小龙虾，一盆蒜香

248

的，一盆椒盐的。爸妈去睡了，我俩在阳台上，扒小龙虾，喝啤酒。

他看着脚下，感叹道："你在首都是扎下根了。毕业那时候，想都不敢想。"

"那是啊，谁敢想你一个学中文的，干起了医生，还做得这么风生水起。"

"嘿嘿，我也觉得。"他喝了一口酒，咽下嘴里的虾肉，继续说，"我觉得咱们都是搭上车了。二十年前，开始不包分配，觉得天都塌了。可现在想想，也是好事，摸着石头过河，现在做到了以前想都不敢想的事儿，比过去一眼看到头的生活好多了。这话我也就是和你说说，别人会觉得装什么王八蛋啊。"

我说："是，咱们和这个社会一样，也得学习，也得毕业。"

老大说："你说当初咱俩为了找一份白领的工作，四处面试，多难啊。面试那帮人，那语气跟对待要饭的似的。现在倒过来了，我们诊所要招一个大学生可太难了。他们会问你，公司有什么发展计划，是不是十三薪，有没有股份奖励。这帮家伙和咱们那时候完全不一样，一毕业就想自己干，根本不像我在嘉峪关那时候，觉得大学生就得当白领，自己干，多丢人啊。"

我问他："我一直不明白，当初在灯具那儿，不是干得好好的嘛，怎么突然就回家了？"

老大在扒小龙虾，弄得满手都是油，听我这么问，痒痒一样，下意识地去抓鼻子，弄得鼻子上黄黄的一块。

我笑："你至于吗？紧张成这样，做啥亏心事了。"

"至于，至于，你记得那个钟经理吗？"

"你们销售部的那个老大？我忘了长什么样了，就记得挺性感的，脸白，胸大。"

"跟你说啊，我现在一闭眼还是她的样子。该咋地是咋地，我能进那家公司，是她坚持要的我。最初熟悉业务，也是她帮我，总带我出去跑客户……"

"那不挺好的吗？"

"是挺好，可你知道跑客户跑哪儿去了吗？有一次，去

中央大街见一个客户。她说得先换一套衣服，她家在安字片那儿住，就带我拐到她家。她去卧室换衣服，我在客厅等着。可他妈的她换衣服不关门，我在客厅抬眼就能看到，啥意思，那还不明白嘛。再加上，当时也火得愣的，就进去了。"

"人和人的关系很奇妙，有一条界线，之前和钟总就是工作关系，在线这边。那次之后，就到了线那边，总想着，抓心挠肝。后来也去她那儿，做过几回。她那时候，离婚半年多了，有一个男孩，七岁，从小就跟爷爷奶奶，不大回来。我见过一回那孩子，我俩刚结束，他跑回来，不知道要干什么。别看小，什么都懂，他妈问他干啥，也不说，让他去他奶奶家，也不走，就盯着我。过两天，她前夫就找到我了。"

"那人个子挺高，我第一眼看就觉得不对劲儿，可说不上哪不对劲儿。说话大舌头，大中午的，酒气刺鼻。后来我想想，原来是眼泡大，显得眼睛小，脸圆滚滚的，应该是酒泡的。那个人喝大酒，是酒魔。"

我说："找你干什么，他俩不是离婚了吗？"

"要钱，不给就去公司闹，说我欺负他老婆，还要带着他儿子一起。这种人比癞蛤蟆还恶心，沾上就没好。实在没办法，我就找老妈要了一千块钱给他了。过一段时间，估计花没了，又来。"

我问："钟总呢，怎么说？"

"她更可怕，她说想和我一起把那人给弄死得了。说那人自己的爸妈都受不了了，巴不得他死，他死了，没人找他，神不知鬼不觉。毕竟是让我杀人，老子腿直哆嗦。那段时间，她见我就说这事儿，我突然觉得好像是进她的套里了。"

我忽然明白了："咱妈那次来，就是为了这事儿？"

"我管家里要了四回钱，一回一千，前后有四千了吧。那时候的四千块钱，谁家里都受不了啊，她还以为我在哈尔滨出啥事了，没告诉我，直接就杀过来了。老太太是人精，和钟总见了一面，就说这个女人桃花眼，沾不得，一沾，就掏空你。她也侧面看了一回那个男的，一看就说，这是个酒蒙子，千万别招惹。"

11

我是2019年8月回的齐齐哈尔，老大给我打电话说："咱妈没了。"北京到齐齐哈尔的飞机，两天一趟，等我赶回去，葬礼已经结束。

老大带我去了墓地，一座大圆坟，前面竖着一人多高的墓碑，墓碑上是老太太年轻时的照片，大眼睛，双眼皮，笑得春风浩荡。

老大说："这几年，咱妈一直住在庙里，每天烧香念经。死前一个月回来住的，在自己屋里，也不大出来，吃饭都是送进去。给你打电话的时候，刚咽气。死前，和我说，装老衣裳在哪儿，打狗的干粮怎么放，埋在哪儿，棺材头朝哪边，交代得明明白白的，才咽气。"

"什么病？"

"胃癌，好几年了。得病后，上的山。"

老大的中医诊所，在齐齐哈尔卜奎大街135号。我去过一次，门脸挺大，铜字，在高纬度的冬天里，闪着光。诊所一共两层，加在一起，有八百多平方米。有七八个大夫，都比他高。老大个子最矮，大夫巡视的时候，他在中间，看不到人，像是在旋涡的中心。

那天，正赶上附近的一个小学放学，一个个孩子，互相打闹着，出了校门，就被一辆辆轿车接走，喧闹声很快消散。

我听其他医生不叫他大夫，也叫他老大。

肥

梦

1

当李志军在教室里上最后一节自习课的时候，赵云统帅白银军团也正在窗外集结。

一入冬，富拉尔基就暴露了欺骗性很强的暗黑体质，刚刚五点，天就黑得透透的。路灯光，昏黄的一团，幽暗地覆盖在路面上，再往外走出两三步，就与黑暗融为一体。有车呼啸着经过，如一柄出鞘又入鞘的上古神器，每一次寒光闪过，李志军就觉得，此刻应该有一颗敌将的人头随车滚落。

李志军他们的初二一班，位于一重二中主教学楼的四楼。透过糊着塑料布的窗户看出去，前两个月还绿油油的树冠，好像刚刚还臭不要脸地勾引孩子们出去玩，一转眼就汹涌成了黑色的海浪，在昏黄的路灯光里翻滚，发出野兽般的低咽。

八个日光灯管都开着，教室亮如白昼。二十二个孩子穿了难看得很统一的运动服，用差不多相同的姿势或写或读，日光灯管将大家的身影或长或短地投到桌上。教室里像是有二十二个人在忙碌，还有另外二十二个人在陪着忙碌。

还有一个多月就放寒假了，大家心里明白，再加把劲儿，只要攻下期末考试这个碉堡，就会再次获得自由。

李志军坐在教室的最后一排，头顶的一个灯管隔一两分钟就闪跳一下，发出嗡的一声，眼前也会随之一暗，又随即亮起。

李志军认为，这根灯管严重干扰了他的学习，应该更换。可负责维修的校工说，灯管还没有损坏，就属于学校资产，他的工作就是保护学校资产。只有坏掉的灯管，才可以划归为垃圾。换句话说，只有学校资产出现损坏，被定性为垃圾之后，他才可以行使更换的职责。现在，他必须保护这根灯管，防止有些居心不良的人破坏它，而不是去换掉它。

今天负责自习课值班的是白老师，教他们班地理，是一重二中最漂亮的女老师。说话温和，从来没和学生翻过脸。

李志军发现，无论多么温和的老师，只要一值班，就跟得了多动症似的，四处溜达不说，手还欠。他在课桌上用字典、练习册搭建的碉堡，经常被值班老师挪开，好像只有让他的脸暴露在日光灯管的嗡嗡声里，老师们才放心。郑宇浩说他，谁让你学习好了，能力越大，代价越大。

白老师没像以往那样穿高跟鞋，穿的是一双浅粉色的耐克运动鞋，走路没什么声音。李志军是凭着香水的味道，发觉白老师站在身后的。意识到了这一点，立刻全身绷紧，背部挺直，眼睛盯着手里的地理书，可身体全部的细胞都在扭头朝后看。

白老师今天穿了一条黑色紧身的牛仔裤，在李志军目光可及的范围里，白老师小腿纤细，用郑宇浩的话说，"一撅就折"。但今天看来，纤细的小腿竟然如剑戟般锋利。耐克鞋帮上的两个对号，寒光闪烁，好像随时都会飞出，取人的首级。

李志军这一边，书上的文字胡乱套上软甲，左右对齐，自觉给重装骑兵让出通道。骑兵身披重甲，挺举着长矛，向

队列最前端行进。骑兵通过，步兵左手盾牌护胸，右手弯刀向上，再次合拢了阵型，准备在骑兵抵挡住第一轮冲杀之后，发动拦截。

李志军虽然不敢回头眺望，但他知道地理老师的锥形骑兵，已经抽刀在手，正冷冷地注视着他。远处的投石车旁，站立着轻甲步兵，手中的短刀，随时都会砍断固定力臂的铰链，巨大的石块随时都会兜头砸下。

一场大战，一触即发。

两方相峙之际，白老师的香水味似浓还淡，化作漫天寒鸦，乌云一样掠过头顶，嗡的一声过后，太阳再次照射到沙场上。李志军的眼睛随之缩小再睁大，身体慢慢弯曲如弓背，以香水味辐射面为弓弦，越拉越满。就在他即将如箭矢般弹射而去之际，白老师伸出手，帮他正了正书，食指关节轻轻敲了敲桌面，提醒他坐直，继续向讲台踱去。

李志军后背坍塌，手中利刃当啷啷落地，书面上兵马瞬间溃散。一堂晚自习，汗出如浆，有力战而竭之感。

下课铃一响，郑宇浩就鬼鬼祟祟凑过来，拿肩膀撞了李志军一下，使了个眼色。李志军也不搭话，闷头收拾书包，俩人一前一后走出教室。

郑宇浩也住在一重家属区，他家在十一号楼，李志军家在五号楼，中间隔了一条马路。富拉尔基人都知道，穿过这条马路只需要四五分钟时间，可要跨越这两条马路，得花一辈子的时间。

一到十号楼在马路这一边，住的都是技术员、工程师、教师之类的，属于一重的脑力劳动者。收入比一般的工人高，生活条件也稍好，标志就是，从外面看，从一号楼到十号楼都自己花钱封了阳台。李志军他爸在厂办小学教体育，虽然体育不是什么主科，可毕竟也是老师，不用像工人那样出力气，自带了高人一等的优越感。

十一到二十号楼在马路的另一侧，住的都是一重的工人。宣传简报上说，工人是一重的主人。可一重主人家的阳台基本都没封，从下面看上去，窗户上早晚都结了霜。

郑宇浩他爸在四车间上班，现在四车间又叫重型热处理厂。主要对金属表面进行电镀、抛光、喷涂、着色，属

于有毒有害工种，但工资高，有特别补助，还可以提前五年退休。

两个父亲最大的不同就是，一个下班后在路口向左转，一个下班后在路口向右转。一个衣服是干净的，一个衣服是埋汰的。两个父亲的共同之处是，下班都得喝两口。喝酒时，从事脑力劳动的父亲抱怨说又虚度了一天，从事体力劳动的父亲庆祝说又死里逃生了一回。

郑宇浩小学四年级的时候，爸妈离的婚。他妈去了广州，一年也不回来一趟，他和他爸过。前两年，只要有人一说，你妈不要你了，郑宇浩立马翻脸，张嘴就咬，咬住就不撒口，跟疯狗似的。这两年好了，好了的原因，不是大伙不说他了，而是他妈开始给他寄东西了。从衣服、鞋到手机、iPad，都往回寄，过年过节还往他手机里转钱。这位离异的母亲好像终于想起，在北方还有个一人多高的儿子。郑宇浩也借此证明了，他不但有妈，还是一个有钱的妈。对待他妈买的那些东西，比对他妈还上心。别人想看，只能远远地瞧瞧，不能动手去摸。

虽然住在马路的那一边，但郑宇浩是李志军他们几个里最有钱的，所以，去哪儿玩、玩啥，都是他说了算。

在玩这方面，郑宇浩是优等生。他妈给他钱，他爸赐予了他自由。当其他同学都不得不把主要精力放在学习上时，郑宇浩开始把精神头放在了玩上。他爸除了上班就忙着喝酒，根本没时间搭理他。就连老师经过初一整整一年的搏斗，也懒得管他了。郑宇浩嘴皮子利索，总有对付的，老师有和他纠缠那工夫，还不如抓抓罗致君这类学生呢。别看罗致君平时学习也不咋地，可一抓，就上来。老师们在郑宇浩身上丢失的成就感，终于可以在罗致君这样的学生身上寻了回来。

老郑原本成绩就打狼，现在更是稳居全班倒数第一的位置。

罗致君也是一重子弟，他家住在十九号楼，爸妈都是普通工人，属于提起来不知道、一见面就觉得好像在哪儿见过那种。在初二一班，罗致君是那种最普通的学生，成绩不上不下，性格不愠不火，没做过什么让人难忘的好事儿，也没

干过啥让人记得住的坏事，在二十二个学生里属于经常被忽略的那一类。

他们三个总混在一起，一块上学、放学，课间也总往一块凑。

昨天老郑说，发现了一个好地方，今天带他俩去开开眼。好容易等到放学，他俩在前面走，大罗紧跟在后面。他个高，脸白，在人群里，跟一只仙鹤似的，还挺显眼。

除了初三那帮人还有一节课要上，初一、初二的这帮丫头小子，一放学，就往家跑。一两分钟，走廊里就塞满了人。他们三个也只得随着大流慢慢往外挪。

去年，在他们还是初一的时候，也是晚自习放学，有几个小子着急回家，愣往外挤。一走廊的学生像失败了的多米诺骨牌一样，前面的倒地不起，后面的还继续往前拥。因为这次踩踏事件，一中还上了齐齐哈尔电视台的《新闻1+1》。现在，每天放学，各年级班主任都虎视眈眈地站在一旁盯着。他们就是再急，也不敢造次。

李志军边走边留意，走廊的墙壁上有脚印和划痕，应该是赵云调兵时留下的。支棱了耳朵，在杂沓的脚步声外，时而还能听见远处有冷兵器的撞击声。李志军担心今晚的长平攻防战，赵云仅率领五百名白银战士，能不能应付得了宫本武藏的三千黄金大军。电视塔那边一直没什么动静，烽火还没有燃起，说明战况还在胶着。不禁暗暗着急，如果他和老郑、大罗都在的话，几个冲杀，早就齐活儿了。

"李志军。"刚一出教学楼，就听见有人喊他，声音如刀子般锋利，一股寒气从脑后扑来。李志军不由得按住兵刃，抬眼张望。郑宇浩和罗致君站在人群里，眼看着李志军被他妈拉扯出人群，差点拽了一个趔趄，一起上了一辆电动车。

李志军他妈姓蔡，认识的人，都叫她蔡姐。在富拉尔基的大家庭超市上班，负责生鲜区。超市早晨八点半开门，晚上十点钟关门，员工都是两班倒。赶上他妈晚班时，爷俩就随便煮点切面吃了。李老师不会做饭，每次都是煮个面条，炸个鸡蛋酱，管饱不管好。

今天他妈没去超市，和李志军一起回的家，时间还早，可也没怎么正经做饭，仍旧是煮了点切面。稍微不同的是，

又炒了一盘鸡蛋，还用辣椒油拌了一盘咸菜。李志军家都是在客厅的茶几上吃饭，李老师和儿子各占了沙发的一角，他妈拿了个板凳，坐在沙发对面。三人都不大说话，各夹了一筷子咸菜，低头吸溜吸溜地吃面。电视机开着，主持人和一个人在聊国际形势，好像是两个国家因为卖东西的事儿快要打起来了。

李志军没敢问他妈为什么去学校了，看脸色和今晚的饭菜就知道，肯定不是什么好事。该来的早晚会来，就别去自讨苦吃了。他估计应该还是学习那点事儿。李志军学习一直不错，保持着班级前三名的成绩，因为成绩一直很好，反倒是出现一点风吹草动，老师家长就大惊小怪。这两个月，李志军同学作业本上的红叉成几何级增长，照这个趋势发展下去，老师担心，期末考试，一共二十二名学生，他进前十都够呛了。

今天，李志军他爸也有点奇怪，平时电视上演啥，他评论啥，嘴特碎。今天也不吱声了，闷头吃面，好像突然发现他老婆煮的面条还挺好吃。李志军也不敢抬头，端着碗，猛往嘴里扒拉。他能感觉得到，蔡姐的目光，闪烁着冷兵器的寒光，不时在他头顶盘旋。每次目光来袭，他都缩了缩脖子。这顿饭吃的，他已经蜷缩到墙角，退无可退了。

对于学习，李志军有自己的主意。他讨厌爸妈像老师那样把学习当成一个分数竞赛，他把学习当成一个方法。每天做完老师布置的作业，他都会预习明天要讲的课程，遇到不懂的地方就做个标记。第二天上课的时候，重点听昨晚没看懂的那一块。四十五分钟的课，他只需要集中注意力听那十几分钟就行，所以很轻松。

这一段时间，耗在长平之战的时间太多，没有那么充足的预习时间了，要不是赵云这个笨蛋连招太少，技能冷却太快，他早就练成了丝血反杀。一个破长平攻防战，至于这么费劲嘛，他一个个把他们都反杀了。

也怪李志军自己，最近听觉异常地灵敏，明明都睡了，睡得很死，可一丁点儿动静就醒，精神得好像是根本没睡似的。五号大帐内也不平静，一到三更天，就能听到有人窸窸窣窣地走动，窃窃私语地说话。有时是一句两句的"你是不

是人"，"你想咋地就咋地啊"，跌进了耳朵。但在更多时候，声音似有还无，如海浪一样在远处起伏。

他几次穿了夜行衣，蒙上面罩，暗藏了称手的短兵刃，飞檐越脊地去听。大帐内隐现有战马疾驰的蹄声，有磨刀石和兵器的摩擦声，有盔甲和人体的撞击声，有浇熄篝火的水声。

连续几天，都是恶战。

一个身形高大的黑甲武士，屡屡横着一杆方天画戟，站在屋脊上，挡住去路。他只好舞动亮银枪前去迎战，可一接近黑甲武士，身形就缩小了数倍，大枪横抡出去，连对方衣角都碰不到。他连续变换招式，一次次腾空跃起，可仍然招招走空。黑甲武士闪展腾挪，将招数一一化解，看似游刃有余，可他势大力沉的方天画戟，一次次挟风而至，却也一次次走空，丝毫伤不到他。双方打得难解难分，其实都是在各自的练习圈里单练，没啥交集。

也有几次是一个瘦小的红衣战士，拎着一把硕大的鬼头刀，一刀一刀不紧不慢地劈砍下来。赵云根本无处可躲，只得横了亮银枪一次次举火朝天去挡，震得虎口开裂，血流了一地。红衣战士每次劈砍，嘴里都呼喝有声，没几个回合，兵器的破风声，就被浸泡在温、湿和黏稠里，画面卡顿了一般，伴随着红衣战士的呼喝声，赵云徒劳地一枪一枪地刺出。

今晚尤其不太平，五号大帐里早早就人喊马嘶，脚步杂沓。穿过无数迎面撞过来的铠甲、兵器，避过地上篝火的余烬，李志军看见大帐中间平整处，两伙人正对坐着谈判。

高大的那人身后站立着蓝色的随从，持了蓝色的长矛。瘦小的那人身后站立着红色的侍卫，斜挎着红色的弯刀。瘦小的人质问高大的人："你儿子的事儿，你到底管不管？怎么管？今天你必须得说清楚。随了你们老李家的根儿，这么下去，早晚出大事儿。"高大的人竟然端着一碗面条，一只脚蹬在凳子上，吸溜了一大口面条，一边鼓着腮帮子稀里哗啦地嚼，一边含混着说："你瞅瞅你自己那身材，要胸没胸，要屁股没屁股，昨天不是还有吗，哪儿去了？"

两人面前的桌面上，横着楚河汉界，双方人马短兵相

接、狼烟滚滚。后面的人，像看下棋一样，若无其事地侧身看着。

蓝色人群中有人像摘掉面具一样，撕了脸皮，吐口唾沫，擦拭上面的积灰。红色人马里有人像吃甘蔗那样，咬下一截弯刀，嚼了两口，吞了汁水，吐出铁渣。

远处有声音震动传来，桌面上，双方军卒，人仰马翻。李志军只能看见两人的嘴一张一合，完全听不清在说什么。很快，一个硕大无朋的球滚来，撞得沿途的人纷纷飞到半空，如乌云遮住太阳，又如雨滴纷纷坠落。

大球碾压过谈判众人，红蓝两人变成两张纸片，大球滚过之后，两张纸片一点点翘起，劫后余生般拥抱、亲吻。

李志军低头赫然发现自己一丝不挂，手中只拎着一根木棍。气恼之际，胡乱地抽打。大帐，如充了氢气的气球，小如指甲，弹跳有声，每击打一下，就飘远一点，几击之后，变得遥不可及。

第二天，李老师在客厅里喊儿子起床吃饭。今天媳妇是早班，天没亮就走了。临走前，买了豆浆、大馃子。李老师喊了几声，看儿子没有应答，怕豆浆凉了，还得再给他热，就进屋去掀被子。

李志军如初生的婴儿一般侧卧，双手夹在两腿之间，睡得正香。略一停顿，李老师旋即又掀了第二次，这一次幅度加大，准确地露出双手在两腿之间的位置。

果然，儿子的双手是在内裤里。像被一拳击中面门一样，李老师气急败坏地喊了一声，"吃饭"，扔下被子，转身离开，房门发出咣当一声呻吟。

李志军在第一次掀被子时就醒了，父亲第二次掀被子的举动，颇令他恼怒，可不敢发作。自顾自地又羞又气，既恼父亲又恼自己。赌气式地起了床，胡乱叠了被子，换了一条内裤，拎着旧内裤，站在床边，想了又想，还是塞到了枕头底下。

父亲在客厅里自顾自地喝豆浆，眼睛盯着电视，耳朵却朝向房门。李志军刚一出房间，就像踩着点儿一样，他又喊了一声，"吃饭"。

在父亲眼神如匕首般接二连三的刺杀里，李志军硬挺着

挨了几下。抓起一根油条，背了书包，夺门而去。盼盼防盗门，发出一声痉挛似的闷哼，抵挡住匕首余下的攻击。

李老师用筷子挑了一根油条，站到窗边。看儿子出了单元门，在门口还和503的女儿打了声招呼，往学校方向走，才如释重负地咬了一口油条。李老师重新坐到桌旁，掏出手机，搜到那个没有互发信息记录的名字，发送了一条信息，"啥事没有"。想了想，又发送了一条，"平安无事"，随手删除。

2

初二一班的班主任姓尹，长了一张全国中学校园里都有的女教导主任的脸。四十八岁，齐耳短发，戴一副玳瑁眼镜。

在一重二中，尹老师的传说最多，其中有两个流传最广。一个是，作为一个女人，尹老师从来没有穿过裙子。老师这个职业，让她对正经和不正经有着更为严苛的认知，裙子就是她刻画在两者之间的分界线。另一个是，作为一个老师，尹老师一直说自己是齐师院毕业的，可很多人都说她那个大专毕业证是后来进修的。这个证书的质量，就跟证书上面的红戳一样，都是糊的。她真正的水平也就是高中毕业。也有人说，尹老师在纪律和劳动方面这么下狠茬子，其实就是为了弥补教学能力上的不足。还有两年就退休了，怎么也得保住先进班集体的红旗，这叫站好最后一班岗。

郑宇浩一唠叨这些，李志军就说他扯老婆舌。他爸经常拿这话说他妈，他没想过扯老婆舌这话到底是什么意思，但觉得这么说郑宇浩还挺合适的，郑宇浩就愿意扯老婆舌。

今年冬天一直没下雪，这对于东北来说，是一个不大不小的羞辱。富拉尔基人民像盼亲人那样，热切盼望今年的初雪。也有另外一部分富拉尔基人民觉得，这雪啊，瞅着今年是够呛了。

今天又是一个大晴天，阳光像夏天时一样明亮，站在窗前，晒得人像夏天那样微微地出汗。可外面极冷，一出门，寒气扑面，用郑宇浩的话说就是冻眼睛。即便是课间，学生

们也不愿意出去，以走廊里那四组暖气片为圆心，聚在一起，三三两两地说笑、打闹。

三个人里，大罗话最少，总是默默地听老郑和李志军打嘴仗，可眼睛一点也不闲着。他看见英语课代表和同桌站在不远处说话，两人一个穿红，一个穿黄，都梳了马尾辫，在阳光里上下跳跃。就踢了下李志军，歪了歪头。李志军顺着大罗的眼神看过去，英语课代表也正往他们这边看，两道闪着火星子的目光中途撞到一起，两人脸色各自绯红，各自低下了头。老郑看在眼里，发出一声怪笑。

笑声刚刚冲破喉咙，就被一刀斩断，一半落回胸腔，一半吧唧一声掉到地上。班主任尹老师如一个黑衣黑裤的忍者一样出现在走廊那头。老郑立刻变成一只猴子，一个闪身，躲到李志军身后，试图避过尹老师箭一样的目光。

别看李志军十一月刚过完十四岁生日，可个头已经蹿到一米七八了，身高全面超过了他爸，体重更是装得下两个他爸。李老师虽然马上就四十岁了，身材保持得相当可以，胳膊上的小耗子鼓鼓的，也没起什么小肚腩，还算对得起体育老师的身份。这是他一事无成的事业之外，唯一可以自豪的。当然，在他数不胜数的失败里，儿子也曾是其中的一个失败案例。李志军刚刚十三岁的时候，体重就快达到一百八十斤了，作为体育老师的儿子，怎么着都有点说不过去。好在最近几年，李老师发现儿子学习成绩还行，在他们那帮同学的孩子里，算得上可以吹几个来回的了。他有时会给自己宽心说，这就叫各擅胜场。

他们三个里，郑宇浩就瘦，跟一个豆芽菜似的。和李志军比，是一个正常初中生该有的样子。现在的孩子长得都高，虽说在李志军面前显得瘦小，郑宇浩也过了一米七。别看也长了一个大人的个子，举动还经常泄露出孩子气，一惹事，就往体格大的身后躲。虽然都知道他那点能耐，可他今天的举动，让李志军和罗致君还是有些纳闷。经过初一一整年的缠斗，老郑一直以胜利者自居，平时提起班主任也总是满不在乎的样子，今天竟然玩起了腼腆。

不管老郑躲得多快，还离着老远，尹老师就发现了，冲他招了招手。上课铃响，同学们蜂拥着回教室，只有郑宇浩

跟在尹老师身后，逆着人流，往办公室走。

初一那一年，郑宇浩没少来尹老师的办公室。上了初二以后，老师懒得管他了，来的次数就少了，可业务一点都没生疏。一进门，郑宇浩就认出了尹老师搬得最靠里面的办公桌。主动站到桌前半米处，身体保持直立，低头盯住脚尖，一套动作，如行云流水般娴熟，接下来就等待即将到来的狂风暴雨了。

郑宇浩穿了一双褐色的 UGG，是上个月他妈从广州寄回来的。刚穿的时候，特别好看，从鞋口能看见白色的毛。一个月后，他发现这双标识是澳大利亚生产的 UGG，竟然掉毛。现在，他黑色的牛仔裤脚，还沾着几根白色的毛，在阳光的照射下，分外扎眼。几次想伸手掸掉，可又不敢，任由那几根白毛在裤子上将坠未坠地颤抖。

尹老师坐在对面，跷着二郎腿。她穿的是一双尖头皮鞋，鞋面狭窄，鞋尖细长，看不出是单的还是棉的，也看不出是黑色还是红色，正看是黑色，稍微偏下头看，就是红色了。尹老师的皮鞋仍然如传说中的那样，擦得如镜子一般，仔细看的话，鞋尖处还倒映着郑宇浩偷瞄的眼睛。

尹老师还是那两句话："你们那个群是干什么的？""群里还有谁？"随着尹老师资历的丰厚，办公桌也搬到了靠窗的黄金位置。这个位置最大的好处，除了视野开阔，就是冬天暖和。窗台下有两组暖气片，窗外的阳光也可以毫无遮拦地照射进来，两厢夹击，没几分钟，郑宇浩头上就见了汗。

"郑宇浩，你现在说了，属于戴罪立功，还有情可原。你们这么年轻，老师有什么不可以原谅的呢？年轻人谁还没犯过错误？允许年轻人犯错误，就得允许年轻人改正错误。人嘛，都有一个长大的过程。当然了，为了所谓的哥们义气，你也可以不说，可你能不能保证群里其他人也都不说？你信不信群里那么多人，老师总有办法找到一个诚实的人，可以说出真相。那时候，你在这件事情上的性质可完全不一样了，你现在是负隅顽抗，性质极其恶劣，最后还得罪加一等。"

下课铃响的时候，尹老师无奈地摆了摆手，让郑宇浩赶紧从眼前消失。他那副死猪不怕开水烫的架势，她太熟悉

了，就这么耗下去，再有一年，也不会有什么结果，别再把自己气出个好歹，不值得。还是得从其他人那里打开缺口。

有一阵子没站这么长时间了，郑宇浩竟然有些腿软，一出办公室，差点一个趔趄摔倒。撞到一个人身上，被一把扶住，后脖颈子随即挨了一巴掌，是教体育的武老师。在一重二中，只有武老师敢对学生这么动手，不论是家长还是学生，都分辨不清武老师这是在开玩笑还是真的打人。

这段时间，武老师总往语文组办公室跑，每次都不空手，不是拿点水果就是带点饮料。这次是拎了一兜芝麻蕉，说是哥们儿刚从三亚带回来的。刚才让郑宇浩给撞了一下，还好，没散，大家随便吃。

"尹老师，刚才那小子就是那个群里的吧？"看尹老师脸上恼怒的形状还未消散，武老师又安慰说，"现在的孩子，都成熟得早，这事儿不只是你们二班，哪个班级都有这个苗头，现在都成了我们教育界的老问题、新常态了。"

刚进学校还不到两年的小赵老师，长了一对可爱的小虎牙，从包里翻找出一支澳大利亚产的护手膏，一边涂她那双号称过了钢琴十级的手，一边说："前两天我还抓了一对，俩人在后操场的松树那儿抱在一起。被我一喊，就跑了。"

另一位年纪稍大的女老师，明显经验更为丰富，指点说："再遇到这事儿，千万不能喊。抓住，记下名字，上报学校，再找双方家长。早恋早孕现象，不能只依靠学校的力量，必须让家长参与进来，得二十四小时严防严控。"

小赵老师迟疑了一下，继续追问："早孕这事儿，在咱们学校真的出现过吗？"

一个老师抬头看了看尹老师，欲言又止。大家都知道，要不是有一年尹老师带的班里出现了早孕现象，家长告到了教育局，尹老师起码也得是语文教研组的组长了。

武老师又问："尹老师，昨晚那几个家长也没说出什么来？"看尹老师摇了摇头，接着说，"还得从那个叫约吧的微信群下手，这是最大的线索。我怀疑，那里面的，也许不只是你们初二一班的，其他班级的，保不齐也有。处理这件事，得发动全校的力量。现在的孩子，比我们那时候成熟多了，小小年纪，什么都懂。"

　　有人出主意："我就不信了，逼他们向学校公开那个群。"

　　另一人回答："尹老师发现当天，那个群就解散了，现在的孩子，都猴精猴精的。"

　　尹老师一手揉太阳穴，一手转着手里的圆珠笔，像是回答，又像是自言自语，说："不幸中的万幸啊，也算看我要退休了，老天爷照顾我。要不是郑宇浩那小子手滑把我拉进群，我还不知道有这么一个群，还指不定得出多大事儿呢。"

　　这句话像是一粒火星掉进了一堆干柴里，大家七嘴八舌地讨论："你说现在的孩子，真是越来越复杂了，那个群里有郑宇浩这种学生你不奇怪，怎么还会有李志军！他不是一直学习好，人也挺乖巧的嘛。"

　　"什么啊，李志军最近两个月学习成绩明显下降，现在想想，这都是蛛丝马迹啊。早恋，哪有一个落好的？"

　　"男孩还好，吃亏的还是女孩子，必须查清楚，都有谁，这也是对他们负责。"

　　"现在的孩子吃得好，发育早，咱们那时候吃的什么，他们现在吃的什么。再说了，现在环境多复杂啊，网上乱七八糟的什么都有，就连社会环境也没起到什么正面效果，现在离婚率多高啊，单亲家庭有的是。"

"尹老师，你估计估计，李志军是和谁啊，郑宇浩呢？到哪一步了？"

3

群众路距离一重二中不远，骑自行车的话，用不了十五分钟。

五六年前，这里还都是成片的菜地。富拉尔基人秋天都到这里买白菜，直接从地里挑。挑好一片，自己动手砍，新鲜不说，都保证抱心。腌酸菜，压得住。现在建了楼，砌了围墙，圈养了两个高档小区，一个叫夏威夷小镇，一个叫威尼斯水岸。

两个小区共用一条商服，叫群众一条街。刚入住的时候，下面的商服多种多样，卖桶装水的、英语培训的、保健品专卖、包子铺、拉面馆、仓买都有。广场空地上，还有人

摆了气模滑梯，三块钱，随便玩。虽说是给小孩玩的，可经常被大人围成一圈，看孩子们一次次滑下来，再一次次跑上去。小孩子清爽的尖叫声、嬉闹声和中老年人质地绵软的笑纠缠在一起，萦绕不散。

要不是这次老郑领他俩过来，李志军和大罗还不知道，不到一年，群众一条街已经成了足道、洗浴、美容美发一条街。原来大大小小的店铺都消失了，取而代之的是，有用大理石装修了门面的洗浴中心，门口耸立着款式可疑的罗马柱。洗浴中心门口亮堂，再往里瞅就朦朦胧胧的，什么都看不清了。

也有灯火辉煌的娱乐会所，大厅里站了两排的年轻女子，都穿了紧身的白色 T 恤和黑色的超短裙，每人手里都拎着一个小箱子。看见有人进来，整齐地鞠躬问好。

至于美容美发馆，都是一水落地的玻璃窗，点着粉色的霓虹灯，窗帘半掩，室内模糊。每一个落地窗前都坐着一个穿短裙的女人，姿态随意，眼神涣散，脸上妆容夸张。

在化妆品的腐蚀下，每个人看起来都一样。估计她们看男的也都一样，没有长相，只有器官。看见有男的经过，就用手里的梳子轻敲玻璃，看对方惊愕地停住脚步，就起来开门招呼："进来吧，理个发。"

三个人中，只有老郑算是见过大场面的，会冲开门的女人摆手说："不理发，随便逛逛。"看对方还不关门，又说："关门吧，冷。"李志军和大罗又羞又怕，不敢看又忍不住想看，眼神迅速扫过玻璃窗后的大白腿，马上去盯自己的脚尖儿。虽然眼睛盯着自己的脚尖儿，可满脑子闪烁的都是刚才的大白腿。

郑宇浩看他俩这样，颇有些心满意足，愈发地故作老练，拿胳膊肘拐了下旁边的李志军："快餐一百，过夜三百，你们两个雏儿，有胆量见识下不？""这里的女的都能带出来，就坐你自行车后面，手伸进男的羽绒服里……"

今晚的长平街道上，仍旧如往日般喧哗，贩夫走卒穿梭，叫买叫卖声起伏，酒肆茶楼里人声鼎沸，烟花巷口脂粉飘香。赵云、哪吒、白起三人，勒马立在长平街口，一时不知所措。

哪吒性急，胯下战驹，前蹄刨地，手中的暗影战斧沿着刃口滑过一道寒光。他转头对赵云和白起说："还想啥呢，直接杀个来回，完事儿得了。今天得早点回去，明天第一节是班主任的语文课。"

白起也抽出囊中的镰刀，左手勒紧了缰绳，眼睛盯着长平街的石板路，耳朵却朝着赵云的方向。只要他一点头，就撒了缰绳，冲杀出去。

赵云眯缝了眼睛，定睛观瞧，在长平街灯火的背后，倒映着宫本武藏大军的影子。几乎每一个建筑物后面，都偶有绘了龙纹的靠旗晃动，灯影也随之明暗。间或有兵器的撞击声，傍着俚语的叫卖声，打着旋儿飞升。有战马打了响鼻，有盾牌磕到了石子，还有士兵粗重的喘息声，在逛街的人群中穿梭。

长平街上，看似烟火缭绕，实则杀气腾腾。

赵云缓缓举起亮银枪，三匹战马，一声长嘶，冲入街道，马蹄在石板路上踢踏出清脆的回音。长平街上犹如投进一颗石子，登时大乱，人群如涟漪一般，四下里奔逃。

　　三人刚驰进去半箭的路程，就有羽箭破空而来，矛戈亦尾随而至。三人纷纷晃动手中兵刃，将眼前的兵器崩开，可触手却轻飘飘的，好像全无着力之处。

　　三人稳了稳心神，但见眼前人流往来，灯火阑珊。几个女孩拿着刚刚打好的蛋卷冰激凌，边走边说边笑着经过。一个男孩捧着一束玫瑰，站在路口，好像在等什么人。街头卖西瓜的小贩，坐在车前一边轰苍蝇，一边打着哈欠。再远处，肯德基的牌子在灯火里闪耀，人民药店的灯箱忽闪忽闪地亮着。一个清洁工，戴着橘色的棒球帽，穿着橘色的马夹，拎着一把扫帚，站在路边，默默地注视他们。

　　赵云三人愣在当场，不知道刚才纷乱而来的兵器，是真是假，也不知道此刻是该进还是该退。

　　长平街被定格，众人也都保持着刚才的姿势，就连臭豆腐摊上的热气，也凝结成了一道霜。

　　只有一个老头弓着腰，蹬着倒骑驴，骨碌碌地驶来，撞散了错愕。老头随口吆喝了一声"豆腐"，声音激越，如一声响箭般穿云裂帛。

　　叫卖声将歇未歇，一柄暗影战锤紧跟着呼啸而来，如乌云压顶。哪吒挺暗影战斧仓促去抵挡，两柄利器相撞，发出一声闷响。赵云和白起也惊见原来拿着冰激凌的女孩，站着等人的男孩，卖西瓜的小贩，默默等待的清洁工接连暴起，长短兵刃后发而先至。长平街再一次陷入刀光剑影里，厮杀声四起。

　　赵云、哪吒、白起三人联手，果然威力惊人。宫本武藏的人，血液次第喷溅，如五色的烟花接连绽放。兵器纷纷锐啸着飞起又丁零当啷落地，战士的身体如风中芦苇般接连倒伏在地。可蜂拥而来的士兵仍如江水东来般滔滔不绝，其中三人，最为势不可挡。

　　一个为红衣人，全身雪白，只围一个肚兜，手持木梳，体有异香。另一白衣人，穿旗袍，开衩极高，每跨一步，大白腿如武器般闪现，看得人心惊肉跳。另一人穿了一件黑色的貂皮，里面没有穿内衣，赤手空拳，眼神阴冷，胸口如春水荡漾，一步步逼近。

　　赵云、哪吒、白起被三人围堵，步步后退，直至后背抵在一起，再无去路。就在这紧要关头，哪吒扭头对赵云说："这个穿肚兜的老娘儿们，长得好像你妈。"

4

一重家属区五号楼，本来是正楼，一单元到五单元都是南北朝向，到了六单元这里就拐成了厢楼，变成东西朝向，李志军家就住在5号楼6单元的403室。

作为403室的女主人，出了门，志军妈还有一个更为人熟知的称呼叫蔡姐。对于第一次见面的人来说，蔡姐和其他的东北大姐不太一样，三十八岁了，不但身材没走样，皮肤也比其他人白。小鼻子、小嘴，有点像南方人。冬天总穿一件驼色的羊绒大衣，看着像是在市政府哪个部门上班的。

蔡姐初中毕业，十几岁就出来工作，干的基本都是售货员的活儿。最开始是在商场卖床品布艺，后来给人看床子卖衣服，现在是在大家庭超市负责生鲜区。

蔡姐性格好，很少大吵大闹，遇到什么事，只会自责。她有把任何不顺都归结为自己没念多少书的能力。每次和李老师打仗，最后都是她哭着说："要是有下辈子，指定不听我妈的，但凡多念点书，都不会让人这么欺负。""刚跟柜台一边高，就让出去站柜台，谁让自己命苦呢，这当妈的，也够狠心的……"

其实，在别人眼里，蔡姐嫁给李老师算是郎才女貌了。李老师齐师院毕业，在一重小学教体育，工作是财政开支，旱涝保收。蔡姐漂亮，李老师长得也帅，浓眉大眼，一米七六的个头，练体育的，身上有块儿，胸比一般女人的还大，看着特有男人气。

儿子李志军也争气，虽然没有遗传他爸的运动天赋，可学习好，没掉下过班级前三名。小小年纪，就懂事，不像别的这么大的男孩子，家长总得去网吧里逮，像拎狗崽子似的往回拎，一路上，吱哇喊叫。李志军放假就待在家里，连屋都不出，一天天地在房间里看书、玩电脑。左右邻居，没有不夸他懂事儿的，说老李家那孩子仁义。

　　超市里一起干活儿的人都羡慕蔡姐，都是一样出力气，干埋汰活儿的，可蔡姐就住进了一重家属区的贵族区。他们不知道的是，蔡姐家住的是五号楼的冷山房，是贵族区里谁都不要的朝向。冬天的时候，西边那屋比别的屋子得冷好几度。这事儿蔡姐也没有办法和他们说，一说，就有人回她："知足吧，不能啥都是你的。"

　　只有蔡姐知道，就连他们羡慕她和李老师的婚姻，其实也就热乎了那么几年。现在蔡姐算是明白了，当初李老师追她，真就是看上她的长相了。可长相这东西最靠不住，扛不住时间，不是时间长了，长得就不好看了，而是时间一长，新鲜劲儿一过，长得再咋地，看着也都不咋地了。

　　最让蔡姐厌烦的是，知识分子弯弯绕多，两口子都有热乎劲儿过期的时候，谁家过日子动不动就天雷勾地火似的，那还不得烧死？可知识分子在长相之后，还要求精神上得继续热乎着。李老师就抱怨说和她聊不到一起去，几句话就僵在那儿了，精神上不契合。她也不明白，凑在一起聊天说话，怎么就精神契合了。净顾着聊天，家里那么多活，谁

干？知识分子吃完饭都不刷碗，净聊天？

李志军还小的时候，蔡姐的时间除了上班就是用来照顾孩子，男人再抱怨还能咋地，谁家不都是这么过日子的？一个女人嫁给了你，给你生了孩子，家里外头给你们老李家两个男人当老妈子，还想咋地？

自从李志军上了初中，蔡姐的注意力从孩子身上转移了一些之后，才发现和老公的距离已经这么远了。白天，蔡姐有时候会在李老师小便完，急忙闯进厕所，她也小便了，再一起冲。明明是节约用水，环保还能省点水费，怎么李老师就那么不耐烦？

晚上，两口子也躺在一张床上睡觉，可睡前，各沿着自己这一边躺下，生怕碰到，好像一碰到对方，就得中毒一样。躺下了，也不说话，捧着自己的手机看。屋里昏暗，只有床上两个手机屏幕的光，照亮了两张各自不愿意再看到的脸。看累了，手机塞到枕头底下，各自睡去。

偶尔也有夫妻生活，可李老师好像变性了似的，年轻时候，那动力，那威风，现在呢，就机械地动来动去，不一会儿，就瘫软了。蔡姐每次结束都要去洗手间清洗一下，等她洗完回来，李老师已经鼾声如雷了。

要不是最近两个月李志军成绩下滑，俩人一天也说不了几句话。蔡姐也恨自己太粗心，老师找过来，她才发觉儿子成绩下滑得这么快，连作业都不能按时完成了。现在想想，前两个月，李志军就有点不对劲儿，好像一下子就对她冷漠了。她和李老师提起过这事，李老师说，男孩子长大了，都这样，也不能总像小时候那么黏着妈啊。

可她就是觉得不对劲儿，好像也就是一夜之间，李志军和她说话就开始爱搭不理的，看她的眼神也跟看仇人似的。有几回，她还发现，儿子在偷偷地打量她，可一碰到她的眼神，马上就挪开，像是做贼心虚。

跟他爸更是激烈，总是拧着来，说话还恶声恶气的。因为这个，他爸还打过他两巴掌。李老师说，男孩子，青春期了，到了逆反的年龄了。可再逆反，也不能耽误学习啊。功课一落下，就追不回来了。学习不好，这辈子不就完了吗？

好在，儿子对她，不像对他爸那样总是拧着来，蔡姐说

什么，他都一声不吭地听着。

儿子从小就懂事，小学二年级的时候，蔡姐就和儿子说："你六岁那年，要吃手拉面，咱娘俩点一碗，你把面条吃了，我喝剩下的汤，那时候，咱家多买一碗手拉面的钱，都拿不出来。""你好了，咱全家就都好了。咱家就是再穷，也尽着你。"

蔡姐也经常跟儿子回忆说自己有多不容易。她在永青市场给人看床子，摊位紧挨着门，大冬天的，人来人往，棉门帘子就没有消停的时候。又不能关门，妨碍人家做生意，就得那么硬挺着，一天下来，腿都不是自己的。现在的老寒腿，就是那时候落下的。夏天，膝盖都冰凉，难受得没着没落的，得经常用手焐一下。

无论是说儿子还是说自己，蔡姐最后总是回到那个老话题上："你可得好好学习，妈这辈子也就这样了。唯一的指望，就是你了。你要再让你妈失望，妈就真得去死了。"

李志军坐在对面，眼泪啪嗒啪嗒地往下掉。

蔡姐对这样的谈话效果特别满意，每一次和儿子谈话，不但感动了儿子，就连蔡姐自己也总能被自己感动。前几年，男人虽说是当个老师，可总拖欠工资，自己挣得也不多，每个月的日子过得都紧紧巴巴。孩子都爱吃王中王那种带瘦肉的火腿肠，可她只能买那种最便宜的肥肉的，那是隔壁邻居家买给狗吃的，管它叫狗肠。"我的儿子只能吃狗肠。"

一说到这些，儿子哭，她也跟着哭。

娘俩坐在那儿，互相看着对方哭完。蔡姐起身继续去上班，想的是，等长大就好了，儿子一定比他爸妈有出息。儿子起身去上学，想的是，必须好好学习，我妈太不容易了。

蔡姐暗下决心，绝不能让自己的经历，再发生在儿子身上。她可不能像她妈似的，初中毕业，就让孩子出去干活，补贴家用。也就是她吧，老实巴交，让干啥干啥。她姐就不行，哭着喊着要去上学，不让上，就不吃饭，恨得她妈直咬牙。她姐就上完了高中，考上了一个大专。毕业后，在哈尔滨公路收费站上班，挣得多，工作也不累。上学还有一个好处就是，离家远，娘家的事儿，都是动动嘴，什么活儿都得

是她这个妹妹去照看着，还落不到一句好。

李志军的姥姥家住在一栋苏联人盖的老楼里，和一重家属区的直线距离也就三百多米。要走路过去，也得十几分钟，因为得从一重家属区的东侧门出去，绕好长一段弯路。

姥姥是一个能人，长得胖，一张大脸，李志军说肉嘟嘟的，不怒自威。腿脚快，走路外八字，身体好的时候四处溜达，一天也不着家。姥姥脾气急，嗓门大，干活利索，别看没什么文化，可能说会道，净往理上叨，一天到晚嘴不闲着。

李老师总结说，他这个丈母娘嘴比手快。现在，李志军也有相同的感觉，比如吃完饭，志军妈准备去收拾碗筷，她这边刚一站起来，姥姥就在一旁说："你把碗筷都收拾了。"有时候还会补充一句："吃完饭，都收拾完了再唠嗑，一点规矩都没有。"惹得一家三口就像被抢了一闷棍，又疼又恨，可又说不出什么来。

姥爷死了有五六年了，在李志军对姥爷有限的记忆里，姥爷给过他一块大白兔奶糖，给完后，还摸了摸他的脑袋说："又是一个借不上力的。"那块糖他没吃，一直放在裤兜里，有一次洗衣服，都粘在裤兜里了，妈妈骂了他一顿。

姥爷死后，姥姥坚持自己住。她对女儿女婿说："我又不呆不傻，能走能动的，自己过，自在。"两年前，姥姥去超市抢鸡蛋，摔断了腿，躺了三个多月后，身体就一天不如一天了。去年又检查出了糖尿病，就得需要人照顾了。志军妈得总往过跑，帮着洗洗涮涮，有时候还得做点饭。李志军知道，妈妈一直很怕姥姥，以前姥姥说什么，她都不敢作声。记得有一回，姥姥骂她"从小就窝囊，长大也窝囊，自己的男人都管不住，活该"，气得他妈在回家的路上偷偷地抹眼泪。

最近几个月，蔡姐的脾气见长，开始顶撞姥姥，动不动就提当初不让她念书的事儿。最近这一年，姥姥的性格也发生了很大的变化，不像以前那样暴了，有时候任凭他妈怎么说，也不回嘴，更别说像以前那样敲着板凳骂人了。

还像以往那样，蔡姐很快就收拾完了，但没像以往那样着急走。也坐在了床边，随手抓了一把瓜子。姥姥爱嗑瓜

子，床上总放有一袋散装瓜子，一个用纸折叠的小筐，用来装瓜子皮。

姥姥嗑瓜子，看着特忙活人，两只手，车轮一般往嘴里输送，有时候，速度太快，瓜子皮都来不及吐，就含在嘴里，可新的瓜子继续往嘴里扔，不一会儿，瓜子皮就溢出嘴角，挂到了衣襟上。每次，蔡姐都一边唠叨，一边帮着抖搂掉。

今天蔡姐就像没有看见一样，坐在床边，专心致志地嗑自己的瓜子。俩人都不说话，不大的房间里，噼里啪啦地响着瓜子皮破裂的声音。几分钟后，蔡姐手里的瓜子皮满了，倒在纸筐里，又把纸筐里的瓜子皮倒进一个塑料袋，起来穿衣服。

姥姥头不抬眼不睁地问了一句："他又咋地了？"蔡姐看了她一眼，迟疑了一下才说："也不知道咋地了，小军好像是进入青春期了，学习成绩下降，和我俩对着干，像变了一个人。"姥姥回答："叛逆期了。"

蔡姐没搭话茬儿，穿了大衣，裹上围脖，把自己捂得严严实实。一手拎了垃圾，一手开门，嘟囔了一句："嗑瓜子就嗑瓜子，怎么不吐皮？都堆在前大襟上，多恶心。"门咣当一声关了，姥姥停下轮番往嘴里输送瓜子的手，听着高跟鞋的声音越走越远，嘟囔了一句："更年期啊。"又说了一句："还说小军叛逆呢，你才叛逆了。"

5

自从那天晚上起来上厕所，听见父母卧室的声音后，李志军的世界随时随地就被一分为二。

白天，他是一个还算不错的学生。在老师眼里，李志军是优等生，不论是数学、物理这种动脑筋的，还是地理、历史这种靠死记硬背的，他都能轻松拿下。小孩性格也好，乐于助人，要是同学问他点啥，都能耐心地告诉。就是有点内向，有几回，远远地看见了老师，就跟耗子见了猫一样，一拐弯儿就逃得没影儿。

只有李志军自己知道，为了保持这个前三名的学习成

绩，他费了多大的劲。每天都熬到很晚，除了常规的预习和复习，他还给自己规定，每晚演算用的草稿纸，用完一张，就铺桌上一张，不铺满整个书桌，绝对不可以睡觉。

他知道好几个成绩很好的同学脑子极其聪明，根本都不怎么学习，就是考试前随便看看。所以，每一次考试之前，他都怕得要死，怕万一考不好，成绩一下来，母亲坐在一角，偷偷地抹眼泪。母亲这个样子，让他心如刀绞，还不如像他爸那样踢他两脚呢。晚上做梦，经常都是考了倒数第一，妈妈在他面前哭。早上起来，母亲的哭声还那么真切，他恨不得拿刀戳死自己。

他爸总说他一天天笨笨磕磕的，他也承认自己就是笨，不但笨，还蠢。比如刚上初中二年级，体重就将近一百八十斤，体育课上，根本跑不起来，更别说引体向上这种了。要不是体育老师和他爸认识，他早就被当场骂死了。

他也知道自己长了一个傻大傻大的个子，平时上课坐在座位上，看着和其他同学也没差多少。可每周一升国旗的时候，就得站在最后一排，比别人高出一头。高出一头不说，人还胖。他知道，别的班同学给他起了个外号，叫熊瞎子。他一直觉得，在升旗的时候，全校学生没人看旗，都在看他。他恨不得把脑袋塞进地缝里。

李志军还有一个秘密，不但老郑和大罗不知道，就连他爸妈也都没告诉过，他不认得钟表。按理说，平时数学成绩还行，可怎么一到认钟表的环节，就好像进入了一个结界。脑袋跟短路了一样，完全搞不明白，哪个针都代表了什么。他只能暗暗地安慰自己，现在都用手机了，谁还戴表啊。手机上的时间，都是用数字显示的。

白天老实巴交，一到晚上，他就变成了一头四处乱撞的狼。自从那天听见父母卧室的动静之后，李志军隐隐觉得发现了点什么，可又不知道发现了什么。那个疑问像一根刺一样，插在心头。他为这根刺带来的痛而痛苦，又为沿着痛的边缘蔓延而来的刹那的快感而紧张、而羞耻。

只有到了子时，这个世界才属于他。穿了夜行衣，提了短刃，飞身上房。屋脊连绵，弯月横斜，少年在城市的森林里彻夜飞奔。耳边风声呼啸，毛发遇风生长。少年纵身越过

月亮，呼啸声，彻夜不绝。

那天在群众一条街上，郑宇浩说那个理发店里的女人，长得像他妈，让他感觉受到了奇耻大辱。你他妈装什么王八犊子，谁不知道啊，你不就是在那条街上多溜达过几回嘛，你进去过吗？你摸过吗？装什么大尾巴狼。别人还都说你妈在广州当小姐呢，我和你提过吗？你竟然提我妈，竟然把我妈和这边卖的放在一起。× 你妈的！

那天，罗致君怎么拉都拉不开他俩。李志军就像疯了一样，一脚蹬翻郑宇浩，互相揪住头发，翻滚在一起，谁都不肯先撒手。李志军毕竟身大力不亏，不一会儿就把老郑死死地压在下面，不管是脑袋还是屁股，膝盖胡乱地撞。老郑也不差事儿，手刨脚蹬，能抓挠一下是一下，不管能不能抓挠上，嘴可一直没闲着，一句接一句地扔出"× 你妈"。

这不是俩人第一次打架，初一的时候，就因为老郑问李志军："你咋总也不去学校厕所，攒着回家尿啊？""你是不是有什么毛病，没有小鸡鸡啊？"惹恼了李志军，俩人骨碌到了一起。可没过多久，好像都忘了打架这回事儿，又说说笑笑了。

罗致君不知道的是，李志军根本不在乎那天打没打架，也不在乎谁吃亏谁占便宜。郑宇浩嘴贱也不是一天两天了，倒是他那句"那个老娘儿们像你妈"这句话震动了他。这句话就像一记大棒结结实实地砸在他头上，晕，但很快就变成无比清醒的疼。这句话就像一根针一样，把后面那句 × 你妈和之前他听见父母卧室的声音串联在了一起。一个他一直在躲避可明显已经避无可避的事实，变成了一座大山，凶恶地堆压在他的心头。

那帮粉红房子里的女人身上有生殖器，按照语文老师教的语法，这句话也可以划出这样的重点，女人身上有生殖器。那么，他的母亲是女人，所以，他的母亲身上也有生殖器。

这一认知让他震惊到失语，进而不可控制地浑身颤抖。

这也就是说，他们几个坏小子对那帮骚女人又粗鲁又禽兽的想象，同样的事实，也曾发生在自己的母亲身上。他们几个小子平时悬挂在嘴边的那句脏话，变得前所未有地立体

302

和真实。

更让他接受不了的是，对母亲做出这一禽兽行为的，是自己的父亲。他不相信父母会那么无耻，那么龌龊，那么肮脏，他甚至愿意承认父亲是流氓，也绝对不愿意相信母亲会答应和流氓做那件事儿。那件事儿不是坏男人污辱坏女人才会干的吗？

这一发现，让李志军痛苦得无以复加，好像长这么大，第一次知道了什么叫幻灭，什么叫绝望。他突然发现这个世界上所有的人都是骗子，两面三刀，人面兽心，说一套做一套。看着人模狗样的，背地里都是他妈的畜生。

他不能接受母亲欺骗他，更不能接受母亲曾被男人压在身下，哪怕那个男人是他的父亲。

他爸从小就对他不亲，两人从没有像电影里演的那样拥抱过，也没一起看过球。李老师对他永远是命令式和判断式的语句，"你懂什么球啊"，"看你那屋造的，你就是懒"，"躲开，笨手笨脚的，你就是运动能力接近于零，什么都学不会"。有几次，他气急，头脑里反复闪现，手持匕首，猛身欺近，把眼前这个他必须称呼为爸的男人，一口气扎好几个窟窿。

楼上503住着一家三口，除了半退休的老头老太太外，他们的女儿刚刚大学毕业，从外地回到了富拉尔基。李志军听大人说起过，那个女孩好像是在富拉尔基的一个银行上班。到底在大城市上过学，会打扮，加上人又年轻，她是李志军见过的最好看的女孩子。偶尔在门洞口碰见，李志军都会礼貌地问好，其实心早就乱作了一团。

因为李志军发现了她的一个秘密，站在一楼往上看，能看见503的阳台，如果再仔细一点的话，就连阳台上晾晒的衣物，都能看得一清二楚。尤其是，小姐姐的内衣都是带颜色的，每次上学，趁着天光大亮，他都会回头看一眼503阳台上五颜六色大小不一的旗帜，再撒腿往学校跑。

有一次，晚上回家，正赶上她家阳台上有人，亮着灯。李志军看见了一个粉色的裤衩，挂在晾衣架上，也就一巴掌那么小。

晚上，他爸又煮了面条，可李志军吃得津津有味。

吃完饭，穿戴了紧身衣，从四楼一跃而下，朝着有呐喊声的方向奔去。

今晚，宫本武藏派出了他的贴身禁卫军，人数不多，可个个骁勇善战。使的武器也是五花八门，有人使软鞭，挥舞起来，犹如自画方圆，进可攻退可守。有人双手使银钗，发出环佩的叮当之声，扰人的心神。有使胭脂的，每一次进攻，都脂粉纷飞，香味令人窒息。有一使木梳的，穿了大红的肚兜，尤为狡猾。每一次都抽冷子下手，每一次他都差点避之不及。

赵云心生愤恨，专门找到她，发动连环攻击。几个回合下来，对方已露出败象，可堪堪不敌之际，肚兜女竟然解去了肚兜，扔将出去。肚兜忽大忽小，赵云左右避让，赫然发现肚兜女竟然是503的小姐姐。赵云羞愧难当，落荒而逃。

第二天，志军妈上早班，李老师喊了两声，看见儿子还不起床，就再去掀李志军被子，却发现儿子的被子里藏了媳妇的一条内裤。

在课堂上，李志军和平时一样，乖乖地坐在座位上听课，老师的嘴一张一合，偶尔有几句话跌进耳朵，可他根本不知道具体在说些什么。李志军精神萎靡，浑身乏力，总想趴在桌上，好好睡一觉。可真的趴在桌上，又精神亢奋，手脚燥热，根本就睡不着。

脑子里闪电一样，轮番闪烁着粉红房子、大白腿，甚至是母亲挂在卫生间里花花绿绿的内衣。耳朵里到处都是父母卧室的撞击声、卫生间里的水声和郑宇浩那句"×你妈"。

一支快箭射中他的心脏，箭羽还在兀自抖动。一柄利刃插入他的身体，被人随手转了一圈，鲜血顺着刀把一滴一滴滑落。白马疾驰，亮银枪斜下里刺入身体，鲜血如烟花般绽放成云朵。高山倾倒，碎土跌入大海。火山爆发，熔岩肆意奔流。

他想找人诉说，又不知道找谁。在课堂上，他几次都想大吼一声，摔门而去。在课间，他几次都想从楼梯顶跳到台阶最下面去，好像只有身体上的疼痛，才能捂住他那颗即将跳跃出胸腔的心脏。好像只有毁坏自己，才能补全之前他一直坚信的，现在开始怀疑的。

6

　　尹老师是上午第三堂课的时候找到李志军的，那堂是英语课。在昨天下课之前，老师就划出了段落，要求大家背诵，今天上课要检查背诵情况。

　　李志军还没完全背下来，心一直提溜着。被班主任叫走，就可以逃过这一劫。第一次，因为可以不上课，反倒有些如释重负。可还没走到老师办公室，他就为自己刚刚的如释重负有些害怕，怎么你李志军也混到了和郑宇浩一样的地步了。

　　他知道尹老师找他要谈什么，自从那天放学，母亲突然出现，他就知道事情要露馅了。

　　那天，是郑宇浩拉他进入那个叫约吧的微信群的。别看老郑整天神神道道的，看着混得挺好，谁都认识他，他也好像谁都认识，说在富拉尔基要办啥事，他老郑都平蹚。可李志军知道，他也没什么安全感。

　　郑宇浩十岁那年，爸妈离的婚。富拉尔基离婚的家庭多了，他们班二十二个同学，有十一个是单亲家庭，没什么稀奇的。可即便是在这些单亲家庭孩子里，郑宇浩也是最特别的。大多数离婚家庭的孩子，都是跟妈过。当爸的每周过来看望，陪着玩一天或者带出去海吃一顿。只有郑宇浩是和他爸过。

他爸离婚前就喝大酒，他妈管不住，可起码也管，他爸多少还有所收敛。

离婚后，老郑头是彻底放飞自我。一个月，能有三四天清醒的时候，就算多的了。神奇的是，郑宇浩都不知道他爸每天什么时候喝的。在班上，没法喝，他们主任管得严。他爸下班时间和郑宇浩放学时间差不多，两人也就是前后脚到家。可基本上，郑宇浩放学回家，能见到他爸清醒的时候，比见到日全食的机会还少。

郑宇浩和李志军说过，他希望他爸多喝，喝多了，睡了，就不折腾了。就怕他没喝到位，每当老郑头没喝到位，就是他最叱咤风云的时候。看谁都不顺眼，看谁想收拾谁。提起主任，就说要去剁了主任。提起厂长，就说要去捅了厂

长。郑宇浩说："我那个破爹，他有那个胆儿吗？还敢剁主任，还敢捅厂长，他最大的能耐就是操练操练我。"

其实，除了拿儿子练手，这个时候，他妈的名字更是连提都不能提，要不，这一晚上谁都别想睡觉了。他爸能从离婚那天骂起，一直骂到已经死了两三年的结婚介绍人，说那人害他，把这么个败家娘儿们介绍给他。家里的东西，让他爸砸得已经差不多了。郑宇浩说，他唯一能保住的就是他妈给买的那个 iPad 了。

那个 iPad，是去年他妈寄给他的。自从离婚后，那个疼爱他的妈妈就像消失了一样。直到去年，把电话打到学校，才又联系上。可郑宇浩对李志军说过："听声音，是我妈。一视频就觉得，好像不是我妈了。"李志军和罗致君也记得，老郑他妈长得胖，梳个短头发，脸色又黑又黄。可视频时，对面的女人又白又瘦，头发染成了黄色，穿得也时髦，看着完全是另外一个人了。

大罗还和李志军嘀咕过："那是老郑他妈吗？是不是他网聊的一个女的？"李志军觉得应该是他妈，他还记得郑宇浩他妈说话平卷舌不分，那个女的也这样，再说，仔细看看，还能看出当时的眉眼。

老郑知道他俩那点花花肠子，有一次主动说："我妈在广州呢"，"她现在每天都练瑜伽，和以前不一样了"。他最后用了一句成语，叫判若两人。

李志军记得老郑提起过，他之所以加入那个群，是因为他觉得干什么都没意思了。突然发现，这个世界上的人看着人模狗样的，其实都是他妈的王八犊子，也只有这个群能提供一些安慰。他爸喝不喝酒、打不打他，郑宇浩已经不在乎了。长大了，扛揍了，几拳几脚算不了啥了。再说，老郑头这几年喝得虚了，手劲儿也没以前大了，打不疼了。

郑宇浩的绝望来自他妈。前几年，他妈就像风一样消失了，刚开始他还盼着，总觉得哪天放学，妈就在校门口等着他，接他放学呢。可一年又一年，他的希望慢慢僵硬又碎裂，最后风化成了渣。郑宇浩告诉自己，以后就没妈了，伤心、绝望了好一阵子。

前两年，他妈一个电话打到学校，母子终于又联系上

了。虽然刚开始时，出现了一点点陌生感，但很快就恢复如初。虽然只是打个电话、发个视频之类的，起码郑宇浩觉得自己又有妈了。

可他到底还是发现了一些不对劲，最近有一次他妈给他邮寄的棉鞋，是用一个婴幼儿用品商店的袋子包装的。还有一次视频时，他听见一个男人喊她，说是该喂奶了。他还听见了婴儿的哭声，他妈慌忙关了视频。

郑宇浩和李志军说："我妈应该是又结婚了，应该是又生了孩子。""我妈这次是彻底不要我了。""朕又没爸没妈了。"

李志军以为老郑就是那个约吧的群主，后来发现不是。群主是一个叫 T 某的女生，微信设置的是仅三天可见。群里的人不多，十四个人。很安静，平时基本没人说话，十一二点的时候，会偶尔活跃一些。但每个人说话都短得不能再短，大多是没头没脑地说一句"决定了吗""哪天"之类的，好像生怕留下什么痕迹。

刚被拉进群的第四天，李志军就被踢了出来。刚开始，他还以为是自己哪做错了，惹人讨厌，后来发现是群解散了。他问过郑宇浩发生了什么，也没回复。尹老师今天问他的两个问题，也是他想知道的，"你们那个群是做什么的？""群里还有谁？"李志军不是一个会撒谎的孩子，老师问的这两个问题都是他不知道的。可是如果换一种问法，如"你是怎么进入那个群的"，"在群里，你们都聊些什么"，他就会如实回答。而现在呢，他只能选择沉默。

老师对李志军寄予厚望，"好学生就是好学生，知道大是大非"，所以尹老师没让李志军像郑宇浩那么站着，而是拉过来一把椅子，像朋友那样面对面坐下，中间隔了一米的距离。可一向老实听话的李志军，一碰到这个话题，就跟郑宇浩一样了。双手放在腿上，眼睛放在脚尖上，规规矩矩地坐着，一句话也不说。

"李志军，你现在说了，属于戴罪立功，还有情可原。你们这么年轻，老师有什么不可以原谅的呢？年轻人谁还没犯过错误？允许年轻人犯错误，就得允许年轻人改正错误，人嘛，都有一个长大的过程。当然了，为了所谓的哥们义气，你也可以不说，可你能不能保证群里其他人也都不说？

你信不信群里那么多人，老师总有办法找到一个诚实的人，可以说出真相。那时候，性质可完全不一样了，你现在是负隅顽抗，性质极其恶劣，最后还得罪加一等……"

李志军长得高，坐在椅子上，比尹老师都高出一头。虽然长得高大，嘴唇上也开始冒出了细密的绒毛，可稚气一旦综合了沉默，挡都挡不住的稚嫩和脸上的青春痘一样惹人讨厌。此刻，这张脸的所有者，绷着单纯的脸，耷拉着单眼皮，一句话不说。

尹老师看看他面积庞大的脸，是正常人两个粗的腿和腿上胖乎乎的手，她怎么也无法将眼前这个沉默对抗的李志军和平时表现良好的李志军折叠在一起，看着还像以前那样老实，可在尹老师看来，他的老实里泄露着一股原来没有发现过的尖锐。这种尖锐由抽象到具体，锥子一样，往心脏上扎。尹老师暗暗地摇了摇头，"近朱者赤，近墨者黑呀"。

尹老师的办公桌靠窗，中午时分，阳光正长，脚步细密，如一只蚂蚱一样，在作业本和纸笔中间窸窸窣窣地穿行。尹老师教语文，靠李志军最近的一摞，是语文作业本，最上面的一本是英语课代表的，笔画清秀。名字的最后还用圆珠笔画了一朵小花，阳光行走到名字处，花朵绽放如笑脸。

尹老师跷着二郎腿坐在椅子上，椅背和后背之间，塞了一个蓝色的靠垫，在肩头露出蓝色的一角。尹老师背光坐着，脸部形成了一个暗影，李志军迎着阳光看过去，老师像是戴了一副面具。两人沉默对视，空气慢慢变得黏稠，视线的投掷变得艰难，李志军的目光也随之模糊。

对面，尹老师的身体在阳光里膨胀，变色，头顶伸出角，颈部延伸出颈盾，鼻孔上方伸出一个角状物，前肢变短，后腿变粗。随着对峙时间的延长，喘息愈发地粗重。伴随着喘息，鼻孔喷出白色的烟雾，如春节时候燃放的大地红，一次次在他俩之间炸裂，发出炮仗一样的响声。

尹老师变成了一头三角龙。

李志军身形后退，抓住腰间的弯刀，准备随时抽刀自卫。

尹老师的身体急剧膨胀，塞满办公室四角后，终于停止变形。李志军被三角龙的一对前肢挤压到墙角，腹部的鳞片

贴在手臂上，黏稠湿冷，丝毫动弹不得。脸向左歪，嘴向右歪，胳膊被拉扯着向前，腿被往后掰扯，像是要被撕裂，鼻子里充塞着一股越来越浓的橡胶味。

趁三角龙喘息，腹部微微变化的瞬间，李志军抽刀挥出。一道寒光闪过，三角龙收腹避让，李志军趁机跳出。稍稍拉开距离，这才看清，三角龙从角到眼珠，从颈盾到前后足，都用铆钉拧紧固定，后肢穿了一双黑红的高跟鞋。脸部铆钉分布得细密，身体部分则略有稀疏，看着分外怪异。

三角龙皮肤发绿，铆钉是银色，经常活动的部位，如颈部、足腕，铆钉光亮如新。不经常活动的部位，如后背刚毛处的铆钉，明显锈蚀了。

就在李志军愣神之际，铆钉崩裂，三角龙所有连接处，自动撕裂，一个三角龙，不到一分钟，就分裂为一个个器官。嘴、眉角、鼻角、眼珠分别袭来，李志军几个翻滚，一一躲过。还未站稳，又有攻击后发而先至，李志军只得再度跃起，闪身躲避的同时，抽空挥刀。波斯弯刀砍在角质的盾牌上，发出一声闷响，震得他手臂发麻。

　　三角龙前肢、后腿、尾巴攻击未果，斜掠过李志军的身体，与前面攻击过的嘴、眉角、鼻角、眼珠会合在一处，再次组合成一条三角龙。仰天嘶吼，吼声混杂了气浪，如龙卷风般快速移动，桌椅、靠垫、作业本跟着漫天飞舞。

　　尹老师冰冷的语气，穿过风暴，如一柄匕首，直抵李志军后心。

　　"李志军，你是一个好学生，不要为了什么所谓的哥们义气，一失足成千古恨。老师教了一辈子书，每三年就送走一个毕业班，从我眼前经过这么多学生，如过江之鲫。你们这个年龄是最危险的时候，好一好，你们就前途无量。稍微走差一步，就万劫不复。你们还不知道深浅，还分不清好赖人。多听听老师和家长的话，谁害你，他们都不会害你。不就是一个微信群嘛，告诉我还有谁，然后，你回去该上你的课上你的课，该当你的好学生就当你的好学生。明年就该毕业班了，好好学习，考上市重点，三年之后，再考上清华北大。那时候，再提起你，老师脸上也有光。大好的前途，不要因为你的一时糊涂而毁了。"

316

武老师进来，撞散了结界，拎着一方便袋冰棍，招呼说"大家吃，马迭尔冰棍"，说是哥们刚从哈尔滨带回来的。

一个女老师说："哎呀，武老师，太客气了，最近净吃你的东西了，你带回家给孩子吃吧。"另一个女声说："刘老师，你就吃吧，咱们都是沾了小赵老师的光。"武老师说："就咱们学校下班那个时间啊，不等到家，冰棍就都化了。大伙吃，大伙吃，跟我别客气。"

尹老师冲李志军摆了摆手，说了一句："回去吧，想好了，随时找老师说。老师相信你是一个好学生，一定能够明白是非。"

7

在东北，李志军他爸个子不算高，也就一米七六。人长得黑，脸上有分明的棱角。因为学的是体育，毕业后又一直当体育老师，功夫没有荒废。最明显的就是，身材没有走样，虽然没有什么六块腹肌，勉强凑出四块还是可行的，看着有一股雄赳赳的英武之气。

李老师篮球打得好，尤其擅长前锋的位置，必杀技是三步上篮，凭这一手，就撞翻过无数好汉。刚毕业那几年，代表市里参加过全省的篮球比赛，熟悉的人都叫他罗德曼。在富拉尔基，也算是一条大虫。

李老师在富拉尔基小有名气，不仅仅凭借着身体好。北方人，嘴皮子都利索，到了李老师这儿，已经不是嘴皮子利索那么简单了，完全可以上升为幽默感了。李老师不止一次地说过，幽默的本质和嘴皮子没关系，是头脑的转速比别人快。不难看出，李老师是一个自视甚高的人。事实上，刚参加工作不久，市水利局就有一次抽调机会，主要是看中了他的篮球天分，希望他可以为水利系统打比赛，争个系统内的冠军。但李老师根本就没看上水利局，他喜欢的是烟草局，哪怕是审计局也行。一犹豫，就错过了改变职业生涯的机会。虽然连他自己回想起来都难以相信，可事实就是，在一重的厂办小学，他一教就教了十几年的体育。

在富拉尔基，李老师也算是家庭幸福那一拨人了。媳妇

贤惠，儿子学习好，工作旱涝保收。可李老师一直不甘心这辈子就这么过了，他是谁啊，不能用一个厂办小学就这么圈住富拉尔基的罗德曼啊。他理应到一个更大的舞台上去蹦跶才对，他也应该比别人更能蹦跶才对。可十几年小学老师当下来，让他认识到一个事实，好像，他这辈子，也就只能这样了。

认识到这一点，李老师就不再像以前那么倨傲了，也学着别人那样，买了一套茶具，没事煮个茶，听听水沸时茶具发出的哨音。这是他听人建议专门去买的茶具，说是烧水时的哨音也是茶道，得水好、茶好、火候好，三方汇聚才能达到的一种境界。现在，没事的时候，李老师晚上也约人出去撸个串、喝个啤酒啥的。喝多了，一起骂骂人，吹吹牛，突然发现，人生原来还埋伏了这么多庸俗的快乐。

媳妇还算通情达理，不像别人的媳妇那么管老爷们儿。喝多了，半夜回家，也没什么明显的怨言，最多是开了门，不说话，转身回卧室，扔下他一个人离拉歪斜地站在那儿。四十岁了，李老师以为，这辈子也就这样了，看来也得像其他人那样，该把人生的希望都交给孩子了。

最近半年，李老师对这一想法又有了新的认知，或者说他对自己又有了一个新的认知。这得感谢一个自称是他粉丝的网友，加他为好友之后，帮着回忆了很多他自己都已经忘掉了的细节，在篮球场上怎么过人，上篮。汗水浸湿了的白背心，怎么贴合在胸口，映衬出健硕的胸肌。甚至还有他上课时，一些不经意间的语句，在那位叫小叉子的网友看来都是智慧和幽默的结晶体。

虽然小叉子不肯泄露更多的信息，可李老师还是凭借一些蛛丝马迹判断出，这位网友应该就是富拉尔基的，最远不会超过齐齐哈尔。他们应该在某些场合有过接触，最近有没有接触还无法判断，因为她说的都是一两年前的事儿。肯定是一位女性，作为一个男人，李老师对这一判断，还是蛮有信心的。

这位小叉子应该是工作了，但年龄不会很大。在他的猜测里，小叉子应该很漂亮，很可爱，也应该很大方，更为关键的是，她不仅仅是崇拜他，很明显是爱他。这股爱意如此

汹涌，随着聊天次数的几何级增长，话题也以迅雷不及掩耳的速度越来越深入，越来越微观。通过这些聊天，他对她的了解，已经从有过几任男友到几岁发生的第一次，到最多一回几次高潮了。

这半年，李老师终于找到了人生渐入佳境的感觉。虽然天寒地冻，可李老师每一天都如沐春风。那个躲藏在手机后面，只能以头像示人的女人，如一个命中注定的奇迹，闪电一样照亮了他日渐晦暗的人生。

每天他们都说话，从天气到心情，从最近看的电视剧到上学时候的一些有意思的事儿，从对周围人的观察到对彼此的想念。往往话题一开，就如江水决堤，肆意奔流。刚开始，两人没日没夜地说话，后来，就约好了一个时间，等待那一刻到来，就像等待高考录取通知书一样激动。

李老师好像一下子回到了十七岁，感觉每一天都空气清新，阳光轻柔，周围的人善良、柔软，说话轻声细语。连学生们都觉察到了，那个严厉的李老师，好像被狐狸精吞下又吐出来一样，完全变了一个人。

　　蔡姐终于发觉李老师最近有点不对劲儿，不出去喝酒了，也不大搭理她，半宿半夜地待在客厅，捧着手机傻笑。夫妻生活也比以前频繁了，凭借女人的第六感，她知道，一定是又出事儿了，只是她不知道，这一次对手是谁。

　　一天晚上，李老师照例在她身上忙活完，一声闷哼，枯树桩一样栽到一边，不一会儿就发出满足的鼾声。蔡姐照例去洗手间清洗完毕，回来推醒李老师，问他："你刚刚操的是谁？"看李老师不可思议地看着她，蔡姐露出刀锋一样的微笑："我问的是，你刚刚在脑子里想的是谁？"

　　李老师不是一个没有前科的人，以前就和学校几个刚分配过来的女老师暧昧过。蔡姐也不明白，那帮小丫头片子到底看上李老师哪儿了？就仰慕他整天夸夸其谈，人模狗样吗？她们知不知道，都是谁帮他洗衣服、做饭、带孩子？是谁帮他收拾起居、照顾老人？要不是她，一个人到中年的老男人，上有老，下有小，一地的鸡毛蒜皮，哪有时间去和她们这帮小蹄子嘚瑟？

　　有时候，蔡姐也会阴暗地想象，要是那帮小丫头知道她

们热爱的李老师袜子有多臭，睡觉磨牙声有多瘆人，还会这么爱吗？爱？没经过生活里那些鸡飞狗跳的破事儿，那叫啥爱啊，那只能叫生理冲动。

蔡姐根本就没把这些小丫头片子放在眼里，稍微一吓唬，就都屁滚尿流地消失了。

不过，也有例外。前年，有一个教英语的，家是齐齐哈尔下边甘南县的。长得还行，就是脑子不大好使，以为李老师能离婚，能和她在一起。小小年纪，嚣张至极，还敢给蔡姐发短信，命令她离开，李老师以后由她保护。蔡姐什么话都没说，拎着手机，找到校长，鼻孔哼出长串的冷气："李老师是啥啊，还由她来保护！"

第二天，那个新来的英语老师就离开了学校。这样做的副作用当然也有，就是李老师基本升迁无望了。学校原本打算升他做教导主任的，这么一闹，全都歇菜了。

蔡姐的神经末梢有些过长，往往事情过去之后，她还沉浸在对这些细节的无原则想象里。每一次，她都无法判定，老公和那些小妖精到底进行到了哪一步，可能只是口头上的爱来爱去，有的也可能已经上了床。无论到了哪个地步，她都会一点点还原，试图拼凑出确切的时间、地点。无法判定的时候，固然令她痛苦，真的核对上细节，完成拼图之后，令她更加痛苦。

这一次，她知道一定又出现了这么一个人，只是还不知道这个人到底是谁，他们发展到了哪一步。

其实，这一次，李老师几次要求说和小叉子见一面。每一次，小叉子都说再等等，理由不是工作忙，走不开，就是生理期，不方便。前几天，小叉子终于答应见面，可临近的前一天，老婆打电话说，有点事儿想和他谈谈，要他晚上下班就回家。李老师以为露馅了，赶紧通知小叉子取消约会，心里惴惴不安了一整天。

晚上，等儿子睡了，老婆才和他说，今天被班主任尹老师叫去了学校。最近李志军学习成绩下降得更厉害了，精神也出现了状况，白天上课一副无精打采的样子。和老师的沟通，也经常性地出现暴躁等不良情绪。更为严重的是，前一天，他们班郑宇浩把尹老师拉进了一个群，不到一分钟，又

324

给踢了出去，应该是发现拉错了人。可就在这么短的时间里，尹老师还是发现了一些端倪。这个群的名字叫约吧，只有十几个人，除了郑宇浩，她还认出了李志军。

蔡姐说，老师分析，乐观一点，孩子应该是早恋了，如果悲观一点的话，那会不会是一个约炮群，这可能是已经触犯法律了。现在的孩子，受社会上一些不良风气的影响，邪恶着呢。郑宇浩就是一个例子，初一的时候，还有点儿上进心，批评他，还能虚心接受，成绩还能往上蹿一蹿。现在刚刚一年多一点，就变得油盐不进，跟一个小流氓差不了多少了，基本上算是无可救药了。这段时间，儿子总和他混在一起。

李老师当然也着急儿子这事儿，可更让他懊悔的是，竟然就这么鲁莽地取消了和小叉子的见面。他对蔡姐说，别着急，都冷静两天，再找李志军谈，别火上浇油，适得其反。在这两天里，无论和小叉子怎么说，再安排见一面，小叉子都回答，以后再议。在这两天里，李老师不但没能冷静下来，反倒是愈发地焦躁。和李志军的谈话，从一开始就弥漫了一层杀气。

李老师看过太多他儿子这种类型的学生，看着是规规矩矩地听着，接受批评，其实心里一万个满不在乎，你说一千句一万句，他两个耳朵反扣过来，堵住耳朵眼，根本一句话都没听进去。

李老师就反复问一句话："你到底处没处对象？"

李志军搬了一个小凳子，坐在家里平时吃饭的茶几边上。右手握着左手，因为害怕，太过用力，指关节都捏白了。他爸妈分别坐在对面沙发的两个角上，李老师前倾了上半身，两只眼睛钩子一样，在儿子脸上四处翻刨，试图找到任何一个可以形成结论的蛛丝马迹。

他妈靠在沙发背上，专心致志地揪沙发垫子上的一个灰色的线头，好像完全没有参与进来。

"没有。"经过喉咙的挤压后，李志军的回答，还没出口，就形状干瘪。等终于吐出嘴唇，第一时间雾化在北方干燥的空气里。

"没处对象，你学习成绩为什么下降得那么快？长能耐

了，是不？还学会撒谎了？敢跟老师顶嘴了？回家也脾气见长了？成天拉拉个脸，你给谁看呢？"看李志军低头不回答，李老师觉得已经击中了对手的要害，遂跃马挺枪，继续逼问，"你知不知道你是什么身份？我问你，一个学生该干什么？小小年纪，还学会处对象了，你那个脑袋瓜子里整天都想些啥呢？满脑子花花事儿，丢不丢人？砢不砢碜？"

赵云面对宫本武藏排山倒海般锐啸而来的无尽战刃，根本无力抵挡。两个照面，就气血上浮，手心出汗，手中的亮银枪几乎无法把持。只能虚晃了招式，一步步闪避。胯下战驹脚力虽劲，可奈何宫本武藏幻化多端，披挂着荆棘之甲的身影，出现在任何赵云视野所及之处。无尽战刃的攻击，如狂涛骇浪般连绵不绝。

"怎么也比你好，你不就是一个小学老师嘛，教的还不是主科，凭什么总骂我！我处没处对象都比你强，我学习再不好也比你好。你一天天除了玩手机，还会干什么？你不会的，凭什么要求我会？大人不会的，凭什么要求小孩会？！"

夜幕低垂如锦缎，星空艳丽如炭火，万千流星次第滑过，天地纵贯为猎猎的战旗。星河坠落，大地燃烧，鼻腔里塞满了煤炭化为灰烬后诡异的香臭味，耳边起伏着百兽惊慌逃窜时的呜咽。

赵云一个踉跄，被宫本武藏抓住破绽，抽中一记耳光。

李志军差点翻倒在地，脸上着了火一般，不疼，但肿胀，耳朵里尽是万物的轰鸣。

应该是李老师仓促下打偏，一巴掌扫中了耳朵。李老师胳膊摆到尽处，荡漾回来，眼前黑暗掠过，用手背又反抽了一耳光，声音刺耳，发出的却是父亲烧水沸腾时茶具的哨音。

赵云从马上跌落下来，大枪也随之落地，转眼消失不见。情急之下，赵云抽出匕首，胡乱地劈刺。对面的宫本武藏像被人按住了手脚，虽也挣扎，可还是被刺中了几刀。血液如箭一般，喷溅到沙发上、茶几上、门框上，一次次如暗器一般发出咄的一声，尖端尽入，露在外面的部分兀自嗡嗡地抖动。

蔡姐一直没出声，可已经偷偷地抹了好几把眼泪。看

到父子又一次闹得收不了场，只好站起来两厢劝慰。李老师气得浑身发抖，一脚踢翻茶几旁边的小凳子，拿起手机，咣当一声摔了门，躲进卧室。李志军看见的是，门虽关闭，父亲怒气冲冲的脸，如门上的福字一样，虽摇摇欲坠可又坠而不落。

蔡姐拉着儿子坐到沙发上，也不说话，眼泪一串串地往下掉，李志军抽了几张纸，塞到母亲手里。两人沉默无言，妈妈低头盯着茶几，任由眼泪涌出眼眶，顺着脸颊奔流。将落未落之际，再用纸拭去。

李志军扭头看向左边，电视音量调到了最低，在播放一个叫《非诚勿扰》的相亲节目，是母亲爱看的。女嘉宾在向男嘉宾提问，男嘉宾垂着双手在听。好像也就是几个星期之前，李志军突然不好意思再看这个节目了，他发现，相亲不就是男女双方见面，看适不适合上床嘛。太直接了，他有些接受不了。

蔡姐独自哭了一会儿，终于积攒了些力气，拉住李志军："小军，妈这辈子吃亏就吃亏在没文化上了，你看我，每天上班收拾海鲜，一身的腥味，和人见面都不好意思靠得太近，怕人烦。你要是好好学习，考一个好大学，毕业后，能在北京上海这样的大城市上班，或者像前面三号楼老张家老大那样，在法国上学、上班，你妈跟着你，也能离开富拉尔基这个破地方，也能跟你享点福，过个好日子，妈这辈子也算没有白活。你现在这样，学习学习，不好好学，越来越驴性八道的，让你妈咋活啊……"

赵云拎着一把滴血的匕首，看着远处流星燃尽，落地之前，化为漫天的乌鸦，呼扇着傻大傻大的翅膀，扑棱棱地冲将过来。所到之处，草木瞬间枯黄，江河一瞬冻结，战士吐血而亡，战马倒地毙命。星辰陨落，天地凋敝，唯有《非诚勿扰》的灭灯声，惊心动魄地响。

宫本武藏的蝴蝶镖破风而至，钉入赵云肩膀。蝴蝶镖见血化为万千的蝌蚪，随着血液的流动，往四肢百脉里钻。赵云顿觉奇痒无比，胡乱去抓，抓得血肉模糊，身体上虽有轻微的疼，可心里隐隐有些舒畅。有几个蝌蚪率先钻入心脏，赵云胸口憋闷，艰于呼吸，心脏处一剜一剜地疼，像刚被大

象踩踏过，被烈火炙烤过，被滚油浇过，被冰块凉过，被蜜蜂刺过。

他痒，又不能抓。他疼，又不能揉按。

细雨冷风中，赵云抬手自下而上，一刀一刀戳向自己。匕首深入至骨，拔出时，牵连出肉丝，形状垂弯，像是十二岁那年，母亲绑在他手上的红丝线。几下之后，鲜血喷涌，心里的痒痛稍解。赵云低头，看见自己的身体如喷泉，脸上露出孩童才有的笑。

8

一重初二一班的英语课代表叫张悦，住在一重家属区的七号楼。她爸是一重最厉害的翻译，有同学看见过他，瘦得像麻秆。戴一副眼镜，看人时，先把眼睛抬出来，架到眼镜片上，从眼镜框上往外看，额头同时堆满皱纹，像是《精灵旅社》里的德古拉公爵。

大人说，张老师是富拉尔基唯一懂得三门外语的人，英语是上学时学的，俄语和法语都是自修的。一重从国外购买回来的设备，都得经过张老师带人调试，再把说明书翻译成中文，才能使用。要是张老师都鼓捣不明白，那基本就等同于一堆废铁了。前两年，张老师得了糖尿病，不大出屋了，以前吃了晚饭，总能看见他带着女儿散步。两人边走边用外语交谈。家长看见了，没一个不眼红的，"你看看人家小张悦，这才叫赢在了起跑线上"。

张悦是初二一班最受欢迎的女生，不仅仅是她英文好，发音纯正，还会唱英文歌，李志军听她在班里唱过 Trouble Is a Friend，如五雷轰顶，浑身酥软，动弹不得。张悦长得也好看，一对小虎牙，笑起来，脸上的酒窝能把人淹死。最最关键的是，张悦性格好，没和谁吵过架，总是笑。

张悦成绩也好，各科总是能压李志军几分。有一回，李志军觉得发挥不错，虽说英语不能和张悦比画，可估摸着，这一回，语文、历史、地理这几科应该可以压她一头。成绩出来后，仍是都差了几分，张悦还是全年级第一。

尽管如此，李志军从没有把张悦当过竞争对手，相反总

想看到她，想和她说话，可又不敢。尤其是上了初二之后，李志军每天都想着早点上学，因为班级第三排最右边的位置，坐着张悦。只要她在，教室就阳光灿烂，炙热如夏。

这两天，李志军都比较安静，下课也不出去，双手叠放在书桌上，下巴叠放在手上，眼珠子乱转。尹老师又找过他一次，可看他把脑袋塞到裤裆里那股蛮劲儿，不到三分钟就烦了，摆摆手，像驱赶一只苍蝇那样，让他赶紧走。

自从那次和李志军打架之后，郑宇浩也老实了。一到课间，就去走廊晒太阳，坐在教室里，也听不见他抻着公鸭嗓在外边白话了。大罗找过李志军，说老郑后悔说那个女的像你妈那句话了，他跟你道歉。可李志军跟听不懂他说什么一样，眨巴着眼睛，不作应答。

父母找他谈话的那晚，李志军跑到姥姥家住了一宿。第二天没吃早饭，就上学去了。起得太早，到校的时候，天还没完全亮。开了灯，独自坐在教室里，陪伴他的只有头顶的日光灯管，每隔几分钟就发出嗡的一声，像是困兽的挣扎。

李志军坐在班级的最后一排，英语课代表张悦是在第三排，一抬眼就能看见。时间还早，人还没来，可以看见她的书桌上也堆满了书，收拾得如同花园里的小径一样整齐。李志军看看外面，黎明正在到来，路灯光愈发地微弱，他知道，再过一会儿，同学们就会陆续到校，教室将被再一次塞满。

李志军小心地站起来，小腿碰到椅腿，发出巨大的响声，李志军伸手按住椅背，发现手在抖。稳了稳心神，好像用了一个世纪的时间，才挪到张悦的位置。两排书堆在书桌的最前面，一排的最上面是一本英汉词典，另一排的最上面是一本练习册，淡黄色的封皮上写了班级、名字等信息，名字后面用圆珠笔画了一朵小花。

他看了看书桌里面，只有一瓶护手液。拿起来，一股淡淡的香味，就是他平时闻到过的她的味道。

走廊里响起脚步声，应该是有人到校了，打招呼的声音传进李志军耳朵里，有震耳欲聋之感。慌乱之际，李志军撕了张悦的一张纸，写了"放学后，松树下见"，塞到英汉词典里，逃窜回座位。罗致君推门进来，看见他一愣，随口

问："怎么这么早？怪不得学习好，真用功。"

李志军在等一个消息。等得他上课无心听讲，眼前漫山遍野的逃兵，如潮水般溃败。从课桌的书本上跌落，从课桌上跌落。从椅背跌落，从椅子的坐垫上跌落。

终于等到放学，他一直磨蹭，直到看见英语课代表开始收拾书包，才将桌上东西一股脑儿划拉进书包，冲出教室。

一重二中的主校区，原来是一重的厂办公室所在地，始建于二十世纪五十年代，建厂的同时，栽种了高大的杨树和松树。几十年过去，平房早就被五六层的楼房取代，厂办公室也成为学校的教学楼或办公楼。当年栽种的树木，如杨树，大都被砍，重新种植了榆树和柳树。虽然树龄不长，可长势汹涌。夏天时，已经亭亭如盖。冬天，枝条干枯，在寒风里，仍然簌簌有声。

在后来栽种的榆树和柳树中间，有几棵松树是市级保护树木，尤其是后操场那几棵，据老人说已经超过两百年。即便是冬天，仍然枝叶繁茂，远远看去，一团浓绿。有了古松树的遮挡，这里也成为二中最神秘的地方。男生要是能把女生约到后操场来，在这几棵松树下站一会儿，说一会儿话，就预示着两人的关系已经不一般了。据说，一部分在感情世界里先富起来的学生，会经常到这儿来幽会。郑宇浩说，他还看到过有人在这里亲嘴。

可惜，李志军在寒风里站了半个多小时，也没能看见张悦的影子。眼瞅着天黑得有点吓人了，冷得他实在受不了，才一路狂奔回教学楼。二楼的灯已经关了，走廊里黑漆漆的，脚步声被寂静夸张到让人有些毛骨悚然，像一个巨大的怪物，踏着缓慢的脚步，在慢慢逼近。初二一班的教室门已经上锁，用手去推，纹丝不动。在外面待了太久，透心的寒意，令他禁不住发抖。可是李志军咬住嘴唇，怕一张嘴，心脏就从嘴里跳出来。他在心里反复默念："打冷战是身体的毛孔在收缩，肌体要留下足够多的热量来维持自身的平衡。"

当天晚上，李志军夜不能寐，关了灯，仍双目如炬，看见宫本武藏披了校服，坐在教学楼顶，敲击手里的冰痕之握，就着曲子，唱家乡的小调："一不要你愁来，二不要你忧，三不要你穿错了奴的那个花兜兜……"

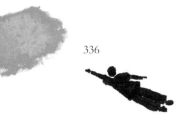

第二天一整天，李志军都在偷眼观察张悦。原来，她和同桌扎马尾辫的皮筋，都用五彩的线缠过。原来，上课时，她也打瞌睡。原来，正午时候，阳光照到脸上时，她的皮肤竟然是透明的。

放学的铃声，像地雷一样，在李志军耳边发出巨大的爆炸声。在此起彼伏的火光里，他还像昨天那样一边磨蹭，一边收拾东西，可心里空落落的，不再像昨天那样起伏着忐忑、激动和电流一样滑过的甜蜜。随着同学们如退潮般陆续散去，李志军手脚愈发沉重，胸腔憋闷，每一次呼吸都变得艰苦。

今天张悦收拾书包就收拾了有一万年，等终于把要装的东西都装进去之后，她回头看了一眼，把双肩包背在右肩上，离开教室。

那一眼，如一记重锤，只一眼的时间里，就捶打了李志军心脏几百次。他手忙脚乱地装东西，课本、作业本、复习资料、笔、水杯……手一抖，水杯掉到地上，滚去了前排。他拎着书包，低头跑过去捡，不想书包带挂在了前面的书桌上，稀里哗啦地带翻了四五张书桌，惹得还没离开的同学，纷纷回头看他。等把这一切都恢复原样，好像又过去了一万年。匆忙之间，水杯好像瘪了，他也没顾得上仔细看，往书桌膛里一塞，撒腿就往外跑。

昨天从教室到后操场也就几步路远，今天发现这条路竟然这么漫长。终于拐了一个弯，李志军看到一棵松树背后露出一个红色的书包，他知道，张悦背的就是红色的双肩包，应该是JanSport的。他慢下脚步，稳住心神，调整好呼吸。摘下书包，拎在手里，觉得还是不对，重新背起。好容易背好了书包，可又忘记了先迈出哪条腿。

又走了几步，李志军确认，背着红书包的就是英语课代表张悦，他已经看见了她的马尾辫。此时，月亮西移为太阳。寒风吹彻为春风。榆树泛青，柳树枝丫伸展为绿丝绦。地上枯草回绿。河里冰块荡漾成涟漪。空气变得香甜，脚步也随之轻盈。

李志军很快又放慢了脚步，他发现，张悦对面好像还站立了一个人。高大如鹤，穿了一件黑色的羽绒服，帽子扣在

脑袋上，一时看不清是谁。两人明显在说话，应该是张悦在说，那人一直低着头倾听，时而抬手，摸摸张悦的头。

赵云纵马跑到山顶，打了一个回旋，一手提了缰绳，一手提着亮银枪，抬眼望去，脚下战旗飘卷，大营连绵无际。兵器如秋天的稻谷，码放得整整齐齐，正被一个个拾起，被虎狼一样的士卒握在手中。盔甲按照颜色堆放，赤橙黄绿地排列开去，正一件件地穿到战士年轻的躯体上。

有百户长、千户长跃身上马，从随行的侍卫手里接过大枪。弓箭手从箭袋里抽出羽箭，会挽雕弓如满月，箭尖向上，如森林般指向太阳。骑兵排成一列，竖握着长矛，黑色的骏马，披挂了黑色的具装铠甲，踏着整齐的小碎步，向前整体推移。矛尖闪耀，夺人的双目，如手中举着一轮轮朝阳。

赵云单枪匹马，面对着百万大军，绝望如乌云遮住了太阳。地上的阴影，如一个恶毒的诅咒，缓慢移来，一步步笼罩了自己。

擎着大枪，左右环顾，山顶寒风吹塑甲，脸上的伤痕，愈发地火辣。一个穿戴了黑色铠甲的将军，戴着黑色的面具，骑了一匹黑色的骏马，手持缰绳，信步而来。有四个精壮的武士，抬着他的冰痕之握，亦步亦趋地跟在后面。稍远处，千军万马，旌旗招展，尘土飞扬。

将军的马头堪堪碰触到赵云的马头，伸手摘了面具，露出罗致君的脸，赵云的亮银枪轰隆隆坠地。

先是发现罗致君惊慌的表情，再听到身后的声音，张悦回头，也发现了李志军，脸上又羞又怒又惊又慌。

"你们在干什么？"这句话问完，李志军头脑空白，四肢轻盈，身体慢慢向上飘浮，身体各部位，化为缤纷的花瓣，随风飘散。

罗致君嘴巴开合，似乎在解释什么。风声呼啸，声音化为碎片，如初春的凌汛一般，一半话在水面上漂浮，一半话在水底潜行。

李志军走近，想听清他在说什么。张悦似乎有所误会，挺身拦住，转头对罗致君喊了一句："你先走吧。"罗致君犹豫了一下，转身跑走。拉开一段距离之后，停身观看。张悦

冲他又喊："你快走，我和李志军解释。"罗致君拐了一个弯儿，消失在教学楼尽处。

张悦双手死死抓住李志军的羽绒服："对不起，李志军，我以为那个纸条是罗致君写的。以前我们从没在学校里单独见面，我还以为发生了什么大事。你误会了，如果我的什么举动让你产生了这种误会，我向你道歉，对不起，李志军，都是我的错……"

"李志军！张悦！真的是你们两个在搞对象。"二中教体育的武老师和教初一语文的小赵老师，从松树的另一端绕出来，将不可思议的眼神，搁置到他俩身上，反复研磨。

张悦的手还抓着李志军的羽绒服，李志军的手还在往外推张悦的手，从两位老师的角度看过去，两人的手正握在一起。

武老师看了一眼小赵老师，小赵老师也看了一眼武老师，两人脸上露出了一种奇怪的如释重负的表情，然后又心照不宣地望向了他们两个。

张悦急着辩解："不是，武老师，你误会了，我们什么都没有做，就是有些事情需要解释清楚……"

李志军像刚从冰窟窿里爬出来一样，虽然身体还在发抖，可脑子突然清醒，也赶紧说："武老师，我找张悦，就是想说一点事，不是搞对象。"

武老师根本就不听他俩的解释，转过头对小赵老师说："你看看，现在的孩子，都抓住现行了，还敢犟嘴。"又把头转回到张悦和李志军这边："还说点事儿，你俩说说，都啥事儿？我也正好听听。"

李志军一时语塞，不知道从何说起，嘟囔着："就是最近心情不好……"

武老师摆了摆手："嗯，心情不好，这个借口挺好。小小年纪，还心情不好，你们能有什么心情不好的？吃得好，穿得好，是不愿意学习吧？是想和女生拉拉手吧？就好像老师不知道你们那点小心眼儿似的。走，还有什么心情不好的事儿，都先回办公室再说。"

李志军突然对"办公室"三个字生出莫名的惧怕，不知道哪来的犟劲，梗着脖子顶了一句："我不去办公室。"扭头

赫然看到张悦在哭，愈发地焦躁，发起狠来，说："我们问心无愧，为什么让去办公室？"

武老师上来拖拽，顺手给他了一巴掌，打在李志军的脑袋上，伸手去抓他衣领："走，越来越不像话，再不管，你们就得杀人放火耍流氓了。"

李志军胸中的焦躁如干柴遇到明火，嘭的一声，蹿起多高。抬手一划拉，打掉了武老师伸过来的手。武老师没有想到竟然有学生敢和他动手，本来李志军就身高体胖，有的是力气，再加上没防备，武老师一个趔趄，差点摔倒。

小赵老师在一旁发出一声惊呼，武老师面子挂不住，也发起狠来，上来抓住李志军衣领，一用力，将其摔倒在地，嘴里骂着："和你爸一样，你爸就搞破鞋，你这么小，也搞破鞋，真他妈的随了根儿了。"

李志军被"搞破鞋"这三个字彻底点燃了，一股热血从脚底直冲到头顶，他突然发现自己对张悦的感觉竟然这么污秽，这么见不得人。他对父亲隐隐的猜测，被当众揭穿，而自己竟然和父亲是一路货色，脸上像被打了几耳光一样火辣辣地疼。他仿佛看见，旁边的张悦，不，是全校，是全富拉尔基的人，都在朝他身上吐吐沫。

李志军分不清接踵而来的恼羞成怒是对自己还是对武老师，野兽一般低吼了一声，冲上去，狠踢了武老师一脚，武老师发出一声呻吟。一旁的张悦，眼瞅着事情越闹越大，像被烫着了似的，发出撕心裂肺的哭声。

李老师和蔡姐两口子赶到一重二中语文组办公室的时候，已经是晚上八点多了。

办公室里只有尹老师、武老师和教导主任崔老师，各坐在一张桌子后面。尹老师坐在自己办公桌后面，右手握着一支笔，盯着手里的一个作业本，好长时间没有动了。武老师坐在小赵老师的位置上，在玩手机，大拇指纷飞，应该是在打字。小赵老师根本没来办公室，从操场直接回家了。教导主任崔老师盯着桌上的保温杯，时而端起来喝一口茶水，然后继续盯着。李志军站在地中间，脚下放着书包。

李志军的问题比张悦更严重，他竟然殴打老师。所以，张悦的母亲可以解释几句，先行接走了张悦，可李志军不行。

李志军爸一进办公室，抬手就给儿子一嘴巴，紧接着就是一脚，想抬手再打时，被武老师拉开。两人是大学同学，同校不同届，李志军他爸比武老师高了五届，是后来工作后才知道的。富拉尔基不大，圈子更小，两人因此也亲近了一层，平时还一起打个球、喝个酒什么的。今天竟然在这样的场合见面，都有点别别扭扭。

李志军妈站在尹老师桌边哭，恳请她再原谅李志军一次。本来就不善言辞，再加上生气，一直断断续续地哭，根本没法说出完整的话来。尹老师一脸正气地端坐着，眉头拧成了一根麻花辫，就像没看见眼前的志军妈一样，圆珠笔如一支金钱镖一样，在手里转得飞快。

另一边，武老师主动和师兄解释："李兄，你看看这事儿闹的，原本就是自己家的事儿，我把小军当自己孩子，看他做坏事，打他两巴掌。我这个当叔的，替你教训教训他。可前一段时间，他们微信群那个事儿，你也知道，还一直没解决。他们几个当事人对抗情绪也太严重了，学校很是重视，我也没有办法，还劳动了崔主任出面……"

尹老师的要求很简单，只要李志军把那个叫约吧的微信群说清楚，包括都有谁、都做过什么，今天的事儿，就算了。否则，学校可以报警，因为学校怀疑那个微信群是一个犯罪组织，进行过一些触犯了法律的活动。尹老师敲了两下桌子："今天李志军同学令人痛心的表现，已经足以说明那个群的危害性了，必须悬崖勒马呀，必须亡羊补牢啊，也必须严肃处理，以儆效尤啊。"

崔老师是二中的老教导主任了，学生在背后都叫他辣手狂魔。传说他刀枪不入，飞檐走壁。崔主任能不能飞檐走壁没人看见过，在课间操的时候，二中的学生倒是总能看见他阴沉着脸，站在讲台边，用饿狼盯着小绵羊一样的眼神，盯着面前的学生。背后一团的黑雾，像两个翅膀一样，萦绕不散。在教导主任这个岗位上，老崔同志已经干了快二十年，老师都说："在二中，没有崔主任整不明白的事儿。"约吧微信群这件事，让他有点下不来台，都过去快两个星期了，一丝缝儿都没有，这成了他老崔的职业生涯中前所未有的疙瘩。

李老师一进来就看见儿子站在地中间，像是被审判的犯人一样，气儿就不顺。都是一个系统的，学个习、开个会什么的，也都是低头不见抬头见，咋地啊，有权不用，过期作废呗？得理不让人呗？你们的孩子都大了，用不着我了呗？你们孩子的孩子，就不进小学了呗？那个破微信群，我儿子又不是群主，怎么不找郑宇浩呢，柿子专挑软的捏呗？

事到临头，李老师还是冷静了下来，他知道不能把事儿搞大，毕竟今天这件事，是李志军不对。屋里人虽多，可得知道谁才是大小王。

李老师不大抽烟，但随身总带着一盒硬包的中华，抽出两根，分别给崔主任和武老师点上。烟和酒一样，都具有某种不可言说的神秘力量，再僵硬的场合，有烟酒掺和进来，都会松软。可今天不一样，两人抽了一口，办公室升腾起两道烟雾，直线上升，袅袅作散。武老师继续玩他的手机，崔主任继续盯着他的保温杯。李老师被晾在当场，只能自己也点着了一根烟，烟囱一样，喷出两口浓烟。

尹老师说话依旧不紧不慢："蔡姐，我们当老师的实在是太难了，既要为学生负责，也要为家长负责。对学生，打不得，也骂不得，只能讲道理，循循善诱，可现在的学生越来越不好管理了，在家都惯得跟祖宗似的，到了学校，更是无法无天。你家李志军，我算是看错了人，原以为孩子老实本分，学习还不错，好好培养，也能有个什么出息。谁承想，变成了这样。学校是尽了力了，希望你们当家长的也能配合学校，上次那么着急找你们来，这么多天过去了，什么动静都没有，也不知道是你们当家长惯孩子，还是主观上不愿意配合学校工作……"

李志军看见他妈一边抹眼泪，一边频频点头，一边挤出微笑，讨好地望着尹老师。看见他爸虽然也抽着烟，可眼睛一直盯着崔主任，脸上也挂着讨好的笑。时间太长，笑得都有些僵硬，可仍然凭借着钢筋一般坚硬的毅力，努力地笑着。

崔主任一根烟抽得差不多了，咳嗽了两声，抬头看向李志军他爸："李老师，你也是老师，咱们都是一个系统的，我就不拐弯抹角的了。目前这个情况，我不说，你也能知道

有多严重。作为家长，你们在面对李志军同学的问题上是不合格的。学校内部的事情好处理，最担心的是否涉及一些法律层面上的问题，这个责任学校也承担不起啊。我们都是老师，也都是家长，更是中华人民共和国的公民，遵纪守法这事儿就不需要我再做普及了吧……"

李志军看见他爸越听，腰越弯，崔主任没说几句话的工夫，他差点弯曲成一个虾米。

李志军的眼前火山在喷发，灼热的熔岩纵横流淌。大坝在溃堤，洪水如狂奔的象群，所到之处，山川崩塌，森林倒伏。闪电在空中划过，雷声从天边滚过。赵云浑身是血，眼前刀剑仍如山般撞来。赵云左躲右闪，一路冲杀，可还是负伤无数。白袍已经被鲜血染红，胯下的战马，也中了几箭，有血渗出，步伐也不再灵活。

尹老师坐在位置上，发现站在地中间的李志军左右摇晃，似乎在躲避什么，脸上有狰狞之色，看着极为诡异。用手指给蔡姐看。蔡姐回头，看见儿子拎起书包，背在肩上，仔细调整了带子的长度，回头看了看屋里的人，转身离开。

在尹老师和蔡姐呆愣之际，崔主任还在说，已经从李志军的个人问题，延伸到了国家教育层面，并把话题拽向一代人的素质问题上。

突然，崔主任停顿了一下，用食指关节敲了敲桌面，话锋一转："武老师，你一直在看手机，手机里有什么？"武老师连忙放下手机，慌乱之间，没来得及锁屏，李老师发现一个熟悉的头像出现在聊天界面里，但名字不是小叉子，而是小小。

他突感眩晕，眼前的一切都如在水中一样漂浮起来，隐约间，听见崔主任在问："武老师，你和小赵老师为什么会在那个时间出现在后操场？"

然后，李老师看见他的老婆，一边喊着"小军"，一边追了出去。

9

大家庭是富拉尔基最大一家超市，位于和平路和光明

350

街的交界口，对面是一家汉堡王，再往前走不到三百米，就是富拉尔基的长途汽车站。以前这里是富拉尔基最繁华的地方，每天都有往返的人流从四面八方汇集到这里，又从这里散开，赶往各自四面八方的目的地。

最近几年，城市建设太快，锦江新城那边原来还都是菜地，现在高楼林立，据说高铁站好像也要建在那边。要是真的话，市中心就得改到锦江新城那儿了。

大家庭超市一共三层，地下一层是停车场，真正的卖场是上面两层。蔡姐所在的生鲜区在一楼，李志军去的百货区在二楼。为了方便顾客，每层都有自己的收款柜台，二楼的顾客不需要再绕到一楼结款。所以，李志军买完水果刀后，是在二层的收款处结的账。收款的大姐看他用的是同事蔡姐的会员卡做积分，还多看了他一眼。

李志军出了大家庭超市，站在垃圾桶边，撕掉水果刀的包装。两折叠的小刀，看着还算锋利，刀尖很容易就捅破了包装纸。他小心地折叠好，揣在怀里，把包装纸扔进黑色的垃圾桶。

　　下午第一节课是英语，今天英语课代表没来，说是感冒了，家长打电话跟老师请的假。罗致君也没来，座位上一直是空的。李志军总是不由得张望张悦的位置，再看看罗致君的位置，脑子里像卡顿一样，频繁闪现他俩在松树后面牵手的样子。他想，他们都没来，是不是出去约会了，现在是不是已经拥抱在了一起。但很快，脑子里又被父母昨晚形状相同的卑微挤满。

　　这不是李志军第一次在母亲脸上看到那种卑微。母亲善良，她也说自己没什么能耐，所以第一次看见她向一个买衣服的男人道歉，脸上遍布了讨好的表情时，他没有那么大的震动。可后来连着好几天，他都梦见母亲被不同的男人暴打。每一次都尖叫着醒来，握着拳头，一身的冷汗，不知道拳头该砸向何处。

　　李志军每一次听母亲说起她为家里、为自己做的那些事，都忍不住哭。刚开始的时候是心疼母亲，觉得妈妈真的是太不容易了，为什么这个世界这么不公平，母亲这么努力，人这么好，还总是遭受这些？后来慢慢地，一听到这

些，心里就如烈火烹油般煎熬。他知道母亲接下来要说什么，他不想听，可又不能不听。他替母亲伤心，可又隐隐觉得哪里不对。疑问像爬行动物一样爬满全身，他想动又不敢动，想逃又不敢逃，只能坐在那里，任凭冰凉的寒意和炙热的疼痛轮番淋了满身满脸。

有一天早上，母亲又起了个大早，抢了便宜鸡蛋回来，用很大的力气关门，惊醒了他。他知道这么大的关门声，固然是母亲手里提着鸡蛋，不方便，可也是有意无意地泄露着炫耀。他发现了母亲庸俗的一面，这一发现，把他自己都吓着了，这可是他妈啊，他一直觉得母亲是全天下最漂亮、最伟大的妈妈，怎么会和一个贬义词连接在了一起呢？

后来，他发现母亲爱占小便宜，不排队，尤其是那天晚上，他突然知道了父母卧室里的声音，可能是什么意思之后，他就在每一个夜晚入睡前痛恨母亲，早上起床后，他又为昨晚的恨而愧疚一整天。晚上学习结束，躺在床上，那股恨意如蛇一般再冰凉地爬上来，盘踞在他的梦里。

李志军从小就不喜欢父亲，因为父亲太忙，总不搭理他。他都是和母亲玩，对父亲也从未表现出丝毫亲近的欲望。可偶尔有那么两次父亲教他跑步，他竟然有欣喜若狂之感。父亲什么都懂，什么都应对得来，从来就没有慌乱过，虽然不怎么和他娘俩说话，可有他在，娘俩都踏实。

上学后，李志军进入了父亲所在的厂办小学，整个小学六年的时间，父亲又同时承担起了老师的身份，这令李志军经常性地分不清"父亲"这个词到底意味着什么，他永远也处理不好，在学校和在家里应该如何区别对待这个男人。

小学五年级，父亲教他正确的跑步姿势那天，他突然明白，所谓他不喜欢父亲，只是他害怕父亲的一个遮挡动作。他对这个男人偶尔施与的父爱，竟然如此激动，像是从一出生就开始的等待。

昨天，武老师那句"和你爸一样，你爸就他妈搞破鞋"摧毁了他。他曾经一直仰慕的，碎裂了。他曾经暗暗倚靠的，坍塌了。在尹老师办公室，李志军第一次看到父亲在别人面前点头哈腰，他才绝望地发现，父亲的谄媚比母亲的讨好更令他幻灭。

如果说，之前武老师那句话已经刺得他心在滴血，那么他亲眼看见的，则让他的心碎了一地。

承认父母是一个普通人，比承认自己是一个普通人，更让人肝胆俱裂、万念俱灰。那一刻，宝雕弓，折。亮银枪，断。黑犀铠甲，尽毁。赤兔马，力竭而亡。八百里连营，浩瀚无边。他，闯不过去了。

一重二中的办公楼在主教学楼对面，中间隔了几个花坛和稀稀落落的柳树。有两条路可以通向办公楼，一条是工人用砖石铺成的，拐了几个弯，伏现在草木中间。另一条路是被性急的人在花木中间踩踏出来的。后踏出来的小路光滑，看来经常有人抄近路走，而砖石的小路则有芜杂的荒草，看来很少有人愿意走绕远的正道。

现在，李志军全身冰冷，只有怀里的水果刀滚烫，紧紧地攥在手里。他没有走大家经常走的那条小路，而是拐着弯，让每一步都踩在砖石上。心里想着，果然走正道绕远。

体育组在办公楼一楼的东南角，是里外的套间，最外面的一间堆满了器材，像鞍马啊、足球啊、海绵垫子啊什么的，最里面才是老师们的办公室。体育老师的办公室和其他科的办公室不大一样，桌上没有那么多书和作业本，体育老师也不常待在屋里，他们把有限的时间都用在了向体能极限发动挑战这种很奥林匹克的事儿上了。

办公室的一位老师对李志军说："你去语文组看看吧。"没等李志军出去，听见另一个老师嘀咕了一句："武老师都快成语文组的了。"

语文组在三楼，走到二楼的时候，李志军在大玻璃门那儿站了一会儿。今天阴天，没有太阳，远处乌云宽厚，如奔马，似海浪，层层叠叠，随风翻滚。站在门里，李志军有隐约的寒意，从头顶贯到脚底板。

语文组的办公室把着三楼的楼梯口，门开着，还没到门口，就能听见里面武老师的说话声。不时还有啧啧啧这类的语气词，将谈话烘焙在一个恒定的高温里。语文组的老师们对昨晚的事情，表现出专业的求真精神，你一言我一语地将事件缝合成一件八卦，上面缀满了绯色的流苏和黑色的优越感。

后来，尹老师在接受《新闻 1+1》采访的时候说，她一直在批改作业，没有发现李志军是什么时候进到办公室的，听到小李老师发出惊呼后才抬的头，就看见武老师抓住李志军的手，李志军的手抵在武老师小腹处。等到大伙将两人拉扯开，尹老师才发现，李志军手里握着一个红色的东西，像刀，可又不敢确定。等武老师趁机夺下之后，才确认就是一把红色的小刀，她家里也有一把，削苹果皮的。尹老师想要过来再仔细看看，可武老师好像没有听见，将小刀折叠好，收在自己的裤兜里。后来，这把小刀出现在崔主任的办公桌上，成为对李志军事件定性的重要物证。

整个过程，李志军一句话没说，武老师除了刚开始那句我×，也没说一句话。两人如两头野兽一样，一声不吭地对峙着。语文组的七八位老师面面相觑，不知道该怎么处理。尹老师最先反应过来，她命令李志军回教室，因为"这节地理课已经开始了"。

课程还没上到一半，蔡姐就来了，站在教室的门口，气喘吁吁地说："白老师，能不能让李志军出来一下？"白老师点头示意李志军，等他出去，关了门，才继续讲解中国山脉的分布："东西走向的山脉中，最北列是天山和阴山，中间列是昆仑山和秦岭，最南列比较好记，就叫南岭……"

很快，蔡姐的哭声顺着玻璃缝，侧身挤进了教室："你怎么这么不省心啊，我和你爸一天天累死累活，为了啥啊，不都是为了你？咱家啥样你自己不知道吗？没钱没势，没能没耐的，全家有啥好吃的尽着你，有啥好用的给你留着，你怎么这么不争气啊……"

白老师和学生们拥到窗边，这个人的脚踩到了另一个人的脚，这个人的脑袋碰到那个人的下巴，虽乱但都沉默，不出一声，如夏天的蜂群。

大家看到李志军和他妈就站在走廊的栏杆边儿上，李志军脸朝里，迎接着他们班同学的注目。志军妈背朝着大家，一把鼻涕一把泪地数落着。李志军面色平静，抬头看着远方，好像远方有什么大事正在发生。

"你这样下去，你以后咋办啊？你让你妈咋活啊？早知道你这样，还不如小时候把你掐死了。要不，我就一把药吃

了，也就一了百了，咱俩都死了得了……"

李志军看见父亲和崔主任、武老师等一帮人，出现在走廊的尽头，一边往这边走，一边说话。楼下，警笛声由远而近，几人停顿，齐齐侧身往外看。

宫本武藏的大军排列了一字长蛇阵，如乌云压境一般横推过来。马蹄声、脚步声和铠甲的撞击声，伴随着雷声，从天边轰隆隆地滚过。队列最前面的重骑兵挺着长矛，戴着黑色的面具。紧跟在后面的是短刀手，披挂着五色的软甲。有四头大象，在短刀手中间缓慢地行走，鼻子卷着一枝红色的玫瑰。一只苍鹰，从天边急掠而过，打了一个盘旋，再次一飞冲天。

宫本武藏骑跨在一匹骆驼上，手中提着冰痕之握。黑色的荆棘之甲外面，系着一条黑色的披风，随着骆驼的走动，披风无边无际，随风飘扬，遮挡了后面的队伍。宫本武藏的左面是哪吒，胯下战马打着响鼻，马蹄声踢踏，手中的暗影战斧，随意敲击着马镫，轻声哼唱。嗓音尖锐，如邪如魅。宫本武藏的右边是白起，红马镰刀，竟然穿了一件大红的旗袍，高领束腰，开衩极高，随着马匹的行走，如一团涌动的火焰。

大军对面，赵云白马银枪，长身而立，身上的铠甲随风抖动，发出簌簌的回声。他拍了拍马头，飞身上马。赤兔马右前蹄刨地，鬃毛竖起，如一头发怒的雄狮。赵云勒紧缰绳，掂了掂手中的大枪，挽了一个枪花，宛如游龙出水。他如右手拍左肩一样给自己打气："嗯，力气还在，老子终究还是一个优等生。"

天上乌云飞速翻滚，时而遮住太阳，旷野暗如黑夜。时而露出太阳，翻滚的乌云如镶了一道金线，有说不出的诡异。一番挣扎，几缕阳光如利刃劈开云朵，金色的光芒如雨水般洒落下来。

一股劲风袭来，赵云抬眼观瞧，只见母亲正抬手欲打，可终究还是没有忍心下手。李志军看了一眼母亲，又看了一眼她举在半空中的手。他自己抬手，车轮般一巴掌一巴掌地抽自己耳光。声音清亮，在走廊里令人心惊地回荡。

对面的母亲惊呆了一样怔住，不可思议地看着他。玻璃

窗后的同学也愣住，屏住了呼吸。走廊另一头的父亲和老师也愣在当场。

李志军嘴角泛起微笑，说了一句："对不起，妈。"转身，扑下阳台。

几乎一个冬天都没下雪的富拉尔基，这时候下起了大雪。西北风急，雪花如箭矢一般扑向地面，李志军也如一片雪花般急速下坠。人体下坠的速度比雪花坠落的速度快，撞得雪花在空中四散地飞。最后，一具人体率先落地，发出一声闷响，雪花随后纷纷落到人身上。白色的雪，洇出红色的河流，曲折蜿蜒。

天上流云飞逝，地上枯叶纷飞，轰隆隆一声惊雷过后，下起了雨夹雪。不过，随着雨雪一起飞落的是形状各异的鱼，好像有人打翻了一兜渔网。雨点掉到地上，钻入泥土里。鱼掉到地上，鱼嘴徒劳地张合，胡乱地蹦跳，大小不一，品类多元，有嘎牙子、鲫鱼瓜子，还有家养的金鱼。

赵云一提缰绳，白驹人立长嘶，大枪急横，冲向宫本武藏的大军。赤兔马纵至最高处，将落未落之际，一块白色的云朵，棉花一样，飘浮在马下。马蹄轻踏，借力使力，再一个纵身，落在另一朵浮云之上。

赵云白袍白马，一杆亮银枪，在白云上奔驰，冲向宫本武藏的大军。如一滴水，落入黑色的海洋。

10

李志军看见自己跳下楼，父亲、崔主任、武老师惊呼着奔跑到窗边。母亲呆立在教室旁，好像还没反应过来。教室门纷纷被撞开，同学们像被怪兽呕吐出来一样，纷乱地趴在走廊的窗边，向下张望。

一声闷响，惊起一片惊呼。李志军也向下看了看，宫本武藏的冰痕之握已经扔在了一边，荆棘之甲散裂，骆驼驮着驼峰，落荒而逃。缰绳拖在地上，划出一道烟尘。

李志军转身，逆着人流，用手中的亮银枪格挡开众人，离开，脸上的微笑如七八点钟的太阳。楼上，女人发出撕心裂肺的尖叫。楼下，人群如蚂蚁般聚集。刚刚停在办公楼前

的警车，还没来得及熄火，有两人跳下车，分开人群，跑向事发地。

不到半小时，消息就传到了一重家属区。虽然是一个暖冬，可大家仍然对东北的冬天保持了起码的尊敬，默契地躲在房间里猫冬。消息传开后，才纷纷出门，站在李志军家不远处，抄着袖，跺着脚，有一搭无一搭地说话，眼睛都盯着五号楼方向。

下午三点多的时候，两辆警车停在五号楼下，四五个警察敲开403的门。一个多小时之后，几人搬了一台电脑和其他几件证物袋出来，塞进车里，亮着警灯，一溜烟儿地离开。

不到一小时，有消息灵通的邻居说，警察在老李家那大小子的电脑里，发现了几个色情网站的地址，还有就是电脑里有王者荣耀的游戏，已经打到了星耀5这个级别了。

有人说："你看，游戏害死人吧。一个学生，不学习，天天打游戏，那还有好？"

有人反驳说："现在哪个孩子不打游戏？打游戏就死人

啊？你看说那玩意儿说的。"

有人说："看那孩子平时老实巴交的，心思够花的，还看黄色网站。"

有人低声嘀咕："就好像你没看过似的。"

后来又有人补充说，听警察局的人说，李志军那个台式电脑的摄像头用纸糊住了，不知道什么意思。警察局还在调查呢，应该是有啥说道。

邻居们都感叹："谁家不都这样过日子嘛，打你两下，骂你两句，老师不都是为了你好？爸妈不都是为了你好？那孩子太小，气性又太大。可惜了。"

隔着一条道的老李头说："啥呀，那孩子小时候看着挺精神的，现在看着发茶了。眼睛原来挺大的，现在总眯缝着，说话也比以前快，总像着啥急似的。"

同样在大家庭超市工作的一个女人说："可不能这么说，那孩子挺懂事儿的。去买刀的时候，还记得给他妈的会员卡积分。"

一重二中对此事讳莫如深，尹老师到底没能站好最后一

班岗，还有一年退休，就被停职在家反省。小赵老师去探望过她，回来说，尹老师在家头不梳脸不洗，老了有十几岁。

语文组的老师们在办公室里七嘴八舌地感慨："别看长了一人多高，还是个孩子，个子太矮，视线所及都是下半身。""人长大的一个标志是对丑陋的容忍度，只有认出丑，才能认出美。""少年人易折，长大就是一个高度危险的过程。"

武老师不再出现在语文组，因为李志军事件，他正在接受调查。

学校给郑宇浩请了心理医生，每周五的下午，在崔主任的办公室进行心理谈话。

李志军事件之后，郑宇浩终于承认那个约吧的微信群，其实是一个自杀群，几个学生在群里相约着自杀。刚刚十几岁，在他们还没学会转圜的时候，就遇到了需要转圜才可以翻过去的坎儿。

群里一共十四个人，除了郑宇浩和李志军是一重二中的以外，其他几个人是其他学校的，还有两个人是哈尔滨的，也都是初中生。群主T某已经买好了安眠药，万幸的是，发现得及时。现在也和郑宇浩一样，在接受心理康复治疗。他们曾互相鼓励不和这个世界同流合污，现在一起接受再教育。

这件事之后，一重二中开设了心理课程，每周都有心理专家给学生们上课，班主任一起参加。

英语课代表张悦仍然是班级学习最好的，罗致君的成绩撵得也很快，期末考试应该会有一个好成绩。那天之后，他就和张悦不再联系了，晚自习的时候，他会不自禁地看向李志军的位置。

最后一排那个座位一直空着，头顶的日光灯已经坏了，被校工更换过后，亮如白昼。

后

记

　　《肥梦》是我的第一本小说集，这令我尤其忐忑。

　　十几年来，我一直作为一个评论者，以评论别人的作品为职业。事实上，我从来没有觉得评论者和创作者之间存在阶级差别，无论是创作者的创作作品还是评论者的评论作品，都在创作的射程之内，只是方向稍有不同。

　　等我真正转换立场，开始尝试去创作一个小说的时候，我才知道这个稍有不同的方向，几乎就是一道天堑。我需要回到小学生的状态里，从最基础的架构、最基本的对白表现开始学习。如果说这类基础知识，是可以倚靠技术手段去掌握的话，我还得面对另一个问题，评论者是在拆解别人的生命齿轮，而创作者是在书写自己的人生密码。总有某一些细节、某一个人物，不可避免地沾染了创作者的人生碎屑。一个人看世界的角度里，总会潜伏有深浅不一的疤痕。令人惶恐的是，这种私密的角度，需要拿出来给大家看，还希望大家喜欢，更令人惶恐的是，大家有权利

不喜欢。

感谢作家出版社，他们比我勇敢，帮助我完成讲述的最关键一环，让小说里的人物得以面世。感谢责任编辑宋辰辰、杨兵兵，我一直记得在出版社拥挤的办公室里，他们和我讲述出版流程的那个下午，他们让我见识到了一个编辑的责任心和学识，在一个个具体事件里，如何发散出光芒。感谢在我写作电影评论时，向我提出写作小说建议的朋友。感谢在多年前就和我说，你一定会走上创作道路的几位导演。感谢第一个发表我小说的《当代》，感谢在写作期间一直鼓励我的朋友们。

直到现在我也不觉得创作和评论存在什么阶级性，我只是想绕到河对岸，从另一个角度眺望滔滔的生命之河。

感谢文字，感激生活。

图书在版编目（CIP）数据

肥梦／阿郎著. -- 北京：作家出版社，2021.8
ISBN 978-7-5212-1440-6

Ⅰ．①肥… Ⅱ．①阿… Ⅲ．①中篇小说 - 小说集 -
中国 - 当代 Ⅳ．①I247.5

中国版本图书馆 CIP 数据核字（2021）第 098604 号

肥　梦

作　　者：阿　郎
责任编辑：宋辰辰　杨兵兵
封面设计：**奇文雲海 Chival IDEA**
出版发行：作家出版社有限公司
社　　址：北京农展馆南里 10 号　　　邮　　编：100125
电话传真：86-10-65067186（发行中心及邮购部）
　　　　　86-10-65004079（总编室）
E-mail:zuojia@zuojia.net.cn
http://www.zuojiachubanshe.com
印　　刷：天津中印联印务有限公司
成品尺寸：152×230
字　　数：166 千
印　　张：23.5
版　　次：2021 年 8 月第 1 版
印　　次：2021 年 8 月第 1 次印刷
ISBN 978-7-5212-1440-6
定　　价：52.00 元